Wünsch dir was, Lola!

PEA JUNG (Jahrgang 1977) lebt mit ihrem Mann und vier Kindern in der Nähe von München. Neben der Arbeit als Sozialpädagogin schreibt sie Liebesgeschichten mit Happy End, wobei der Erotikfaktor von Geschichte zu Geschichte variiert. Mit ihrem Debütroman DIE FALSCHE HOSTESS gelang der Überraschungserfolg – das Buch entwickelte sich in kurzer Zeit zum Bestseller. Seither begeisterte jedes ihrer Bücher die stetig wachsende Leserschaft. Mittlerweile ist sie eine erfolgreiche Self-Publisher-Autorin.

PEA JUNG

Wünsch dir was, Lola!

FSC
www.fsc.org
MIX
Papier aus verantwortungsvollen Quellen
Paper from responsible sources
FSC® C105338

Bibliografische Information der Deutschen Nationalbibliothek:
Die Deutsche Nationalbibliothek verzeichnet diese Publikation in der Deutschen Nationalbibliografie. Detaillierte bibliografische Daten sind im Internet über http://dnb.dnb.de abrufbar.

1. Auflage 2018

info@peajung.de
www.peajung.de
www.facebook.com/PeaJungAutor
www.youtube.com/PeaJungAutor
www.instagram.com/PeaJungAutor

Covergestaltung und Satz: Jürgen Müller, LayArt
Quellennachweis der Umschlagfotos:
© istockphoto.com/SvetaP
© istockphoto.com/ori-artiste
© istockphoto.com/Stephanie_Zieber

Lektorat: WortWerk München, www.wortwerk-muenchen.de
Korrektorat: SW Korrekturen e.U.

Herstellung und Verlag: BoD – Books on Demand, Norderstedt
ISBN: 978-3-7460-6845-9

Prolog

Was darf es heute Abend sein? Mach es mit dem Scheich? Treib es beim Sport? Schau dem Highlander unter den Kilt oder sei anwesend, wenn der Herrscher seinen kleinen Fürsten rauslässt?

An diesem Abend habe ich mich wie üblich in meinem Bett gemütlich niedergelassen. Unschlüssig wende ich die Romanheftchen hin und her. Im Grunde genommen ist es egal, welches Heft ich wähle, finde ich und rücke meinen Po in eine bequeme Sitzposition.

Wenn ich über keinen Mann aus Fleisch und Blut verfüge, dann muss einer dieser Romanhelden herhalten, die unglaublich anzusehen, muskulös gebaut und absolut atemberaubend sind. Haargenau das brauche ich nämlich jetzt. Ein perfektes Betthupferl.

Meine Wahl fällt heute auf die Kurzgeschichte mit einem Scheich, der sicherlich einen Namen hat, den sich sowieso niemand merken kann.

Ist egal, weil er phänomenal aussehen wird. Was spielen Namen da schon für eine Rolle?

Natürlich wird er zu Anfang der Geschichte nicht wahrhaben wollen, dass er sein Herz an die Protagonistin verloren hat. Genau das macht dabei den Reiz der Erzählung aus. Dieses Knistern, wenn faktisch alles klar ist, aber gewisse Komplikationen …

Genug geredet!

Für heute will ich meine Ruhe und mich dem Scheich hingeben. Wie erwartet, ist er enorm reich und anziehend. Lediglich seine ruppige Art der unerfahrenen Frau gegenüber könnte er sich abgewöhnen …

Kapitel 1

Hätte ich meine Mädels – die Hühner – nicht, wäre ich vermutlich ein Mensch, der erst gegen Mittag aus seinem Bett kriecht und den ganzen Tag nichts gebacken bekommt.

Ich bin eine elende Langschläferin. Seit ich mit meinen Tieren allein auf meinem Bauernhof lebe, habe ich deshalb kein schlechtes Gewissen mehr.

Genauer gesagt: *Ich* hatte zu keiner Zeit Schwierigkeiten damit, nur mein Exmann Bernd.

Manche Streitpunkte erledigen sich mit dem Auszug des Partners von selbst. Einige Vorteile auch. Bernd, der unverbesserliche Frühaufsteher, hat uns stets Frühstück gemacht, und manchmal war er sogar so gnädig, mich ein bisschen länger schlafen zu lassen, was jetzt nicht mehr vorstellbar ist.

Meine Mädels und ich sind allein und wir brauchen uns.

Doch auch die gefiederten Wesen können es nicht leiden, wenn ich sie zu lange in ihrem Häuschen lasse. Genau wie Bernd fangen sie dann zu mosern an.

Jeden Morgen, wenn ich die Hühner freigelassen habe, würde ich mich am liebsten noch einmal hinlegen. Diesen Wunsch muss ich wirklich jede Früh niederkämpfen, denn ich habe einiges zu tun, obwohl mein Hof schon eine Weile nicht mehr bewirtschaftet wird.

Aber ich halte diese Hühner und ich kann mich nicht von ihnen trennen. Vielleicht, weil sie, genau wie ich, ohne Hahn leben müssen. Dadurch haben wir viele Gemeinsamkeiten.

Außerdem gibt es noch Hampton, mein Kaltblut. Mit dem Hofhund Strolchi, einem in die Jahre gekommenen Bernhardiner, brauche ich nicht »Gassi zu gehen«. Ich weiß, ich weiß … Der Name stand bereits fest, bevor ich wusste, welche Rasse mein Hund haben wird, und ich ließ mich damals nicht mehr davon abbringen, als meine Eltern ihn mir zum achtzehnten Geburtstag geschenkt haben.

Strolchi verbringt die meiste Zeit in der Hundehütte, an die er in der Nacht mit einer langen Kette angehängt ist.

Dann gibt es da noch Finn, meinen zweiten Hund, der leider nicht mehr bei mir lebt, aber das ist eine andere Geschichte, die mit meinem Exmann zu tun hat.

Als ich vorhin erwähnte, ich wäre der einzige Mensch auf meinem Hof, habe ich nicht die Wahrheit gesagt. Genau genommen gibt es da nämlich doch eine zusätzliche Person. Edgar wohnt jedoch nicht im Hof, sondern im Austragshaus. Ursprünglich ist dieses kleine Gebäude für die Altbauern errichtet worden. Nach der Übergabe des Hofes an die Erben dient das Austragshaus den Ruheständlern als Wohnhaus. Meine Eltern hat es allerdings in wärmere Gefilde verschlagen, was ich ihnen auch nicht verdenken kann.

Das schlichte Haus steht am Ende der Hofausfahrt

auf meinem Grund und gehört zu meinem Besitz. Im Grunde genommen war es jahrelang unbewohnt, und ich habe nie daran gedacht, es zu vermieten.

Bis eines Tages der alte Edgar plötzlich vor der Tür stand. Ein hagerer Riese, der bestimmt zwei Meter misst. Er hatte nicht viel Gepäck dabei und fragte, ob er das Häuschen mieten könne.

Obwohl ich ein schlechtes Gewissen hatte, weil das Haus in einem nicht einwandfreien Zustand ist, konnte ich mich dem Blick des betagten Mannes nicht widersetzen.

Im Nachhinein habe ich mich zwar extrem darüber gewundert, warum ich ihm das Austragshaus direkt überlassen habe, aber was soll's.

Er wohnt dort bereits seit einiger Zeit und die schlichte Ausstattung scheint ihn nicht zu stören. Er hat es sich gemütlich eingerichtet. Außerdem zahlt er regelmäßig seine Miete, und zwar bar.

Weil er mir ans Herz gewachsen ist, putze ich bei ihm und kümmere mich auch sonst um ihn, wann immer er Hilfe braucht.

Auch heute führt mein Weg zu Edgar.

»Guten Morgen!« Wie gewöhnlich kündige ich mich mit Gebrüll an.

Edgar hört nicht mehr gut. Ich poche an die Haustür des Häuschens.

Alles bleibt still.

Das ist seltsam. Normalerweise ruft Edgar spätestens jetzt: »Herein!«

Er spricht meist aus voller Kehle und deutlich.

Das *R* rollt er bewusst, als hätte er die deutsche Sprache vor vielen Jahren als Fremdsprache erlernt. Aber er hat diesbezüglich nie über sich erzählt. Auch sonst ist er ein zurückhaltender Mensch, der wortkarg und in sich gekehrt wirkt. Trotzdem ist seine Anwesenheit hier wie ein Trostpflaster für mich.

Ich klopfe noch einmal vernehmlich an die Tür. »Edgar, bist du da?«

Er ist da, du Dussel, schelte ich mich.

Meine Handknöchel schmerzen. Doch im Haus bleibt es lautlos.

Ich treffe den Entschluss, bevor ich weiterdenke, und ziehe den Schlüsselbund aus der Tasche meiner abgetragenen Jeans.

Natürlich fühle ich mich nicht wohl, ohne Erlaubnis in Edgars Reich vorzudringen. In den letzten Jahren hatte ich immer den Eindruck, dass Edgar in seinem privaten Umfeld nicht ohne seine eindeutige Zustimmung gestört werden will.

Ich stecke den Schlüssel ins Schloss und sperre auf.

Äußerst stockend und vorsichtig öffne ich die Tür. Im Haus ist es stockdunkel.

»Edgar?«

Mein Ruf wird ungehört von den schweren Polstermöbeln erstickt, die in dem großzügigen Raum im Erdgeschoss stehen.

Warum nur sitzt Edgar nicht hier in dem hohen Ohrensessel und trinkt seine Tasse Morgenkaffee?

Mich beschleicht ein mulmiges Gefühl. Woher genau dieses flaue Pochen in meiner Magengegend kommt, kann ich nicht sagen. Es liegt bestimmt daran, dass Edgar immer hier war, wenn ich geklopft habe.

»Edgar?«, flüstere ich, während ich die Tür vollständig aufdrücke und mich ein Stück in die fremde Wohnung wage.

Keine Antwort.

»Komm schon, Edgar! Du jagst mir einen gewaltigen Schrecken ein.«

Wie betäubt von dem merkwürdigen Eindruck, der mir jede Bewegung schwer macht, taste ich an der Wand nach dem antiquarischen Drehschalter, um Licht zu machen. Da ist er!

Ich drehe den Schalter, da fährt mir ein Stromschlag in die Fingerspitzen. Das Licht flackert auf und verlischt sofort wieder.

»Na super!«

Warum muss die Sicherung ausgerechnet jetzt rausspringen?

Instinktiv stecke ich mir die prickelnden Finger in den Mund. Ob das was bringt?

Die Tatsache, dass die massigen Vorhänge noch zugezogen sind, macht es mir nicht leichter, mich zu orientieren. Obwohl ich oft hier war, habe ich Probleme, im Dunkeln den Weg zur Treppe in den ersten Stock zu finden. Sicherlich kommt Edgar jeden Moment die Stufen herunter und ich werde mich für meine Befürchtungen schelten.

Da höre ich ein verhaltenes Schaben. Ich erstarre. Der Schreck jagt mir mit enormer Wucht durch den Körper. Der Stromschlag war nichts dagegen!

Das reibende Geräusch ist noch da, aber es hört sich an, als käme es aus dem oberen Stockwerk.

Mein Herz schlägt heftig. Das unangenehme Pochen spüre ich seitlich am Hals. Bestimmt versucht es, mein Gehirn gut zu durchbluten, damit ich endlich zu einer Entscheidung fähig bin.

Was gibt es zu wählen? Reingehen oder abhauen.

Reiß dich zusammen, schimpfe ich innerlich mit mir. Es darf nicht sein, dass ich mich aus der Bahn werfen lasse, wenn einmal etwas nicht ist wie sonst immer. Klar bin ich ein Gewohnheitstier, allerdings ist das jeder.

Das Geräusch ist verschwunden. Ich halte den Atem an, aber außer meinem Pulsschlag kann ich nichts mehr hören.

»Edgar?« Meine piepsende Stimme hätte in diesem Moment niemand gehört.

Kein Wunder, dass mir eine Antwort verwehrt wird.

Mit vorsichtigen Schritten schiebe ich mich in Richtung der Stufen. Im oberen Stockwerk ist es totenstill. Ich lege meine Hand auf das hölzerne Geländer, das sich wie poliert anfühlt, weil sich Edgar auf der Treppe ständig darauf gestützt hat. Als ich meinen Fuß sachte auf den ersten Tritt stelle, knarzt die Diele auf. Mein Gesicht verzieht sich automatisch zu einer Grimasse. Die gebückte Haltung, die ich dabei einnehme, würde mich hier auch nicht vor Entdeckung schützen.

Aber niemand bemerkt mich. Ich bin allein, wie es scheint. Kein Edgar weit und breit.

Da! Jetzt höre ich es erneut. Das Schaben. Es klingt, als würde jemand ein paar Geldscheine durch eine dieser Zählmaschinen laufen lassen. Nach einer Pause kehrt es wieder.

Ob Edgar hier heimlich Millionen gehortet hat und diese ab und an durchzählt?

Nein, ermahne ich mich. Du hast eindeutig zu viele Geschichten von diesen superreichen Männern gelesen.

Vielleicht hat Edgar sich verletzt und braucht Hilfe? Im schlimmsten Fall kann er nur noch durch das undefinierbare Geräusch auf sich aufmerksam machen und ich stehe hier unten auf der Treppe und pinkele mir fast in die Hose.

Jetzt reicht es aber! Ich werde mich doch nicht von meiner Angst ins Bockshorn jagen lassen.

Nach einem intensiven Atemzug rufe ich: »Ich komme jetzt nach oben.«

Während ich schleichend die Stufen nach oben steige, singe ich: »Pack deine Millionen weg, Edgar!«

Kurz vor der verschlossenen Tür, hinter der sich Edgars Schlafzimmer befindet, halte ich inne. Das Geräusch ist momentan nicht zu hören.

Eigentlich wollte ich vorhin eine Waschmaschine starten, bevor ich zu Edgar gehe, fällt mir ein. Genau! Vielleicht sollte ich noch einmal zurückgehen und das erst erledigen.

»Feigling!«, schimpfe ich mich halblaut.

Meine Hand sträubt sich gegen den eindeutigen Befehl, die antike Türklinke anzufassen, die mir immer besonders gut gefallen hat, weil das Material handgeschmiedet ist. Aber es gelingt mir, mich durchzusetzen. Meine Finger legen sich auf das schwarze Metall, das kalt und rau unter meiner Hand ist. Ich weiß, dass ich kräftig zudrücken muss, um die Sperre zu lösen. Das wird unüberhörbar werden.

Mit zusammengebissenen Zähnen drücke ich die Klinke und bin in Erwartung des knackenden Geräusches entsprechend verkrampft. Erstaunlicherweise glückt es mir, die Aktion beinahe lautlos hinzubekommen.

Meine zusammengekniffenen Augenlider entspannen sich. Ich traue mich, wieder nach Luft zu schnappen. Jetzt schiebe ich die hölzerne Tür einen Spalt auf.

Ich zucke zusammen. Ein Schrei entweicht meiner Kehle. Im gleichen Moment packt mich die Erkenntnis, dass es bloß Edgars Katze war, die aus dem Zimmer auf mich zugehuscht ist. Mann, bin ich erschrocken! »Semiramis, musste das sein?«

Die Katze streift mir um die Beine und miaut kläglich. Dann eilt sie auf ihren samtenen Pfoten zurück in Edgars Schlafzimmer.

»Semiramis?« Mein Hauchen bekommt eine mauzende Antwort.

Semiramis ist eindeutig weit in den Raum gelaufen. Ihr Ton war gedämpft.

Wenn das so weitergeht, nässe ich mir hier nicht nur in die Hose, sondern klappe zusammen wie meine überladene Wäschespinne. Apropos Wäsche: Sollte ich nicht doch noch erst die Waschmaschine füllen und später herkommen?

Ich bemerke, dass meine Hand immer noch fest mit der Türklinke verschweißt ist. Stückchenweise drücke ich die Tür auf.

Ich nehme den gebrauchten Dielenboden wahr, der dringend saniert werden müsste. Die Lücken zwischen den Dielen sind dermaßen weit, dass man beim Fegen den Dreck hineinkehrt. Ich erinnere mich auch, dass ich mir in jungen Jahren stets Löcher in die Socken riss, während ich hier gespielt habe.

Die Tür geht auf. Ich erkenne den rot gepolsterten Jugendstilstuhl. Einer von vieren, die schon zu allen Zeiten in diesem Häuschen waren. Es beunruhigt mich, dass ich Edgars dunkelbraune Pantoffeln vor dem Stuhl stehen sehe. Ich registriere ihr ausgeblichenes Karomuster und bilde mir ein, ein fahles Aroma von Fußschweiß zu riechen. Es stinkt wirklich komisch hier. Sehr komisch! Neben dem Stuhl steht der Standspiegel mit dem handgeschnitzten Rahmen.

Jetzt habe ich die Tür komplett geöffnet und starre auf Edgars Bett.

Da liegt er und sieht mich an. Edgar!

»Edgar, tut mir leid. Ich dachte –«.

Ich verstumme augenblicklich. Er rührt sich nicht.

Der alte Mann hat sein Leben ausgehaucht. Obwohl ich noch nie einen toten Menschen gesehen habe, ist mir das sofort klar. Edgar liegt unnatürlich gekrümmt auf der Seite in seinem Bett.

Die Augen hat er künstlich aufgerissen. Das Gesicht ist überhaupt nicht entspannt und der Rest des Körpers auch nicht. Ob das in Ordnung ist? Ich meine, kann er sterben und derweil so aussehen? Ist nicht in erster Linie so, dass ich eine Fachfrau in solchen Dingen wäre, weshalb ich mir diese Starre nicht erklären kann.

Von Leichenstarre habe ich natürlich schon gehört, aber dass eine Person dabei abartig gestaucht ist, ist neu für mich. Es sieht aus, als hätte man ihn irgendwo eingefroren und dann auf dem Bett abgelegt.

Edgar macht auf mich den Anschein, als hätte er sich an sein Leben geklammert und verloren. Seine Arme sind nach vorn gerichtet. Seine Hände greifen ins Leere. Gruselig!

Sein weißes Haar steht wirr in alle Richtungen ab und dann ist da noch dieser Geruch.

Semiramis mauzt. Erst jetzt nehme ich wahr, dass sie auf Edgars Körper sitzt. Sie beobachtet mich. Erneut mauzt sie.

Wenn ich zu Edgar will, muss ich die Türklinke loslassen. Leider ist das momentan der einzige Halt, den ich habe.

Semiramis schließt kurz ihre grün-gelben Augen.

Bilde ich mir das ein oder spricht das Tier auf diese Weise zu mir?

Der Türgriff ist schweißnass, als ich endlich meine Hand davon löse.

Allmählich bewege ich mich zu Edgars Bett.

Wie eine Wachsfigur, die bei einem Sturz aus enormer Höhe für die Ewigkeit modelliert wurde, liegt er im Bett. Der alte Mann wirkt hier absolut fehl am Platz.

Hat er geschrien? Oder ist das eine aggressive Fratze?

So hat er zu Lebzeiten nie ausgesehen. Er hat kaum je eine Miene verzogen. Manchmal huschte ein flüchtiges Lächeln über sein Gesicht, das war es dann aber schon.

Keine Ahnung warum, aber ich nähere mich seinem Gesicht, indem ich mich zu ihm hinunterbeuge. Ist er es überhaupt? Er sieht eingefallen aus, wie eine schlechte Kopie des Edgars, den ich kenne. Sein aufgerissener Mund zeigt völlig verschobene Zähne. Im Tode scheint die Haftcreme der Zahnprothese versagt zu haben. Der Geruch lähmt mich. Es riecht muffig, wie aus meiner Waschmaschine, wenn das Flusensieb verstopft ist. Da hilft es, eine Poweranwendung mit mehreren Spülmaschinentabs zu starten. Ob es Edgar etwas bringen würde, wenn ich ihm einen Tab in den Mund lege?

Ich weiß gar nicht, wo diese wirren Gedanken herkommen, und schäme mich dafür.

Ich muss den Notarzt verständigen, damit alles seinen Gang gehen kann. Er wird Edgars Lebensende bestätigen. Die Frage ist, ob der Arzt eine natürliche Todesursache angeben wird, derart versteinert, wie Edgar auf dem Bett liegt.

Kann es sein, dass er woanders gestorben ist, die Leichenstarre eingesetzt hat und er dann hier auf das Bett gelegt wurde? Aber die Starre lässt doch auch irgendwann wieder nach. Nur wann?

Was mache ich mir für Gedanken? Das muss eine Art Schock sein. Edgar ist tot. Der alte Mann, der dafür gesorgt hat, dass ich mich hier auf dem Gehöft nicht so einsam gefühlt habe, hat heimlich das Weite gesucht. Seinen Körper hat er mir zur Entsorgung dagelassen.

Semiramis mauzt erneut. Als ich sie ansehe, schließt sie die Augen und macht eine Regung mit dem Kopf.

Das gibt es doch nicht! Sie will, dass ich mich um Edgar kümmere. Vielleicht ist er gar nicht tot?

Eigentlich will ich Edgar nicht anfassen. Andererseits bin ich neugierig, was ich spüre, wenn ich es wage.

Mit unendlich zähen Bewegungen nähere ich mich Edgar immer weiter. Meine rechte Hand strecke ich in die Richtung seines Haares. Normalerweise haben Edgar und ich uns nie berührt. Mehr als einen Händedruck gab es nicht und selbst der war äußerst rar.

Eine Berührung am Kopf ist für mich etwas sehr Intimes. Vielleicht die letzte Möglichkeit, ihn anzufassen und mich von ihm zu verabschieden.

Meine Fingerspitzen spüren bereits den Hauch seines Haarschopfes.

Ich zucke zurück. Das lautstarke Schnalzen habe ich wie einen Stromschlag gespürt. Ein schmerzhaftes Kribbeln durchströmt meine Hand und breitet sich rasant über meinen Körper aus.

Edgar hat sich kühl angefühlt. Zu frisch, um am Leben zu sein.

Gleichzeitig nehme ich die Bewegung wahr, die der Greis macht. Die seltsame Erstarrung löst sich. Der Körper sackt auf das Bett.

Ein Schrei entfährt mir. Ich taumele rückwärts. Weil mein Oberkörper schneller ist als der Rest von mir, falle ich nach hinten um. Ich kann nicht rasch genug reagieren, um den Sturz abzufangen. Der Aufprall ist hart und beschert mir einen schmerzenden Po. Die Dielenbretter geben unter meinem Gewicht nach.

Semiramis verlässt mit einem eleganten Sprung das

Bett. Fast gleichzeitig klappt Edgars Mund auf. Seine beiden Zahnprothesen landen kurz hintereinander mit einem Klappern auf dem Boden vor mir.

Mein Herz macht einen Satz und beschleunigt seinen Takt.

Ich will nur weg hier!

Leider kann ich mich nicht bewegen und muss beobachten, wie aus Edgars Mund etwas Rotes tropft.

Ist das Blut?

Nein, dafür fällt der Klumpen viel zu kompakt neben das Gebiss. Das glänzende Teil sieht mehr nach einem Stein aus.

Es bewegt sich. Verdammt! Das Ding kommt auf mich zu.

Ich lege den Rückwärtsgang ein, indem ich die Hände auf den Boden hinter mir aufstütze und mit den Füßen anschiebe. Aber ich komme nicht rasch genug weg.

Das tropfenartige Gebilde beschleunigt. Semiramis rennt mit erhobenem Schwanz daneben her. Warum fängt sie es nicht?

Der Gegenstand springt mich an. Ich schreie auf und schlage die Hände vor mein Gesicht. Zu spät! Das Teil klebt mir an der Stirn. Es fühlt sich warm an. Wie ein angelutschtes Gummibärchen. Nicht, dass ich mir normalerweise Fruchtgummis an die Stirn kleben würde, doch das Objekt kommt direkt aus Edgars Mund.

Warum wird die Stelle wärmer?

Eigentlich will ich es nicht anfassen. Das ist genau das, was ich vermeiden wollte, aber es wird unerträglich heiß.

Da sehe ich mich in dem Standspiegel. Das Ding in meinem Gesicht leuchtet. Es glüht. Mein Atem beschleunigt sich und mein Brustkorb hebt und senkt sich hektisch. Die Arme spreize ich unnatürlich von meinem Körper ab, so, als suchten meine Hände den Punkt, der am weitesten von dem Gelee entfernt ist.

Mit aufgerissenen Augen beobachte ich, wie das Glühen auf meiner Haut immer mehr zunimmt. Der Lichtpunkt wird heller. Sähe streng genommen sehr schön aus, wenn das Schauspiel nicht dermaßen schmerzhaft wäre.

Ich bringe nur ein Röcheln hervor, weil ich es kaum aushalte. Ich presse die Augen zusammen und beiße die Zähne aufeinander.

Für einen Moment wird es warm in meinem Kopf. Wenn man jemals alle seine Gehirnwindungen spüren könnte, dann wäre das jetzt der Fall.

Im nächsten Augenblick verflüchtigt sich die Wärme so unerwartet, als wäre sie nie da gewesen.

Flugs öffne ich die Augen. Ein Blick in den Spiegel und ich sehe sofort: Das Ding ist noch da! Hartnäckig klebt es mitten auf meiner Stirn und sieht wie ein rotes Fruchtgummiteil aus. Es leuchtet nicht und bewegt sich nicht. Heiß ist es auch nicht mehr.

Mit bedächtigen Bewegungen beuge ich mich nach vorn, komme auf alle viere und krabbele zu dem Standspiegel. Ich rücke mit meinem Gesicht voraus und beäuge das Ding auf meiner Stirn. Glasklar! Das ist einer dieser Fruchtgummitaler, die es bunt gemischt in Rollen gibt.

Was mache ich jetzt? Ich kann schlecht den Notarzt rufen und ihn mit einer Süßigkeit an der Stirn in Empfang nehmen.

Semiramis schleicht immer noch um mich herum und schnurrt mich an, als wäre sie die glücklichste Katze der Welt. Ich versuche, den toten Edgar auszublenden, was mir nicht gelingt. Hektisch schüttle ich den Kopf und hoffe, dass das Fruchtgummi von selbst abfällt. Tut es aber nicht.

Okay, ich komme nicht darum herum. Mit Daumen und Zeigefinger lange ich nach dem klebrigen Ding und berühre es in Erwartung irgendeiner Reaktion. Aber es geschieht nichts. Das Teil bewegt sich nicht mehr. Es ist völlig leblos und tatsächlich nur extrem verklebt. Vorsichtig puhle ich es von meiner Haut. Es klebt mir an den Fingerspitzen, und als ich es betrachte, steigt Übelkeit in mir auf. Instinktiv schüttele ich die Hand und probiere, das Teil loszuwerden. Endlich fällt es auf den Boden, und ich kann gar nicht so schnell sehen, wie Semiramis sich das Ding schnappt und es frisst. Sie kaut darauf herum, als handele es sich um ein zähes Stück Fleisch, lässt sich aber in dem Entschluss, das Ding zu fressen, nicht beirren.

Noch einmal nähere ich mich dem Spiegel und prüfe, ob meine Stirn Rückstände von Fruchtgummi aufweist oder ob dort sonst etwas Verdächtiges ist, was die heftige Hitze hinterlassen haben könnte. Tatsächlich ist nur ein roter Fleck zu erahnen. Keine Verletzung.

Semiramis miaut erneut. Ich sehe sie im Spiegel. Sie sitzt schräg hinter mir und beobachtet mich aufmerksam. Ihre Zunge schleckt sich genüsslich das Maul.

In dem Moment fällt Edgars lebloser Körper mit einem dumpfen Schlag aus dem Bett. Es sieht gespenstisch aus.

Mein Schrei bringt Leben in mich zurück. Ich springe auf. So schnell mich meine Füße tragen, renne ich aus dem Zimmer und die Treppe hinunter. Ich stürze aus dem Haus.

Beim Spurt über den Hof sehe ich mich mehrmals um, ob ein wiederauferstandener Edgar mir mit ausgestreckten Armen folgt. Aber außer der Katze hat sich mir niemand an die Fersen geheftet.

Die Hühner flattern entsetzt vor mir auf und gackern aufgebracht. Strolchi hebt kurz seinen Kopf und sieht mich an, als hätte ich nicht mehr alle Tassen im Schrank. Ich kann es ihm nicht verdenken. Er sah sein Frauchen noch nie so flott über den Hof rennen.

Eilig betrete ich mein Haus und greife nach dem Telefon, um endlich den Notarzt zu rufen.

Kapitel 2

»Du hast nichts verändert?«

Schweigen.

Der Notarzt, es ist Dr. Armin Pohl aus dem Dorf, hat den Tod festgestellt, aber er ist stutzig geworden, weil sich Edgar auf dem Boden vor dem Bett befindet. Armin und ich kennen uns schon lange, da er zu Bernds Kegelkumpanen gehört. Ich bin froh, dass er Dienst hat, da es mir auf diese Weise leichter gefallen ist, in Edgars Zimmer zurückzukehren.

Eigentlich wollte ich den Raum nicht mehr betreten. Hier wurde ich von einem roten Fruchtgummi angefallen und offensichtlich hat sich irgendetwas in meinem Hirn eingenistet. Da bekommt der Ausspruch *Süßes, sonst gibt's Saures* eine völlig neue Bedeutung.

Es fühlt sich an, als hätte jemand Watte in meinen Kopf gestopft. Bestimmt liegt das daran, dass ich mit Adrenalin vollgepumpt bin. Ich fühle mich hellwach und betäubt zugleich.

»Also hast du etwas verändert?« Armin klingt ungeduldig.

»Er ist aus dem Bett geflogen.«

»Wie bitte?« Das war keine rhetorische Frage. Ich habe wirklich genuschelt.

»Er ist aus dem Bett geflogen«, wiederhole ich.

»Was hast du gemacht?«

»Ich dachte … er lebt vielleicht noch. Und die Wiederbelebungsmaßnahmen soll man doch nicht im Bett machen.« Pflichtbewusst bete ich herunter, was ich vom letzten Erste-Hilfe-Kurs in Erinnerung behalten habe.

Ein Wunder, dass mir das alles einfällt.

Armin macht ein humorloses Gesicht. Dabei brummt er flüchtig, aber aus seinem Nicken schließe ich, dass ich ihn besänftigt habe.

Dennoch scheint er nicht völlig zufrieden zu sein.

»Dann hast du dich bemüht, ihn in die stabile Seitenlage zu bewegen?«

Ich überlege kurz und schaue mir genauer an, wie Edgar auf dem Boden positioniert ist. Es sieht wirklich aus, als hätte ich das probiert. Edgar liegt immer noch auf der Seite, wenn auch etwas bäuchlings. Seine Zahnprothesen liegen in der Nähe seines Kopfes, als hätte ich sie für die Beatmung entfernt. Sogar die Decke ruht auf ihm, als hätte ich versucht, ihn zuzudecken.

Mehr als ein Nicken bringe ich nicht zustande. Wenn ich jetzt noch von dem lebenden Gummibärchen aus Edgars Mund berichte, von dem ein Teil in meinem Hirn ein neues Zuhause gefunden hat, bin ich geliefert.

Das kann ich Armin nicht servieren, ohne mich lächerlich zu machen. Das alles habe ich mir bestimmt nur in meiner Aufregung eingebildet. Oder Bernd hatte schon immer recht. Vielleicht bestätigt sich, was mein Exmann gerne behauptet, und mit mir stimmt wirklich etwas nicht. Offensichtlich war es für ihn besser, den Absprung zu schaffen, bevor ich nur noch als seine peinliche Ehefrau gelte, die mit ihrem chaotischen Lebensstil seine Zukunftspläne durcheinanderbringt.

»Also gut. Ich werde leider keine natürliche Todesursache bestätigen. Ich muss die Kripo verständigen.«

Auch das noch! Mein wenig begeisterter Gesichtsausdruck scheint bei ihm anzukommen.

»In diesem Fall kann ich nicht anders. Hast du die Angehörigen verständigt?«

»Welche Angehörigen?«

»Keine Kontaktdaten?«

Ich schüttele den Kopf. »Er war nur mein Mieter. Ich habe ihn nicht nach seinem Lebenslauf gefragt, als er hier eingezogen ist. Und bevor du fragst: Soweit ich weiß, gibt es keine Vorsorgevollmacht oder einen Organspenderausweis, geschweige denn die Anschrift oder Telefonnummer von Verwandten.«

Langsam werde ich wütend. Armin hat überhaupt keine Ahnung, was ich durchmache. Mal abgesehen davon, dass ich heute den toten Edgar aufgefunden habe – er hat mir das rote Ding auf den Hals gehetzt, das jetzt in Semiramis Magen ist.

»Wenn die Spurensicherung durch ist, dann kannst du hier bestimmt in Ruhe nach den Adressen suchen.«

Warum ich? Andererseits würde es mich schon interessieren, ob Edgar Angehörige hat. Wir haben nie darüber gesprochen. Er lebte wie ein Eremit, bekam nichts an Besuch. Ab und zu war er unterwegs, aber ich habe nie auch nur einen einzigen Menschen gesehen, der zu ihm gewollt hätte.

Gemeinsam mit dem Notarzt verlasse ich das Haus. Da Edgar keinen Hausarzt hatte, jedenfalls meines Wissens nicht, wird Armin in ein paar Stunden noch einmal vorbeischauen, falls die Kripo Edgar nicht mitnimmt. »Soll ich jemanden anrufen? Bernd zum Beispiel?«

Es wundert mich nicht, dass er das fragt. Bernd ist – wie gesagt – einer seiner Kegelkumpane. Wer weiß, was Bernd dort alles über mich erzählt hat.

»Nein, ich komme schon klar.«

»Bist du sicher?« Was soll diese Nachfrage? Meint er etwa, ich breche jetzt zusammen, weil Edgar tot ist? Weil er der einzige Mensch in meinem Leben war, der noch hier mit mir gelebt hat?

Natürlich, Armin, bitte rufe meinen Exmann an, der mich verlassen hat und in dessen Augen ich ohnehin nie etwas einwandfrei mache. Den Beistand von Bernd brauche ich im Moment am allerwenigsten.

»Ich mache das schon.«

»Wie du meinst.« Armin klingt nicht überzeugt, verabschiedet sich dessen ungeachtet von mir.

Jetzt heißt es auf die Kripo warten. Ich fühle die Belastung der morgendlichen Entdeckung in mir. Da ist eine Energie, die aus mir herauswill. Wie besessen beginne ich, den Hof zu kehren. Die Gegenwart von Edgars Körper in dem Austragshaus ist mir dabei stets bewusst. Aber die elektrisierende Bereitschaft, die ich in mir spüre, lässt mir keine Zeit, mir sonstige Gedanken dazu zu bereiten.

Semiramis sitzt auf dem Fußabstreifer vor dem Häuschen und beobachtet mich. Ich glaube, ich murmele hin und wieder etwas vor mich hin. Das mache ich manchmal.

Ich habe mich so in Trance gekehrt, dass ich das Klingeln meines Handys erst ein paar Sekunden später als gewöhnlich wahrnehme. Der Anrufer ist mein Exmann. Das sagt mir der schrille Klingelton, der den eines nostalgischen Telefons imitiert. Der Signalton erinnert mich an *Bei Anruf Mord*. Nicht, dass ich Bernd derart boshafte Absichten unterstellen würde, aber ich muss auf der Hut sein, wenn er sich meldet. Positive Anlässe für Kontaktaufnahmen seinerseits gab es seit geraumer Zeit nicht mehr.

Ich nehme das Gespräch an und frage barsch: »Was ist?«

»Der Alte ist tot, und du hältst es nicht für nötig, mich darüber zu informieren?«

Ich kann mir schon denken, von wem er die Nachricht erhalten hat.

»Wieso? Willst du mir jetzt netterweise Finn für ein paar Stunden vorbeibringen?«

Niemals werde ich Bernd verzeihen, dass er unseren gemeinsamen Hund Finn mitgenommen hat. Bernd hat alles an sich gerissen, was mir etwas bedeutet.

Sogar meine Freundschaften scheinen an die Ehe mit Bernd gekoppelt gewesen zu sein. Seit wir uns getrennt haben, bin ich die meiste Zeit für mich. Vielleicht liegt das auch daran, dass er meine beste Freundin heiraten möchte, die er vor Kurzem geschwängert hat. Wir haben Jahre mit unserem unerfüllten Kinderwunsch gelebt. Es sollte nicht sein, und aus heutiger Sicht bin ich obendrein froh, dass wir keinen Nachwuchs haben. Immerhin haben wir Finn, den braunen Vizsla, der für mich wie ein Kind ist. Ich vergöttere diesen Hund, aber für Bernd war er nie Anlass zum Gespräch. Für Bernd war klar, dass er Finn mitnimmt, weil ich Strolchi habe und ohnehin mit allem maßlos überfordert bin.

»Ich hole den Fernseher ab!«, sagt Bernd.

Mal ehrlich: Edgar ist tot, und Bernd denkt an das Fernsehgerät, das er Edgar geliehen hat. Was stimmt nur nicht mit ihm?

»Ja, mach das. Und bring Finn mit!«

»Carola, bitte! Reite doch nicht immer auf dem Hund herum! Außerdem ist er bei Christine.«

Christine! Wenn ich ihren Namen schon höre, stößt es mir sauer auf. Noch mehr regt es mich auf, wie er Finn ständig als »Hund« betitelt und das Wort dabei abfällig betont. Klar ist Finn ein Hund, dennoch hat er einen Namen!

Ich kann den Gedanken nicht ertragen, dass Finn bei Christine in dem schmucken Bau am Dorfweiher ist. Es ist nicht so, dass ich am Hungertuch nagen würde, aber Bernd hat den Hof gegen eine moderne Villa getauscht und mich gegen die elegante Christine mit den wohlgeformten Beinen.

»Der Fernseher steht bei mir im Haus, da Edgar ihn nicht länger haben wollte.«

»Das sagst du mir heute erst?«

Bernd ist wirklich ein Idiot! Leider auch der Idiot, mit dem ich nicht mehr verheiratet bin. Trotzdem muss ich mir diese leidigen Diskussionen mit ihm geben. Wie satt ich das habe!

»Hol ihn einfach ab, okay?«

»Jetzt tust du so, als wolle ich das Gerät nicht haben und du müsstest mich dazu zwingen.«

Ich atme hörbar aus und verschaffe meiner aggressiven Stimmung eine Zwangspause. Ich will mich nicht mehr mit Bernd streiten. Ich möchte keine Kraft an ihn verschwenden. Wie oft habe ich zugelassen, dass er jedes Gespräch zu seinen Gunsten nutzt? Immer wieder dreht und wendet er die Dinge so, dass ich mich hinterher fühle, als wäre ich geisteskrank.

»Nein, das tue ich nicht. Ich muss jetzt auflegen. Die Kripo kommt.«

Bernd muss nicht wissen, dass die Kripo noch nicht im Anmarsch ist. Bevor er etwas einwenden kann, lege ich auf.

Warum mich meine Augen auf einmal schmerzen, kann ich nicht sagen. Die Tränen, die sich ihren Weg in meine Augenhöhlen bahnen wollen, presse ich mit Willenskraft zurück.

In diesem Moment fahren mehrere Wagen auf den Hof. Nun ist die Kripo tatsächlich hier.

»Der Name stimmt nicht. Er hat sich unter diesem Namen nie hier in der Gemeinde angemeldet.«

Einer der uniformierten Beamten wedelt mit Edgars Ausweispapieren vor meiner Nase herum. Er klingt vorwurfsvoll. Es war doch wohl nicht meine Aufgabe als Vermieter, sicherzustellen, dass Edgar sich brav bei der Meldebehörde vorstellt.

Dennoch sage ich kein Wort. Ich will mich nicht mit dem Polizisten anlegen. Die sollen endlich alle verschwinden!

Überall wuseln sie auf dem Hof umher. Ein Fotograf und mehrere Beamte. Das komplette Austragshaus wird auf den Kopf gestellt.

Edgars Körper wird anscheinend für den Transport in die Gerichtsmedizin vorbereitet. Das habe ich aus den Wortfetzen geschlossen, die ich belauschen konnte.

»Wie heißt er denn nun?« Freundlicherweise darf ich einen Blick auf Edgars Ausweis werfen. Es ist ein alter deutscher Personalausweis, der schon seit Jahren abgelaufen ist. Ich erkenne Edgar auf dem Foto, obwohl er Jahrzehnte jünger war, als es geschossen wurde.

»Kowalski? Er hieß Edgar Kowalski?«

Bei mir hat er sich als Edgar Schmied vorgestellt.

»Können wir bitte den Mietvertrag einsehen?«

»Ja, natürlich.«

Ich hoffe, ich habe jetzt nicht noch mehr Ärger zu erwarten, weil ich einen Mieter ohne Ausweispapiere aufgenommen habe und die Miete in bar kassierte. Manchmal habe ich auch ein paar Euro mehr von Edgar angenommen, als offiziell ausgemacht war. Wenn Bernd das alles erfährt, fühlt er sich in seiner schlechten Meinung von mir erst recht bestätigt. Die chaotische Carola, die nichts auf die Reihe bekommt und sich Dinge einbildet, die überhaupt nicht da sind.

Auf dem Weg über meinen Hof fällt mir plötzlich etwas ein. Edgar hat mich vor einiger Zeit gefragt, ob er in einem meiner Kellerräume ein paar seiner Sachen unterstellen darf, die er nur sporadisch braucht. Damals habe ich gerne zugestimmt, da er in dem Häuschen ohnehin spärlich Platz zur Verfügung hatte. Ich weiß, ich müsste das nun der Polizei melden. Die Dinge gehören schließlich zur offiziellen Erbmasse. Allerdings nehme ich mir vor, erst einen Blick auf die Sachen zu werfen. Sollte Edgar dort seine heimliche Pornosammlung versteckt haben, möchte ich ihm diese Scham post mortem gerne ersparen. Auch, wenn das bestimmt nicht legal ist.

Es dauerte eine Zeit, bis der Mietvertrag zum Vorschein kommt, was nicht zuletzt an dem Druck in meinem Kopf liegt. Ich kann mich kaum konzentrieren. Außerdem hat sich das zerknitterte Papier in einem Stapel mit anderen wichtigen Unterlagen verborgen, die in einer der Schubladen darauf warten, irgendwann einmal in Ordner abgeheftet zu werden.

»Haben Sie ihn gefunden?«

Einer der Kommissare lehnt lässig im Türrahmen und betrachtet mich wohl schon länger. Er trägt zivil. Hoffentlich ist meine Jeans beim Bücken nicht nach unten gerutscht. Mein Maurerdekolleté hat sogar Bernd immer bemerkt. Früher nahm er es gerne zum Anlass, über mich herzufallen, später war er nur genervt davon.

»Ja, hab ich.« Ich lege die einzelne Seite auf meinen überfüllten Schreibtisch und streiche es mit ein paar Handbewegungen glatt. Dann überreiche ich es dem Kommissar. Er ist von gedrungener Statur und nicht mehr der Jüngste. Aber er macht einen herzensguten Eindruck. Zumindest lächelt er, als er mir das Dokument aus der Hand nimmt.

»Ihnen ist bekannt, dass Sie jedes Recht gehabt hätten, sich den Ausweis Ihres Mieters vorlegen zu lassen.«

Ich nicke und reibe kurz mit dem Handrücken über meine warme Stirn, was dem einengenden Gefühl dahinter Einhalt gebietet.

»Eine Anmeldebescheinigung wäre ebenfalls in Ihrem Sinne gewesen.«

»Wissen Sie, er stand damals vor meiner Tür und er wollte unbedingt in dieses Häuschen. Eigentlich hätte am Haus so viel gemacht werden müssen, aber für ihn war das nicht wesentlich. Daher war mir eben auch alles nicht so wichtig.« Überdies war das in der Zeit, in der Bernd ausgezogen ist, um es sich bei seiner Christine gemütlich zu machen.

»Sie brauchen nun keine Erklärungen mehr abzugeben.« Aufmerksam studiert er den Mietvertrag. Es ist ein Vordruck, der nicht besonders aussagekräftig ist.

»Er hat stets in bar bezahlt?«

»Ja.«

Jetzt sieht mich der Kommissar wieder an. Dann lächelt er gutmütig und reicht mir den Vertrag zurück. »Danke.«

Er dreht sich zum Gehen.

»Nehmen Sie Edgar mit?«

Er wendet sich mir erneut zu. »Er kommt in die Gerichtsmedizin. Nach der Autopsie wird entschieden, ob er freigegeben wird. Wir haben leider bisher keine Papiere von Verwandten gefunden. Da der Tote hier nicht gemeldet war, gibt es hier auch nichts an Unterlagen. Wir wenden uns diese Tage an die Behörde, die den Personalausweis ausgestellt hat.«

Ich finde es überaus nett, dass er mich informiert.

Schließlich bin ich ja nur die Vermieterin.

»Was passiert mit Edgars Sachen?«

»Im Moment muss alles bleiben, wie es ist. Wir versiegeln das Haus, bis die Todesursache geklärt ist.«

»Oh, okay.«

Plötzlich spüre ich die Hand des Kommissars auf meinem Arm. »Geht es Ihnen so weit gut?«

Überrascht tausche ich einen Blick mit dem grauhaarigen Herrn. Er ist tatsächlich der Erste, der registriert, dass ich heute einen Toten gefunden habe und deswegen durch den Wind bin.

»Es geht schon.«

Sein Blick ruht weiterhin auf mir. »Ich kann Ihnen die Nummer eines Seelsorgers geben.«

»Ich glaub nicht, dass ich den brauche.«

»Ich schreibe Ihnen die Nummer trotzdem auf.«

Der kleine Mann wird mir immer sympathischer. Wenigstens ein Mensch auf dieser Welt, der um mich besorgt ist. Es wundert mich nur, dass er sofort nach einem Seelsorger und nicht nach Freunden oder Verwandten gefragt hat. Bestimmt ist er von der Polizei hier vor Ort bereits darüber informiert worden, dass ich niemanden habe.

»Ich habe Ihnen die Nummer hier auf der Rückseite meiner Karte notiert. Sie können auch jederzeit bei mir anrufen, sollten Sie Fragen haben oder wenn Ihnen noch etwas einfällt …«

Er schiebt den Kugelschreiber zurück in seine Jackentasche und reicht mir seine Visitenkarte.

Es dauert nicht mehr lange und ich bin wieder allein auf dem Hof. Ich stehe einen Moment in meiner offenen Haustür und betrachte die Umgebung. Von der Anwesenheit mehrerer Fahrzeuge zeugen nur die Reifenspuren im Kies. Das Absperrband der Polizei und die versiegelte Tür von Edgars Häuschen lassen ahnen, dass einiges im Argen ist. Ungewöhnlich ist ebenso, dass Semiramis um mich herumschleicht. Sie war immer in Edgars Nähe. Jetzt habe ich wohl eine tierische Freundin. Gott sei Dank versteht sie sich gut mit Strolchi. Wo ist der eigentlich? Es ist kein positives Zeichen, wenn sich der Wachhund verkrümelt, sobald sich was auf dem Hof tut. Er geht jedem Ärger aus dem Weg. Vielleicht sollte ich das auch mal versuchen.

Kapitel 3

Ich kann es nicht lassen. Natürlich zieht es mich in den Keller zu dem Raum, in dem Edgars Sachen stehen. Semiramis begleitet mich wie selbstverständlich, als hätte sie noch nie etwas anderes getan.

Edgar war nicht oft hier unten, um etwas aus seinen Kisten zu holen.

Der Hof hat ein geräumiges Untergeschoss, und es hat mich nicht gestört, dass Edgar mit seinen Pappschachteln hier ein bisschen Platz gebraucht hat.

Jetzt möchte ich allerdings wissen, was er bei mir abgestellt hat. Vielleicht finde ich einen Hinweis, warum sein Körper so merkwürdig starr war. Eventuell werde ich auch das watteartige Gefühl in meinem Schädel wieder los.

»Hör auf, Carola! Da ist nichts von diesem Fruchtgummi in deinem Kopf! Das hast du dir nur eingebildet«, murmle ich vor mich hin, um gelassener zu werden.

Edgar hat meinen kleinsten Kellerraum bekommen. Er hat einige Kartons und auch ein paar Koffer hier gelagert.

Da ich heute mit keinen sonstigen Toten mehr rechne, habe ich genug Zeit.

So setze ich mich auf die winzige freie Fläche, die in der Mitte des Raumes noch leer ist, und ziehe die erste Box zu mir.

Sie enthält Bücher. Die meisten in einer Sprache, die ich nicht verstehe.

Nächste Schachtel. In dieser sind Wurzeln und allerlei getrocknete Zweige. Keine Ahnung, was Edgar damit machen wollte. Vielleicht hatte er vor, ein Insektenhotel zu bauen, oder er war ein Kräuterfachmann.

Jetzt sehe ich den Koffer, der sich hinter dem Karton mit den dürren Zweigen versteckt hat. Ein wirklich unmodernes grünes Ding der Marke »Uralt«. Mit diesem Reisekoffer würde ich mich nicht aus dem Haus trauen. Aber er ist groß. Ich frage mich, wie der schmächtige Edgar das imposante Teil die Treppe hinunterbekommen hat. Als ich am Griff ziehe, um den Behälter ein Stück in meine Richtung zu bewegen, erscheint mir das erst recht unwahrscheinlich. Der Koffer ist unheimlich schwer. So bleiern, dass ich Angst habe, ich reiße den Henkel ab, wenn ich weiter daran zerre.

Im Inneren des Gepäckstücks klimpert es, als sei Glas darin. Jetzt bin ich gespannt! Die Laschen sind schnell aufgeknöpft. Das hat vor mir schon sehr oft jemand getan. Die Lederriemen haben bereits Risse. Nun noch die Metallklammern lösen und schon … Wow! Ein buntes Spektrum verschiedenster Tiegel mit Flüssigkeiten darin tut sich vor mir auf. Der Koffer ist bis zum Rand gefüllt mit Ampullen in verschiedenen Größen. Es sind flüssige Stoffe jeder erdenklichen Farbe vorhanden. Sieht aus wie ein Sammelsurium von Parfumproben.

Die meisten Tiegel sind mit winzigen Aufklebern oder Zetteln beschriftet. Wahllos greife ich ein Gläschen und lese: »Ein Hauch von Schicksal.« Wie das wohl riecht? Das Gefäß ist flugs aufgeschraubt. Der Verschluss knirscht auf dem Glas, als hätte man die Flasche seit ewigen Zeiten nicht mehr geöffnet. Mit geschlossenen Augen halte ich meine Nase über die Öffnung, um den Duft zu testen. Seltsam! Ich rieche gar nichts. Aber schließlich heißt es ja auch nur ein Hauch des Schicksals. Ich muss kichern.

Mal sehen, ob ein Aroma entsteht, wenn ich etwas davon auftrage. Mit dem Zeigefinger die Öffnung verschließend wende ich das Fläschchen auf den Kopf, sodass die Flüssigkeit meinen Finger benetzt. Dann drehe ich die Flasche ein weiteres Mal um und betupfe mit dem feuchten Finger die Haut hinter meinem rechten Ohr. Gedankenverloren wiederhole ich den Vorgang und benetze die Stelle hinter meinem linken Ohr.

Doch es entwickelt sich kein Geruch. Vielleicht sind die Flakons bereits zu alt? Der Tiegel ist schnell wieder verschlossen. Interessiert betrachte ich die anderen Ampullen und lese: »… Tiefschlaf … süße Träume … feine Haut … verliebt bis über beide Ohren …« Das sind schon merkwürdige Namen für Düfte.

Ob Edgar in der Parfumindustrie gearbeitet hat? Eine kleine Ampulle mit einer leuchtenden türkisfarbenen Flüssigkeit sticht mir ins Auge.

»Wünsch dir was …«, gebe ich laut wieder.

Semiramis mauzt.

In meinem Leben gäbe es vieles zu erträumen! Da wüsste ich nicht, wo ich anfangen sollte. Die Katze streift meinen Rücken und schmiegt sich an mich. Automatisch kraule ich sie am Kopf und nehme ihr zufriedenes Schnurren wahr.

»Das sind keine Düfte, nicht wahr, Semiramis?«

Vielleicht sind es homöopathische Mittel? Die Themen, die auf den Flaschen stehen, erinnern mich ungemein an typische Beschwerden, bei denen ein Heilpraktiker diverse Medikamente empfiehlt.

»Juckender Hautausschlag«, lese ich Semiramis vor. »Das sieht aber echt eklig aus«, stelle ich mit einem Blick auf das Fläschchen fest. Die Flüssigkeit sieht aus, als hätte man ein eitriges Geschwür geöffnet und den Inhalt in diesen Tiegel gepresst. »Also das würde ich nicht auf meine Haut auftragen. Wenn man keinen Ausschlag hat, dann hat man ihn danach bestimmt.«

Es klingelt an der Haustür. Blitzschnell drücke ich die zwei Flakons mit den ansprechendsten Aufschriften in die Hosentasche. Die will ich mir nachher genauer ansehen. Alles andere ordne ich so, wie es war. Als ich die Bücherkiste vor den Koffer schiebe, bleibt auf der freien Bodenfläche ein Büchlein übrig. Wo kommt das her? Ein flüchtiger Blick in das Heftchen bestätigt mir, dass es sich um ein Adressbuch handelt. Na, wunderbar! Da finde ich vermutlich die Verwandten, die dringend die Beerdigung beauftragen sollen.

Wieder läutet es an der Haustür. Jetzt aber schnell!

Auf dem Weg nach oben klopfe ich mir den Staub von der Jeans und stecke das Büchlein in die Gesäßtasche der Hose. Semiramis folgt mir die Treppe hinauf. Als ich mich in Richtung der Haustür drehe, will sie mir auch folgen. Dann faucht sie plötzlich und verschwindet in meiner Wohnung. Verwundert sehe ich ihr nach, wende mich dann aber eilig der Haustür zu.

Ich öffne die Tür und starre in das Gesicht eines Mannes, den ich noch nie gesehen habe.

»Guten Tag«, sagt er höflich.

Der Mann hat einen Blickfang im Gesicht, der meine Aufmerksamkeit fesselt, obwohl ich nicht hinsehen will. Sein Lächeln schreckt mich zusätzlich ab. Es wirkt genauso aufgesetzt wie sein gut sitzender Anzug.

»Guten Tag«, echoe ich etwas eingeschüchtert und versuche mich von dem großflächigen Blutschwamm auf seiner rechten Gesichtshälfte zu lösen. Wie Flammen züngeln die roten Erhebungen über seine rechte Wange und enden erst zwischen Auge und Nase.

Ich warte und möchte den Mann nicht mehr so unverhohlen mustern. Hinter ihm sehe ich einen Mercedes auf meinem Hof stehen. Das Auto glänzt ebenso wie die Zähne des Herrn.

Jetzt reicht mir der Mann seine Hand. »Anton Müller. Ich bin Immobilienmakler. Sind Sie alleine im Haus?«

Die Frage versetzt mich in Alarmbereitschaft. Ich klammere mich an der Tür fest und schließe sie so weit wie möglich.

»Mein Mann ist gerade unter der Dusche.«

Bewusst neige ich den Kopf in Richtung meiner Wohnung und rufe: »Liebling, wir haben Besuch!«

Endlich zieht der Typ seine Hand zurück und hebt sie beschwichtigend.

»Bitte machen Sie sich meinetwegen keine Umstände! Ich wollte mich nur nach Ihrem Ausziehhaus erkundigen. Ich habe die Absperrung gesehen und frage mich, ob es zu erwerben ist.«

»Sie haben eine Polizeiabsperrung entdeckt und meinen, es wäre zu verkaufen?«

Mir entgeht nicht, dass der Mann unentwegt versucht, an mir vorbei ins Haus zu schielen, was ich nicht zulasse, indem ich den Türspalt so eng wie möglich halte.

»Also gut. Ich spiele mit offenen Karten. Ich bin kein Immobilienmakler.« Er grinst.

»Nein?«

»Ich bin ein Liebhaber limitierter Sammlerstücke und von besonderen … Antiquitäten. Ich habe gehört, der alte Edgar hatte eine Menge Trödel angesammelt, und ich wollte mir einen Überblick verschaffen, ob etwas für mich dabei ist.«

Ich kann nicht sagen, was mich mehr wundert: die Tatsache, dass er Edgar kannte oder dass er von jemandem etwas über Edgar gehört haben will. Was den »Trödel«, von dem er spricht, angeht, kann ich nur beteuern, dass niemand wusste, dass Edgar einen Teil seiner Sachen bei mir deponiert hat.

Ich spüre die beiden Ampullen in meiner Hosentasche, ebenso wie den Druck des Notizbüchleins an meinem Gesäß. Es ist, als würden sie vibrieren.

Wie rasch er von seiner unechten Story abgelassen hat! Nur, um mir eine originellere Geschichte aufzutischen, die sicher ebenfalls frei erfunden ist.

»Sie heißen dann auch nicht Anton Müller?«

Er schüttelt bedauernd den Kopf. »Mein Name ist

Alexander Novak. Ich nahm an, Sie hätten vielleicht mehr Vertrauen, wenn ich Ihnen den Immobilienmakler gebe, habe aber sofort gemerkt, dass Sie zu intelligent für solche Spielchen sind.«

Wenn er wüsste, dass er mich mit diesen fadenscheinigen Komplimenten nicht ködern kann, wäre er mit Freuden bei der Version mit dem Makler geblieben.

»Ich kann Ihnen nicht helfen. Sobald ein Erbe gefunden wurde, müssen Sie Kontakt mit ihm aufnehmen.«

»Das Prozedere ist mir durchaus bekannt. Ich dachte, wir beide könnten das unkompliziert klären. Sie verstehen?«

»Ich denke, das möchte ich jetzt nicht verstehen.«

»Auch nicht, wenn ich Ihnen … sozusagen … eine Aufwandsentschädigung zukommen ließe?«

Wie bitte? Er will mich bestechen?

»Das hab ich jetzt nicht gehört!«

»Sehr gut.« Er lächelt und kramt in seiner Hosentasche. Das Geldbündel, das er zutage fördert, zeigt mir, dass er meine Reaktion falsch gedeutet hat.

Er blättert die Banknoten durch und zählt. »Gut … ich habe hier … tausend Euro. Dafür lassen Sie mich einen Blick in das Haus des Mannes werfen.«

»Sie begreifen es offenbar nicht. Wenn Sie sich nicht sofort von meinem Hof scheren, rufe ich die Polizei.«

Er steckt das Geld wieder weg. Dann baut er sich breitbeinig vor meiner Tür auf und verschränkt die Arme.

»Warum holen Sie nicht Ihren Ehemann aus der Dusche?«

Ich will die Tür zudrücken, aber der Typ ist flotter. Er benutzt die klassische Fuß-in-den-Türspalt-Methode.

»Ich habe es wirklich im Guten versucht, Frau Appelbaum.«

»Gehen Sie weg!« Ich bin erstaunt, wie polternd meine Stimme ist.

Er tut prompt, was ich sage. Sein Fuß verschwindet aus der Tür und ich knalle diese zu.

Seine Stimme klingt durch die geschlossene Tür dumpf.

»Das tue ich, Frau Appelbaum. Das tue ich.«

Schon höre ich seine Schritte im Kies auf dem Hof. Dennoch folgt kein Geräusch einer knallenden Autotür, ebenso vermisse ich das Motorengeräusch.

Blitzschnell hechte ich in meine Küche. Durch das Küchenfenster habe ich einen guten Blick auf meinen Hof.

Das Auto steht weiterhin da und von dem Herrn ist keine Spur zu sehen. Die Absperrbänder vor Edgars Haus flattern lose im Herbstwind. Der wird doch nicht …

In diesem Augenblick fährt Bernds Wagen auf den Hof. Auch das noch!

Exmänner tauchen wohl immer auf, wenn man sie am wenigsten gebrauchen kann. Eigentlich kann man sie gar nicht mehr brauchen. Oder doch? Er könnte mir zumindest helfen, diesen ungebetenen Besucher vom Hof zu scheuchen, wenn Strolchi schon nicht dafür sorgen will.

Ich hechte auf den Hof und erreiche Bernd, als er aus seinem eleganten Zweisitzer aussteigt. Jetzt habe ich schon zwei blank polierte Fahrzeuge hier auf dem Hof stehen. Bernd hebt sofort beschwichtigend die Hände, als er mich auf sich zustürmen sieht. Seinen genervten Gesichtsausdruck kenne ich auswendig.

»Ich will den Fernseher holen. Erspar mir alles Weitere! Der Hund ist nicht dabei.«

»Bernd, da ist ein Mann ins Haus gegangen. Er hat die Absperrung der Polizei beschädigt.« Ich zeige auf das Austragshäuschen und bemerke, dass meine andere Hand vor meinem Gesicht Bewegungen macht. Das Feuermal von Alexander Novak geht mir nicht aus dem Kopf. Momentan sieht die Fuchtelei meiner Hand aber eher danach aus, als zeige ich Bernd, dass er völlig bescheuert sei. Eilig schiebe ich mir ein paar lockere Haarsträhnen hinters Ohr.

»Lenk nicht wieder vom Thema ab! Der Hund ist nicht da.«

»Ist ja schon gut! Ich habe Finn mit keinem Wort erwähnt. Siehst du nicht, dass die Sperre nicht mehr intakt ist?«

Aufgeregt deute ich auf die losen Bänder, die raschelnd in der Luft flattern. Außerdem glaube ich, dass er mich mit Finn nur ärgern will. Liegt ihm wirklich so viel an dem Hund oder benutzt er ihn, um mir ständig wehzutun?

»Das wird der Wind gewesen sein.«

So war Bernd schon immer. Er hat mich nie ernst genommen.

»Dann werde ich eben selbst nachsehen.«

Energisch marschiere ich auf die Eingangstür des Hauses zu.

»Jetzt warte doch mal!«, höre ich Bernd hinter mir.

Ich bleibe erst stehen, als ich die Tür des Austragshäuschens erreicht habe. Jemand hat tatsächlich die Versiegelung der Haustür aufgebrochen. Bernd schließt zu mir auf und sieht die Bescherung. »Du solltest das der Polizei mitteilen.«

»Da ist noch jemand drin, Bernd.«

»Umso schneller solltest du das melden. Ich gehe jetzt jedenfalls den Fernseher holen.«

Er sucht nach seinem Schlüssel. Es ist ein Unding, dass er noch einen Hausschlüssel hat. Aber bisher habe ich mich nicht getraut, ihn zurückzufordern. Bernd hat immer unterschwellige Andeutungen gemacht, dass er mich Finn niemals sehen lassen würde, wenn ich nicht gewisse Regeln einhalte. Ich hatte den Eindruck, dass er auch seinen ungehinderten Zugang zu meinem Haus damit meinte.

Es ist erbärmlich, wie feige er ist! Jeder Kerl, der ein paar Eier in der Hose hat, würde jetzt vor mir in das Haus marschieren, um dort nach dem Rechten zu sehen.

»Bernd, da ist jemand drin. Siehst du nicht sein Auto?« Ich deute auf den Wagen und stocke. Da ist ein Auto. Nur das von Bernd. »Aber da war doch eben noch …«

»Carola! Ist das wieder eine deiner Geschichten? Bist du sicher, dass du nicht selbst in Edgars Haus warst?«

»Ja, verdammt, ich bin sicher!«

Bin ich das tatsächlich? Vielleicht war dieser ominöse Herr Novak gar nicht da und ich habe die Bänder zerrissen. War ich noch mal in Edgars Haus?

Bernd glaubt mir nicht. Ich kann es an seinem Blick sehen und es macht mich unsicher.

»Ganz ruhig, Carola. Ich hole jetzt mein Gerät und bin dann sofort weg. Was du hier tust oder eben nicht tust, geht mich kein bisschen an. Ich hoffe, dass hier alles in Ordnung ist, wenn ich den Hund wirklich mal bei dir lassen will. Ach … und du weißt, dass es Christine sehr wichtig ist, dass du zur Hochzeit kommst.«

Richtig. Die Hochzeit. Bernd und Christine werden heiraten.

»Ja, ich weiß«, knurre ich.

Diese Vermählung wäre für mich der allerletzte Ort auf Erden, wenn ich dort nicht die Gelegenheit hätte, mich um Finn zu kümmern. Christine hat mich darum gebeten. Außerdem spielt noch etwas anderes eine Rolle: Ich werde auf diese Feier gehen und vor Ort allen zeigen, wie glücklich ich ohne Bernd bin. Ich werde jeder Seele auf dem Fest beweisen, dass er mich nicht als Häufchen Elend zurückgelassen hat.

»Natürlich nur, wenn du den Unbekannten aus Edgars Haus bis dahin gefunden hast. Vielleicht will er dich ja begleiten? Christine sagte mir, du hast dich mit Begleitung angemeldet. Daran kannst du dich hoffentlich noch erinnern.«

Es war eine Schnapsidee. Ich habe gar keine Begleitung für die Hochzeit. Ich weiß nicht, wo ich mir jemanden auf die Schnelle aus dem Hut zaubern sollte. Kurzzeitig habe ich sogar schon über einen Escort-Service nachgedacht, habe mich aber dagegen entschieden.

»Natürlich komme ich mit meiner Begleitung. Er hat

nur noch nicht hundertprozentig zugesagt, da er geschäftlich stark eingebunden ist … manchmal auch kurzfristig.«

Bernd sieht mich skeptisch an. Seine Augenbrauen heben sich wehleidig, als würde ich ihm Schmerzen bereiten. Er atmet tief durch.

»Gut.«

Mehr hat er nicht zu sagen? Interessant.

Dann lässt er mich einfach stehen, schreitet über den Hof zu meiner Haustür und sperrt sie auf. Wie ich diesen Mann hasse! Er war kein genießbarer Ehemann für mich.

Kaum ist Bernd in meinem Haus verschwunden, richtet sich mein Augenmerk auf die geöffnete Türe zu Edgars Reich.

»Hallo? Herr Novak? Sind Sie hier?«

Keine Antwort.

»Ich rufe jetzt die Polizei!«

Stille.

So langsam zweifele ich wirklich an mir. Ich sehe Dinge, die nicht da sind.

Bis Bernd aus meinem Haus zurückkehrt, bin ich keinen Meter weitergekommen. Gedankenverloren starre ich auf das gebrochene Siegel.

»So, ich habe den Fernseher. Du solltest mal ganz dringend aufräumen.«

Wahnsinn! So war er schon immer. Er hat nur gemeckert und gemosert. Das nervt mich heute wie damals!

»Kann dir doch egal sein! Du wohnst nicht mehr hier.«

»Aber es steht mein guter Ruf auf dem Spiel.«

»Dein guter Ruf?«

»Ich meine ja nur. Hast du heute schon einmal einen Blick in den Spiegel geworfen? Deine Haare sehen abartig aus.«

»Tu mir den Gefallen und verschwinde hier!«, schimpfe ich, fahre mir dabei aber mit der flachen Hand über mein rotbraunes Haar und überlege ernsthaft, ob ich heute schon dazu gekommen bin, mich zu kämmen.

So eiskalt habe ich bis dato nie mit Bernd gesprochen. Es macht mich wütend, weil er kein bisschen Empathie aufbringen kann. Dankbar registriere ich, dass er endlich in seine Luxuskarosse steigt und davonbraust.

Es kribbelt unangenehm in meinem Nacken, als ich auf mein Haus zugehe. Bernd hat die Haustür offen gelassen. Das ist bei mir kein ungewöhnlicher Zustand. Ich hatte schon immer ein offenes Haus. Bisher habe ich mich noch nie fürchten müssen. Semiramis sitzt auf der Türschwelle, als warte sie auf meine Rückkehr. Immer wieder muss ich mich zu Edgars Häuschen umsehen, als würde dort jeden Moment Herr Novak auftauchen. Aber es rührt sich nichts. Ich weiß, ich müsste jetzt die Polizei anrufen und davon berichten, dass das Siegel gebrochen wurde. Aber mal ehrlich, damit würde alles nur unerquicklicher werden.

Stattdessen ziehe ich das schwarze Adressbüchlein aus meiner Gesäßtasche und schmökere darin herum. Bis ich an meiner Tür angekommen bin, habe ich unter K wie Kowalski schon eine Telefonnummer erspäht. Sie gehört einem Gregor Kowalski. Ob ich den anrufe?

Ich schließe die Haustür hinter mir und mache es mir in meiner Küche gemütlich. Eine Weile blättere ich in dem Büchlein, aber viele Namen klingen derart fremdländisch, dass ich mir nicht sicher bin, ob mich derjenige überhaupt verstehen würde, wenn ich ihn kontaktiere.

Gregor Kowalski hat einen Festnetzanschluss und eine Handynummer. Der Anschluss erweist sich als Auslandsverbindung. Ich bin hin- und hergerissen, wähle anschließend aber doch die mobile Nummer.

Es klingelt ein paarmal, dann nimmt ein Mann meinen Anruf entgegen: »Ja?«

»Hallo?«

»Wer ist da?« Er scheint begrenzt Zeit zu haben, klingt kurz angebunden.

Ich hätte mir vorher die passenden Worte überlegen sollen. Außerdem wirkt er misstrauisch, als wäre ich eine Callcenter-Mitarbeiterin, die ihm etwas verkaufen will.

»Appelbaum«, sage ich rasch.

Er schweigt. Das bereitet mir ein flaues Gefühl im Magen. Ich fühle mich noch unwohler. Wie bringe ich es ihm jetzt bei? »Ich bin …«

»Ich weiß, wer Sie sind.«

»Wirklich?« Meine Überraschung schießt förmlich aus mir heraus.

»Hat *er* Ihnen meine Nummer gegeben?«

Wir wissen also, um wen es geht.

»Nein. Ich habe sie aus einem Adressbuch.«

»Sie sind demnach Lola.«

»Carola Appelbaum, um genau zu sein.«

»Carola? Mein Vater nennt Sie Lola.«

Er ist Edgars Sohn?

»Ich muss Ihnen etwas sagen …« Puh! Es fällt mir schwer.

Der Mann am anderen Ende der Leitung hat eine einnehmende Stimme. Anfangs überwog eine distanzierte Kälte in seinem Ton, aber als er mich Lola nannte, klang er warmherzig.

»Also, Lola, leider habe ich nur begrenzt Zeit für unser nettes Gespräch …«

Wie redet er denn? Will der etwa mit mir flirten? Oder macht er sich über mich lustig? Es ist wahrhaftig an der Zeit, die Katze aus dem Sack zu lassen.

»Ich habe Ihren Vater heute Morgen in seinem Bett gefunden …«

Er lacht. »Da finde ich mich auch meistens.«

»Er war … ist … gestorben.«

Es bleibt still am anderen Ende der Leitung. Ich glaube, ich höre den Mann schlucken. Es ist mir unangenehm, dass ich ihm diese Nachricht überbringe. Aber es fühlt sich angemessen an. Edgar hat bei mir gelebt. Dennoch möchte ich das Telefonat nicht unnötig in die Länge ziehen.

»Sie sollten sich dringend bei der Polizei und dem Bestatter melden.«

»Polizei?«

»Es war nicht eindeutig, wie er verstorben ist.«

»Sie sagten, Sie haben ihn gefunden?«

»Ja.«

»Ist Ihnen etwas … Verdächtiges aufgefallen?«

»Nein«, platzt es aus mir.

Von Edgars ungewöhnlicher Körperhaltung und dem roten Prothesenzubehör in meinem Gehirn verrate ich mal lieber nichts.

»Ich komme vorbei. Ist Ihnen das recht?«

»Natürlich.«

»Ich bin gerade in der Gegend. Es dauert also nicht lange.«

Da hat er auch schon aufgelegt. Er ist in der Nähe? Seltsam! Ich hatte nicht den Eindruck, dass Edgars Sohn jemals in der Gegend war. Ich wusste ja nicht einmal, dass es ihn gibt.

Eine sexy Telefonstimme hat er. Ich bin sehr gespannt auf ihn.

Kapitel 4

Keine zehn Minuten später fährt ein Auto auf den Hof. Es ist ein Taxi.

Unglaublich! Wie »nah« war er denn »in der Nähe«?

Wieder spähe ich durch das Küchenfenster. Ein schwarzhaariger Mann steigt aus. Sein nicht absolut kurz geschnittenes Haar hat er nach hinten gekämmt. Er ist ungefähr so alt, wie ich aufgrund seiner Stimme erwartet hätte. Nicht mehr taufrisch, aber auch nicht zu alt. Ein Herr im besten Alter, würde ich sagen. Bestimmt geht er auf die vierzig zu und ist damit ein paar Jahre älter als ich. Er trägt eine schwarze Lederjacke und eine verspiegelte Sonnenbrille, wie man sie von Piloten kennt. Er scheint diesen Sommer sehr viel draußen gewesen zu sein. Jedenfalls ist er braun gebrannt. Nicht zu verachten ist der einwandfrei gestutzte Bart im Van-Dyke-Stil. Edgars Sohn sieht verwegen aus und sexy, wenn ich das feststellen darf.

Sein Gesicht ist meinem Haus zugewandt, seine Mimik undurchschaubar. Ich bin überrascht, was für einen stattlichen Sohn Edgar hat. Das hätte ich ihm nicht zugetraut. Der Mann nickt mir zu und ich mache mich klein hinter dem Fenster. Sieht man mich wirklich so deutlich hinter der Gardine?

Das Taxi fährt los und jetzt sehe ich Edgars Sohn in voller Größe stehen. Er hat einen Gehstock dabei. Zur Lederjacke trägt er eine schwarze Stoffhose und edle Schuhe. Eine merkwürdige Kombination.

Gemütlich schlendert er auf meine Haustür zu und benutzt den Stock als Stütze. Es ist nicht so, dass er extrem humpeln würde, aber es ist nicht zu übersehen, dass er den Spazierstock als Unterstützung braucht.

Gedankenverloren starre ich Edgars Sohn nach, als er schon aus meinem Blickfeld verschwunden ist.

Es klingelt an der Tür. Vielleicht hätte ich mich etwas zurechtmachen sollen? Rasch kontrolliere ich, ob mein lässig geflochtener Zopf einigermaßen sitzt.

Dann öffne ich Gregor Kowalski die Tür.

»Guten Tag, Frau Appelbaum.«

Ich schlucke. Seine sonore Stimme klingt in natura noch schöner als am Telefon. Ich komme nicht umhin, die Bewegungen seines Bartes zu beobachten, wenn er spricht. Auf einmal fühle ich mich merkwürdig. Ein Kribbeln breitet sich in meiner Bauchgegend aus, das offenbar vom Timbre seiner Stimme in mir ausgelöst wird.

Edgars Sohn nimmt die Sonnenbrille ab. Ich starre in tief liegende Augen, die von prägnanten Augenbrauen betont werden. Der Mann sieht bekümmert aus, obwohl er mich anlächelt. Seine beiden Hände stützen sich auf den Gehstock, den er vor seinem Körper platziert hat. Das Ende des Stockes ziert ein silberfarbener Totenkopf. Irgendwie gruselig!

»Ich bin Gregor Kowalski. Wir haben miteinander telefoniert.« Das ist schon das zweite Mal an diesem Tag, dass ich eine Hand zur Begrüßung gereicht bekomme.

Diesmal gehe ich gerne darauf ein und versuche ein Lächeln. Was für ein Mann! Also wenn er jetzt nicht hier wäre, um den Tod seines Vaters zu betrauern, dann … Ja, was dann? Sein Händedruck ist einnehmend. Das mag ich.

»Meinen herzlichen Glück… Tut mir leid! ›Herzliches Beileid‹ wollte ich sagen.« Ich entziehe ihm meine Hand und schlage sie vor den Mund.

»Danke.«

Was bin ich froh, dass er meinen fatalen Versprecher souverän übergeht.

Wir schweigen, und Herr Kowalski wartet, indem er erneut beide Hände auf den Stock stützt.

»Wollen Sie hereinkommen?«

»Gerne.«

Warum bin ich nur dermaßen nervös? Das muss an der Ausstrahlung dieses Mannes liegen. Er strahlt etwas … wie soll ich es nennen … etwas Besonderes aus. Als wäre er eine höhergestellte Persönlichkeit. Es ist aber nicht so, dass er auf mich arrogant wirkt. Es kommt mir eher vor, als gehöre dieses Auftreten zu seiner Natur.

Als Herr Kowalski mir ins Haus folgt, denke ich kurz über die Auswahl meiner Räume nach. Küche oder Schlafzimmer? Quatsch, Wohnzimmer, Carola! Wohnzimmer!

Ich entscheide mich für die Küche.

»Entschuldigen Sie, bitte! Ich bin heute noch nicht zu meiner Hausarbeit gekommen.« Während ich das sage und Herr Kowalski nach mir die Küche betritt, sehe ich mich in meiner Kochstube um.

Jeder Trottel wird erkennen, dass ich nicht nur heute nicht zum Aufräumen gekommen bin.

»Kein Problem. Das ist in Anbetracht der Umstände nicht verwunderlich.« Gregor Kowalski sieht sich um. Seine hohe Stirn zeigt ein paar Falten.

Ich folge seinem Blick.

»Oh!« Auf den freien Stühlen befindet sich eine stattliche Anzahl Krumen. »Entschuldigung!« Mit einer schnellen Bewegung schnappe ich das rote Stuhlpolster und lasse die Brösel auf die Erde fallen. »Bitte sehr!«

»Das hätte ich auch selbst übernommen. Ich war mir nur nicht sicher, ob ich die Krümel auf den Boden fallen lassen darf.« Er lächelt.

Ich kralle mich an das Sitzkissen.

»Darf ich mich jetzt setzen?«, fragt er höflich.

»Ja, sicher. Entschuldigen Sie!« Hastig lege ich das Kissen zurück auf den Stuhl.

Er zieht sich den Stuhl zurecht. Dabei quietscht das Holz auf dem Dielenboden. Schon lange wollte ich die Filzunterleger erneuern.

»Entschuldigen Sie sich immer so oft?«, fragt er und setzt sich. Sein Stock findet einen Platz an der Tischkante.

»Nein. Entschuldigung!«

Er lacht kurz. Ich beiße mir auf die Unterlippe und drehe mich weg. Vielleicht sollte ich jetzt was zu trinken machen und damit aufhören, mich ständig zu entschuldigen. »Tee oder Kaffee?«

»Ein Glas Wasser, bitte!«

»Okay, ich habe nur Leitungswasser. Tut mir leid.« O Mann! Ich schließe die Augen und atme durch.

Schon wieder habe ich mich entschuldigt. Gut, dass ich kein Lachen hinter meinem Rücken hören kann. Womöglich ist es ihm nicht aufgefallen.

Ich weiß auch nicht, warum mich der Mann so nervös macht. Er strahlt etwas aus, was mich an Sex denken lässt. Ich sollte jetzt nicht an hemmungslosen Sex denken.

Das Glas, das ich aus dem Hängeschrank über der Spüle genommen habe, ist nicht völlig rückstandsfrei. So unauffällig wie möglich spüle ich es erst noch ab und poliere ein paar Schlieren mit dem Geschirrhandtuch weg, bevor ich es mit Wasser fülle.

Als ich mich endlich mit dem Getränk in der Hand zu ihm umdrehe, treffen sich unsere Blicke. Ich vermute, dass er mich die gesamte Zeit über konzentriert beobachtet hat. Er lächelt wieder verhalten und sein Blick scheint in meinem Gesicht etwas zu suchen. Zu gerne wüsste ich, welche Fragen ihm auf den Lippen brennen.

»So, bitte sehr!« Ich sehe, dass meine Hand zittert, als ich das Glas vor ihn auf den Tisch stelle.

Seine Aufmerksamkeit folgt meiner Hand, aber er sagt nichts.

Kurz überlege ich, ob ich mich an die Arbeitsplatte der Küche anlehnen oder ob ich mich zu ihm setzen soll. Natürlich setze ich mich zu ihm, obwohl ich den Drang verspüre, etwas Abstand zwischen uns zu bringen.

Ohne Hast ziehe ich einen Stuhl vom Tisch weg. Bis ich sitze, scheint eine Ewigkeit vergangen zu sein.

Ein Gespräch kommt nicht in Gang. Gregor Kowalski sieht mich an und wartet. Ich warte. Ich wünschte, ich hätte mir auch ein Glas Wasser eingegossen. Dann könnte ich mich daran festhalten.

»Haben Sie sich schon beim Standesamt gemeldet?« Weil er nicht sofort antwortet, sehe ich ihn nun doch an und bin erneut von dem Blick aus seinen Augen überwältigt. Wann hat mich ein sensationeller Mann zuletzt so angesehen? So unvoreingenommen entgegenkommend, ohne Abneigung und Abscheu.

»Ich wollte zuerst mit Ihnen sprechen.«

»Ich habe Ihnen am Telefon alles gesagt.« Na ja, fast alles.

»Sicher?«

»Ja.« Ich weiche seinem eindringlichen Augenkontakt aus. Im Lügen war ich noch nie besonders gut.

Er bleibt still und beobachtet mich. Dann greift er nach dem Glas und trinkt es in einem Zug leer. Ich ertappe mich dabei, dass ich seine Finger nach Ringen absuche. Es würde mich doch sehr wundern, wenn ich keinen schlichten Goldring am Ringfinger entdecken würde, werde aber überrascht. Er trägt keinen Ring. Ehe ich michs versehe, ist er schon aufgestanden. Automatisch erhebe ich mich.

»Gut«, sagt er, »dann kümmere ich mich jetzt um alles Weitere.«

»Okay.« Ich nicke und starre auf den Totenkopf an seinem Stock.

»Sind Sie sicher, dass es nicht doch etwas gibt, was Sie mir zusätzlich sagen wollen?«

Außer, dass er ein sagenhaft charismatischer Mann ist? Da würden mir auf Anhieb einige andere Dinge einfallen.

»Nein, alles bestens.«

Sein Blick fällt auf meine ausgebeulte Hosentasche. Da habe ich immer noch die beiden Ampullen versteckt, die ich aus Edgars Koffer nahm. Ob er erkennt, was es ist? Seine Aufmerksamkeit bleibt nicht an der Hosentasche hängen, sondern wandert bis zu meinen Füßen und wieder nach oben bis in mein Gesicht.

Das versuche ich zu ignorieren, aber meine Wangen fühlen sich hitzig an, als sein Blick meine Augen streift. Er wendet sich um und geht vor mir aus der Küche durch den Flur in Richtung Haustür. Auffällig wissbegierig schielt er in die Zimmer, deren Türen offen stehen.

Mich drückt das schlechte Gewissen. Auf der einen Seite denke ich, dass ich mehr von Edgar preisgeben sollte, und zwar alles, was ich heute erlebt habe. Auf der anderen Seite müsste wenigstens er als sein Sohn von den Dingen erfahren, die ich hier im Haus habe.

»Ich habe noch Sachen von Ihrem Vater im Keller. Er hatte gefragt, ob er sie bei mir unterstellen darf.«

Herr Kowalski dreht sich zu mir um.

»Ich verstehe. Reicht es Ihnen, wenn ich diese Angelegenheit nach der Beerdigung regele?«

»Aber natürlich. Ich wollte Sie nicht unter Druck setzen. Das hat Zeit. Tut mir leid.«

»Erneut eine Entschuldigung. Wer hat Sie nur so verunsichert, dass Sie meinen, Sie müssten sich ständig rechtfertigen?«

»Niemand«, sage ich und presse die Lippen aufeinander.

Ganz klar. Meine Gedanken sind bei meinem Exmann. Es war schon so, dass ich das Gefühl hatte, egal was ich tue oder entscheide, Bernd würde immer etwas daran zu nörgeln haben. Meist hatte ich damit auch recht.

Herr Kowalski scheint zu überlegen, ob er mit meiner Antwort zufrieden ist. Ich gehe an ihm vorbei und öffne die Haustür. Dabei komme ich ihm näher, als ich eigentlich will.

Ich schlage die Augen nieder und lasse Herrn Kowalski seiner Wege ziehen. Die Gänsehaut in meinem Nacken, die sich schleppend über meinen Rücken ausbreitet, kann ich nicht ignorieren.

»Auf Wiedersehen, Lola Appelbaum«, höre ich Gregor Kowalski noch sagen, was das Kribbeln nur verstärkt.

Verwirrt sehe ich ihm nach, wie er über den Hof hinkt. Als ich ihm nachrufen will, ob ich ihm ein Taxi bestellen soll, sehe ich, dass er ein Handy aus seiner Jackentasche holt. Er blickt zum Austragshaus hinüber. Er muss sehen, dass die Versiegelung aufgebrochen ist. Rasch schließe ich die Haustür, kann aber dennoch erkennen, dass er sich ruckartig zu mir umdreht.

Ich bleibe mit einem merkwürdigen Gefühl massiver Unruhe zurück. Es fühlt sich nicht angemessen an, dass ich ihm kein Fünkchen von dem Fruchtgummi in meinem Kopf erzählt habe. Außerdem habe ich einige Tiegel aus Edgars Besitz an mich genommen und müsste diese zurücklegen. Andererseits muss ich mir eingestehen, dass ein Teil meiner Aufregung absolut auf Gregor Kowalski zurückzuführen ist. Er hat etwas an sich, was mich in außerordentliche Erregung versetzt – im positiven Sinne.

Am fortgeschrittenen Nachmittag ruft Bernd an.

»Hör zu, Carola! Ich habe über die Hochzeit nachgedacht. Ich möchte, dass Finn bei unseren Nachbarn bleibt.«

»Du hast mir versprochen, dass ich ihn während der Feierlichkeiten komplett für mich haben werde.«

»Lass mich doch einmal ausreden! Ich dachte, du schleppst dich nur wegen dem Hund auf die Feier, und das will ich nicht.«

»Aber …«

»Ich heirate, Carola!«

»Das ist mir verdammt noch mal mehr als klar!«

Ich höre, wie Bernd ausgeprägt durchatmet. »Kannst du nicht verstehen, dass ich keine langen Gesichter auf der Hochzeit haben will?«

Obwohl ich ihm gerne Kontra geben würde, kann ich es nicht. »Kannst du nicht nachvollziehen, dass ich Finn wiedersehen möchte?«

»Ich kann nicht begreifen, warum du immer noch so aufgebracht bist«, sagt Bernd, wo ich mir einmal etwas Empathie gewünscht hätte. »Ich mache mir Sorgen, dass der Hund das Brautkleid ruiniert. Er hängt an Christine, und selbst wenn du dich auf Gedeih und Verderb um ihn kümmerst, wird er sie anspringen. Du hast ihn zu keiner Zeit in die Schranken gewiesen.«

Toll! Jetzt bin ich also nicht nur schuld daran, dass

Finn verzogen sein soll, ich wäre auch noch diejenige, die für ein verschmutztes Hochzeitskleid zur Rechenschaft gezogen wird.

Im Hintergrund ist Christine zu hören.

Bernd ruft ihr zu, dass ich am Apparat bin, woraufhin ich der Stimme meiner ehemals besten Freundin lausche.

»Hallo, Carola!«

»Hallo.« Ich bemühe mich nicht um Freundlichkeit.

»Ich schreibe die Tischkarten. Möchtest du neben dem Pfarrer sitzen?«

Darauf kann ich nicht antworten.

Christine kichert.

»War nur Spaß. Moment!« Sie hat anscheinend nicht begriffen, dass die Zeit, in der wir miteinander scherzen konnten, vorbei ist.

Im Hintergrund sagt Bernd etwas und Christine fragt mich: »Du kommst doch auch, wenn der Hund nicht da ist? Bernds Mutter wäre arg enttäuscht, wenn sie erfährt, dass du wegen des Tieres abgesagt hast.«

Bernds Mutter Rosi ist eine der Verwandten von Bernd, die ich aufrichtig in mein Herz geschlossen habe. Seit Bernd und ich geschieden sind, ist der Kontakt zwar so gut wie eingeschlafen, aber ich bin mir völlig sicher, dass sie sich nie an Christine gewöhnen wird. Sie war in der Lage, meinen Kinderwunsch und die Belastung, die damit einherging, gut zu verstehen, da sie ebenfalls jahrelang auf ihr Wunschkind Bernd warten musste. Während sie für mich in der Tat eine Bilderbuch-Schwiegermutter war, wird sie es Christine nicht leicht machen.

Obwohl ich wirklich lieber nicht an der Hochzeit teilnehmen würde, vor allem jetzt, wo Finn nicht dort sein wird, möchte ich gegenüber meiner Schwiegermutter keine Schwäche zeigen. Christine und Bernd haben es sowieso nicht verdient, sich über ein Einknicken meinerseits zu freuen. Sollte Bernd mit seinem Schachzug bezwecken, dass ich schmollend zu Hause sitze, hat er sich verkalkuliert. Ich werde so was von glücklich auf dieser Hochzeit sein.

»Natürlich komme ich.« So, die Zusage steht!

»Du hast beim letzten Mal gesagt, dass du in Begleitung kommst. Bernd weiß nicht, wen du mitbringst, was es für die Tischkarten schwierig macht. Welchen Namen darf ich denn auf die Karte schreiben?«

»Ähm …« Ich überlege und fische nach einem Namen. Ich brauche jetzt flugs einen Mann, der umwerfend aussieht und alle Anwesenden auf der Party blass vor Neid werden lässt. Bevor ich etwas dagegen unternehmen kann, entweicht mir die erste Idee, die mir in den Sinn kommt. »Gregor Kowalski.«

Christine buchstabiert den Namen bedächtig. Ihr Ton verrät, dass sie meint, ich hätte mir im Moment einen Fantasienamen einfallen lassen. Ungeachtet dessen hört es sich an, als notiere sie sich alles.

Ich verabschiede mich eilig. »Bis zur Hochzeit!« Bis zu der Hochzeit, auf der ich mit Sicherheit nicht mit Gregor Kowalski erscheinen werde.

Der ausgestorbene Sitzplatz neben mir wird das Gefühl widerspiegeln, das mich an diesem Abend verfolgt, als ich die täglichen Verpflichtungen auf dem Hof verrichte.

Hampton, mein stattliches Kaltblut, scheint meine Traurigkeit zu spüren. Als ich nach seinen Hufen sehe, stupst er mich mit seinen feinen Nüstern immer wieder an. Auch Semiramis schleicht um mich herum.

Heute wird sie bei mir im Schlafzimmer übernachten, wenn sie möchte.

Ich muss gestehen, es freut mich hellauf, dass sie immerhin Wert auf meine Gegenwart zu legen scheint.

Strolchi verbringt die Nacht in der windschiefen Hundehütte auf dem Hof. Solange die Nächte noch so mild sind wie bisher, brauche ich mir keine Sorgen um ihn zu machen. Er ist zwar alt, aber deswegen ist er kein Weichei – zumindest nicht in dieser Hinsicht.

Beim abendlichen Umziehen halte ich plötzlich die beiden gläsernen Flakons wieder in den Händen. Die runde mit der türkisfarbenen Flüssigkeit »Wünsch dir was« und der eckige Tiegel mit dem durchsichtigen Inhalt, auf dem steht: »Bis über beide Ohren verliebt«. Sich etwas zu wünschen wäre ohne Frage der Hit. Was stünden mir da für Möglichkeiten offen!

Die beiden Ampullen stelle ich auf meinem antiken Nachtkästchen ab. Das uralte Kästchen aus dunklem Holz passt zwar schier nicht zu dem simplen Fichtenholzbett, aber das stört mich nicht. Hier geht es nicht darum, einen Preis für das schönste Schlafzimmer zu gewinnen.

Während ich motiviert in meinem Romanheftchen über den hitzköpfigen Scheich lese, der seiner zukünftigen Angebeteten das Leben schwer macht, bin ich mir der Anwesenheit der Fläschchen mehr als bewusst.

Ich kann sie fast körperlich neben mir spüren, als würden sie mir drohen. Ich kann mich nicht auf das Romanheftchen und den Scheich mit dem Waschbrettbauch konzentrieren. Als ich es nicht mehr aushalte, reiße ich die schmale Schublade des Nachtkästchens auf und lasse die beiden Tiegel darin verschwinden.

Dabei fallen mir die Romanhefte auf, die sich in meinem Nachttisch angesammelt haben. Ich richte mich in meinem Bett auf und ziehe einige Hefte heraus. Im Schneidersitz betrachte ich das Cover mit dem enthemmten Highlander und seiner Angebeteten. Nicht schlecht der Typ! Aber der schöne Fürst in seinem Anzug ist ebenso nicht zu verachten, denke ich, als ich das nächste Titelbild begutachte. Oder doch der Footballspieler, der in kompletter Montur von Cover 3 kampflustig in die Kamera linst.

Ich werfe die Heftchen in die Schublade, greife mir den türkisfarbenen Trank und trinke ihn in einem Zug aus.

So! Was auch immer in dem Fläschchen war. Jetzt ist es weg.

Sollte eine homöopathische Wirkung vorhanden sein, dann müsste diese geballt einsetzen. Noch während ich die zähe Flüssigkeit schlucke, mache ich mir Gedanken, ob das vernünftig war. Mal abgesehen davon, dass die Brühe womöglich nicht bekömmlich ist, schmeckt sie erheblich ranzig. Das Teil ist offenbar uralt.

Aber es ist zu spät. Das Gesöff ist auf dem Weg in meinen Magen. Mir wird mollig warm im Bauch. Das fühlt sich angenehm an, als hätte ich eine Wärmflasche zu mir ins Bett geholt.

Möglicherweise war das doch Schnaps? Auf einmal bin ich mir dessen ungemein sicher. Ich werde gewiss schlafen wie ein Bär.

Das Licht ist prompt ausgeknipst und ich sinke zufrieden auf mein Kissen. Wie gut, dass ich mich nie für einen meiner Romanhelden entscheiden muss. Ich kann sie alle mit ins Bett nehmen. Ich wünschte, ich hätte den piekfeinen Fürsten, den entfesselten Highlander und den derben Footballspieler jederzeit zur Stelle, damit ich wahlweise einen von ihnen vorziehen könnte. Eines haben sie alle gemeinsam – ihre Waschbrettbäuche.

Mit einem Kichern nicke ich endlich ein.

Kapitel 5

Mir brummt der Schädel. So ausgeprägt habe ich schon lange nicht mehr geschlafen. Traumlos, aber erholsam. Nervig sind nur die Kopfschmerzen.

Es dauert einige Zeit, bis ich mich in der Lage fühle, in eine aufrechte Position zu gehen.

Ich zucke zusammen, weil Semiramis auf mein Bett springt, sobald ich sitze. Sie mauzt mich an, und ich streichle sie mit der einen Hand, während die andere meinen Kopf streichelt.

»Oh, das ist ja wie ein Kater.« Semiramis miaut aufmerksam. »Nein, kein Kater für dich! Ich hoffe, dass der hier schleunigst wieder verschwindet.«

Träge rappele ich mich auf und schlurfe auf mein Fenster zu. Mannomann! Mein Nacken schmerzt, und ich fühle es in meinen Schultern knacken, als ich mich rühre. Mit einem Gähnen schiebe ich den Vorhang auf.

Ach du Schreck! Da steht ein Mann vor meinem Fenster und schaut zu mir herein. Hastig ziehe ich die Gardine zu. Moment! Der Mann in dem schicken Anzug kommt mir bekannt vor.

Nach kurzem Blinzeln, bei dem ich automatisch leicht mit dem Kopf schüttele, starte ich einen zweiten Versuch. Stück für Stück bewege ich den dicken Stoff beiseite. Kein Kerl an meinem Fenster. Gott sei Dank! So langsam zweifele ich an meinem Verstand.

Ich sollte mich wirklich von dieser närrischen Schwärmerei für Übermänner verabschieden. Diese Romanheftchen sind gar nicht gut für mich.

Jetzt brauche ich erst einmal einen wirksamen Kaffee.

Der Schreck von der wahnhaften Begegnung mit dem Mann sitzt mir noch in den Gliedern, als ich in die Küche tapse.

Beim Einfüllen des Wasserbehälters für den Kaffee höre ich ein Geräusch. Es kommt von draußen und hört sich an wie das regelmäßige Quietschen einer rostigen Schaukel. Ich schaue kurz durch das Fenster in den Hof. Mein Blick ist bereits wieder auf das fließende Wasser gerichtet, als mir klar wird, was ich beim Kontrollblick in den Hof gesehen habe.

Ich lasse den Behälter in die Spüle fallen und starre wie hypnotisiert aus dem Fenster.

Wie in Zeitlupe schiebe ich den Store ein Stück beiseite und beobachte, was sich da auf dem Hof abspielt.

Dort steht ein Mann an meinem Wassertrog! Mit gehörigem Körpereinsatz betätigt er den metallenen Hahn der Wasserpumpe und erzeugt nebenbei das nervtötende Quietschen.

Ich schließe rasch die Augen, weil ich es nicht wahrhaben will, was ich sehe. Doch als ich wieder aus dem Fenster sehe, hat sich nichts geändert: Der Mann trägt einen Schottenrock!

Mit dem eiskalten Wasser benetzt er seinen nackten Oberkörper.

Ich muss schlucken. Sixpack-Alarm! Ich merke, wie

meine Körpermuskeln erschlaffen. Mein Mund klappt auf und ich glotze den Highlander an.

Jetzt hat er mich womöglich erspäht, denn während er Wasser pumpt, lächelt er mich ausgiebig an. O. Mein. Gott!

Als ich überlege, wie ich hierauf reagieren soll, erscheint direkt vor dem Fenster ein anderer Mann. Ich zucke zusammen. Mein Herz macht einen Satz, nur um darauf in doppelter Geschwindigkeit zu schlagen.

Das ist der Herr, den ich vor meinem Schlafzimmerfenster gesehen habe. Er hat deutlich mehr an als der Highlander, aber sein Anzug sieht derart edel aus, dass ich genauso beeindruckt von ihm bin.

Ich taumele ein paar Schritte rückwärts, lasse den Mann vor dem Fenster dennoch keine Sekunde aus den Augen. Meine rechte Hand presse ich auf mein Herz.

»Gibt es schon Kaffee, Ma'am?«, fragt plötzlich jemand hinter mir.

Ich wirbele herum. Diese Stimme gehört einem Typen mit amerikanischem Akzent, der im Türrahmen steht.

Ich schreie auf. Der gewaltige Kerl scheint meine komplette Türfassung auszufüllen und trägt eine waschechte Footballer-Montur. Obendrein hat er den Helm auf und schwarze Striche unter den Augen. »Guten Morgen, Ma'am.« Er grinst, lässt seine Augenbrauen auf und nieder wippen und mustert mich in meinem beigen Flanellpyjama von oben bis unten. Meine gesamte Erscheinung wirkt vermutlich besorgniserregend. »Ist etwas nicht in Ordnung, Ma'am?«

Mal ganz ehrlich – wie kann er das fragen? Ich meine, er steht hier ungebeten in meiner Küche!

Er macht Anstalten, sich vom Türrahmen abzustoßen, um auf mich zuzukommen.

»Sie … Wie sind Sie hier hereingekommen?«

»Keine Ahnung. Ich war mitten in einem entscheidenden Spiel und plötzlich war ich hier.«

»Spiel? Sie sind …«

»Max.«

»Maximilian Banks?«, frage ich mit bebender Stimme. Das ist der Kerl aus dem Roman? Ich will es nicht glauben.

»Sie kennen mich?«

»Nein … ja … Ich weiß nicht.« Meine Gedanken rasen, während ich keinen Punkt dauerhaft fixieren kann. Wenn ich hier mit dem Footballspieler in der Küche stehe und mit ihm rede, dann ist das da draußen der Schotte namens William Macbain.

Wie erfreulich, dass ich gestern Abend nicht an den Scheich aus meinem aktuellen Heftchenroman gedacht habe! Hasan ibn Rayhan al-Arik fehlt mir hier direkt noch!

»Da sitzt übrigens so ein nobler Trottel in Ihrem Arbeitszimmer, Ma'am! Er ist eben hereingekommen.«

Klar! Das muss Prinz Clément de Marron sein. Der Herr im edlen Anzug muss der Fürst persönlich sein, dessen Gesicht einer geschmackvollen Marmorstatue gleicht.

Jetzt reicht es! Obwohl ich bereits mit der Anwesenheit von Max, dem Footballspieler, hoffnungslos überfordert bin, stürme ich an ihm vorbei, haste die Treppe hinauf und betrete mit entschlossenen Schritten mein Büro. Tatsächlich! An meinem Schreibtisch sitzt auf dem grünen Bürostuhl mit der verschlissenen Bepolsterung und der fehlenden Rolle der Mann, der ungeniert durch mein Schlafzimmerfenster geschaut hat.

»Was machen Sie hier?«

»Gehe ich recht in der Annahme, dass Ihr Carola Appelbaum seid? In diesem Fall, meine Teure, ordne ich Eure Unterlagen. Solch einem verheerenden Chaos muss umgehend Abhilfe geschaffen werden.«

Mir bleibt die Spucke weg. Ich beobachte, wie er ein Dokument in den Locher schiebt und seelenruhig den Hebel drückt.

»Noch vor einem Moment war ich in einer relevanten Unterredung. Doch mit einem Mal befand ich mich hier vor ebendiesem vernachlässigten Gehöft«, erklärt er.

Er steht auf, knöpft sein elegantes Jackett zu und kommt um den Schreibtisch herum auf mich zu. Er sieht ein bisschen aus, wie ich mir Clark Kent vorgestellt habe. Immerhin kommt dieser Mann nicht tollpatschig rüber wie Clark Kent. Die Brille fehlt ebenfalls. Doch sein Haar ist ebenso schwarz.

»Madame, ich fürchte, wir wurden uns noch nicht bekannt gemacht. Mein Name ist –«.

»Sie sind der Clemens.«

»Ich darf doch sehr bitten! Ich bin Prinz Clément de Marron. Ihr dürft mich mit ›Eure Hoheit‹, ›Durchlaucht‹ oder ›Eure fürstliche Gnaden‹ ansprechen.«

Ich lache auf, weil mir einfällt, dass sich der Kerl zu Anfang des Romanheftchens gegenüber der weiblichen Protagonistin auch arrogant verhalten hat. Wenn er sich aufregt, streckt er seinen Körper durch und geht ein wenig auf die Zehenspitzen, so, als wolle er vom Boden abheben.

»Na dann, herzlich willkommen auf meinem Hof, durchlauchte Hoheit aller fürstlichen Gnaden.« Ich mache einen Knicks in meinem Pyjama und sehe, dass er das gar nicht belustigend finden kann.

»Madame! Dies ist kein Spiel. Haben Eure Eltern Euch denn keine Manieren beigebracht?«, tadelt er mich.

»Habt Ihr schon einmal etwas von Privatsphäre gehört?« Ich deute auf meinen Schreibtisch und rege mich innerlich darüber auf, dass er meine Eltern erwähnt, die sich in ihrem niedlichen Häuschen auf Mallorca ein gemütliches Leben machen.

Touché! Er schweigt kurz.

»Ihr habt vollkommen recht, Madame. Aber Ihr habt mich hierhergebracht, und ich ging davon aus, es wäre aus ebendiesem Grund geschehen.«

»Ich habe Euch nicht hierhergebracht!«

»Auch, wenn Eure zarten Ohren dieses nicht hören möchten, meine Teure: Ihr habt einen Zauber über uns gelegt.«

»Uns?«

»Es sind zwei zusätzliche Herren anwesend. Wenngleich ich bei einem von ihnen nicht erwiesen finde, ob er jene Bezeichnung verdient. Er zieht es vor, halb nackt im Freien herumzutoben.«

»Okay, Herr …« Sein Blick lässt mich Luft holen und ich korrigiere mich. »Eure Hoheit, Ihr wisst mehr als ich. Ich habe nicht gezaubert.«

»Da täuscht Ihr Euch, Madame. Wir alle haben deutlich gespürt, wie Ihr uns rieft. Wir möchten unsere Obliegenheiten schleunigst erfüllen, um in unsere Welten zurückkehren zu können.«

»Obliegenheiten?«

»Ihr habt uns gerufen, da Ihr unserer Hilfe bedürft. Ich bin davon ausgegangen, dass ich Euch bei Euren finanziellen Angelegenheiten zur Hand gehen soll.«

»Ähm …« Soll ich jetzt gleich einhaken und meine leidenschaftlichen Fantasien vom Vorabend gestehen? Lieber nicht.

So langsam glaube ich, dass mein Exmann schon immer recht gehabt hat. Ich werde nicht verrückt, ich bin längst neben der Spur, und zwar so richtig! Ich sehe drei männliche Romanhelden und sie kommen mir absolut real vor. Ich möchte jetzt nur noch eines wissen …

»Madame, ich muss doch sehr bitten!«

»Entschuldigung, ich musste nur sichergehen, dass Sie wirklich hier sind.«

»Deshalb brauchen Sie nicht nach mir zu schlagen!«

Es poltert an meiner Haustür.

»Gehen Sie nur, Madame! Ich kümmere mich in der Zwischenzeit um Ihre finanziellen Angelegenheiten.«

Dagegen habe ich überhaupt nichts. Ich habe mir etliche Male jemanden gewünscht, der mich bei dem enormen Papierkram unterstützt. Verwirrt verlasse ich das Büro und steige die Treppe hinunter auf die Eingangstür zu.

Es ist mir inzwischen herrlich gleichgültig, dass ich immer noch im Pyjama bin. Mit Schwung reiße ich meine Haustür auf. Doch da steht niemand.

»Weib!«, höre ich jemanden rufen.

Es ist der Highlander, der mich wohl aus dem Haus locken wollte. Natürlich hat er seinen Platz am Brunnen wieder eingenommen.

Der Highlander benetzt sich die behaarten Achselhöhlen mit klarem Wasser und winkt mich zu sich.

»Komm her, Weib!«

Verwundert deute ich auf mich, während der wilde Kerl anzüglich grinst. Der meint tatsächlich mich!

Zwei Männer habe ich ja schon im Haus. Da kann ich mir den halb nackten auf meinem Hof genauer ansehen.

Ich trotte gemächlich auf den Highlander zu. Er hätte Mel Gibson in Braveheart alle Ehre gemacht. Sein Haar kommt mir ebenso ungekämmt und widerspenstig vor, aber da muss gerade ich ganz still sein. Dennoch – ist das die bittere Realität eines Romanhelden?

Der Highlander öffnet seine Arme, als ich näher komme. »Weib, komm her, damit ich dich befriedigen kann!«

»Moment!«

Da packt er mich schon und zieht mich an sich. Sein Kuss ist drängend, sein Körpergeruch bedrängend. Mit allen mir zur Verfügung stehenden Kräften schiebe ich den Kerl von mir. Er zeigt sich erstaunt. »Ist es nicht das, was du willst, Weib!«

»Ich heiße Carola.«

»Schon recht, Weib! Wir können uns zur Nachtzeit vereinen. Ich kümmere mich jetzt um den Gaul im Stall.«

»Der hat einen Namen. Er heißt Hampton.« Und überhaupt: Wer sagt, dass ich von einem Kerl wie dem befriedigt werden will? Sieht man mir meine Not wirklich derart an?

»Sonderbarer Name für ein Ross«, murmelt der Highlander.

Das knirschende Geräusch eines Fahrzeugs auf der Hofeinfahrt lässt mich herumfahren.

Ein Taxi biegt von der Straße her auf den Hof ein. Auch das noch! Eilig marschiere ich dem Fahrzeug entgegen und hoffe, dass der Highlander zwischenzeitlich im Stall verschwindet.

Der Taxifahrer bremst abrupt ab. Gut so! An dieser Stelle des Hofes kann der Fahrer nur begrenzt Einblick nehmen. Was heute hier geschieht, geht in der Tat niemanden etwas an. Wie sieht das aus? Eine alleinstehende Frau und drei Kerle, die ihr wie auch immer zur Hand gehen wollen. Puh!

Gregor Kowalski steigt aus dem Taxi. Mit flotten Schritten husche ich zu ihm und hoffe, dass er meine Aufregung nicht wahrnimmt.

»Herr Kowalski, was machen Sie denn so früh hier?«

»Guten Morgen, Frau Appelbaum.«

Mehr sagt er nicht, aber ich merke deutlich, dass er meinen Pyjama ausgiebig mustert. Der Taxifahrer grinst mich an. Ich rücke Herrn Kowalski ein bisschen zu vertraut auf die Pelle und blicke mich nervös um. Von dem Highlander ist nichts mehr zu sehen. Überhaupt wirkt hier alles friedlich und verlassen. Ich habe mir das doch nicht eingebildet?

Gregor Kowalskis Hand berührt kurz meinen Oberarm. »Sie sehen aus, als wäre der Teufel höchstpersönlich hinter Ihnen her.«

»Ich …«, wieder sehe ich mich auf dem Hof um, »habe nur schlecht geschlafen.«

»Und dann stehen Sie stets in Ihrem Schlafanzug auf dem Hof herum?«

»Ja … Ich meine … Nein. Ich meine …«

»Schon gut. Darf ich erst noch meine Schulden begleichen, bevor wir uns unterhalten?«

»Natürlich.« Ich mache einen Schritt zurück, damit er den Taxifahrer bezahlen kann, dessen Mimik verrät, dass er sich immer noch tierisch darüber freut, wie deutlich sich meine Brüste unter dem Pyjamaoberteil abzeichnen.

Als das Motorengeräusch des Taxis und das Knirschen der Reifen auf dem Kies gedämpfter werden, bemerke ich Herrn Kowalskis Blick über meine Schulter. Hinter mir höre ich Pferdehufe im Kies.

»Wer ist das?«, fragt Herr Kowalski irritiert.

Blitzschnell sehe ich mich um. Der Highlander führt mein Pferd seelenruhig über den Hof. Als er uns bemerkt, winkt er mir. »Ich beweg den Gaul eine Runde, Weib!«

»Wer. Ist. Das?« Gregor Kowalskis Stimme gleicht einem Knurren.

»Sie sehen ihn?«, rufe ich begeistert. Danach wollte ich mich ursprünglich nicht erkundigen. Sofort beiße ich mir auf die Lippe.

»Was soll diese Frage? Natürlich sehe ich diesen … diesen …«

»Helfer. Das ist mein neuer … na ja … so was wie ein Knecht.«

»Im Schottenrock?«

»Er … tut das aus Überzeugung.« Ich lache auf, weil ich mir selbst nicht glaube, füge dann aber noch flugs hinzu: »Das ist sein Lifestyle. Er ist im Sommer sogar auf historischen Märkten unterwegs und jetzt … braucht er eben eine Beschäftigung über den Winter. Genau.« Puh! Das war doch alles gar nicht schlecht.

Ich bin froh, dass Herr Kowalski den Highlander sehen kann! Ich leide also doch nicht unter Wahnvorstellungen!

»Gibt es auch Sportveranstaltungen in der Nähe?«

»Warum?« Die Frage kommt mir flotter über die Lippen, als es mir eiskalt den Rücken herunterlaufen kann.

Herr Kowalski macht eine Kopfbewegung in Richtung Haus. Ich ahne bereits, wen er meint, bevor ich seinem Blick gefolgt bin.

Im Rahmen der Haustür steht Max, der Footballspieler. Er beobachtet uns und scheint zu warten. Sobald er meine Aufmerksamkeit auf sich bemerkt, höre ich seine schallende Stimme über den Hof donnern: »Soll ich Frühstück machen, Ma'am?«

»Deswegen wird sie aber nicht mit Ihnen schlafen!«, ruft Herr Kowalski.

Fassungslos sehe ich erst zu Herrn Kowalski, dann wieder zu Max, der sich ausladend grinsend ins Haus zurückzieht.

»W-was sollte das denn?«, stottere ich.

»Ich hab Ihnen nur aus der Patsche geholfen. Haben Sie nicht bemerkt, wie er Sie angesehen hat?«

Einen Moment verliere ich mich in Gregor Kowalskis Augen. Er sieht immer noch bekümmert aus, aber da ist noch etwas anderes. Ist es Sorge? Doch nicht etwa um mich? Je länger ich ihn schweigend ansehe, umso ärgerlicher erscheint mir der Ausdruck in seinem Blick. Das bestätigt sich einen Augenblick später auch.

Herr Kowalski packt mich am Oberarm und zieht mich zum Austragshäuschen.

»Rein mit Ihnen!«

»Aber …«

»Keine Widerrede! Ich weiß schon, was ich tue.«

Mit einer rohen Bewegung und mithilfe seines Stockes stößt er die Tür zu Edgars Heim auf und bugsiert mich ins Haus.

Mit Schwung knallt er die Tür zu, um sich dagegen zu lehnen. Er stützt wieder beide Hände auf seine Gehhilfe. Ich stehe hilflos inmitten von Edgars Stube und weiß nicht wohin.

»So, Lola, jetzt hören Sie damit auf, mir Unsinn aufzutischen!«

Ich spüre deutlich, dass das sein absoluter Ernst ist. Er wird keine erneuten Ausflüchte mehr dulden.

Soll ich ihm wirklich die komplette Wahrheit sagen?

»Fangen Sie am besten noch mal bei gestern Morgen an, als Sie meinen Vater hier gefunden haben.«

Ich zögere. Falls ich ihm alles berichte, wie ich es erlebt habe, wird der nächste Anruf, den er macht, zu meiner Zwangseinweisung führen. Niemand wird mir Vertrauen schenken! Bernd wird sich die Hände reiben und ich werde Finn nie wiedersehen.

Zitterig schnappe ich nach Luft. Vielleicht lässt mich Herr Kowalski aber auch in Ruhe, wenn ich ihm alles erzählt habe und er mich dann für eine armselige, geistig verwirrte Frau hält?

»Was ist, wenn ich Ihnen Dinge erzähle, die Sie niemals glauben würden?«, frage ich.

»Schlimmer als die Sache mit dem Highlander und dem Sportler da draußen?«

»Viel übler!«

»Solange Sie mir die Wahrheit sagen, sorge ich dafür, dass Ihnen nichts zustößt.«

Das klingt ja, als wolle er mich beschützen. Ich suche seinen Blick und bin überrascht, seine glühenden Augen auf mich gerichtet zu sehen. Sein Brustkorb hebt und senkt sich sichtbar bei jedem Atemzug. Aber vielleicht muss ich ja auch vor ihm gerettet werden. Ich fühle deutlich, dass eine Spannung in der Luft liegt. Es bleibt mir nicht verborgen, dass sein Augenmerk über meinen Körper wandert.

»Darf ich mir vorher etwas anziehen?«, will ich wissen.

»Nein.«

Erschrocken über seine rasche Antwort ziehe ich mich noch mehr in den Raum zurück. Schon stößt er sich von der Tür ab. Trotz seiner geringfügigen Einschränkung beim Gehen kann er flotter laufen, als mir klar war. Das Klacken des Stockes auf den Dielenbrettern kommt erschreckend rasant näher. Er steht nun dicht vor mir. Meine Aufmerksamkeit heftet sich auf sein weißes Oberteil, das er unter der Lederjacke trägt.

Da spüre ich etwas Metallenes an meinem Kinn. Das muss der Totenkopf seines Stockes sein, den er mir da ans Kinn drückt. Gregor Kowalski zwingt mich, ihn anzusehen, indem er den Gehstock allmählich hebt.

»Sie sind eben in diesem Aufzug vor mehreren Männern auf dem Hof herumgelaufen. Da werden Sie doch wohl wegen mir keine Umstände machen.«

Ich kann nur schlucken.

»Es macht mir wirklich gar nichts aus …«, ergänzt Herr Kowalski.

Na ja, das ist schön für ihn. Vielleicht macht es mir etwas aus?

»Fangen wir an!«

»Womit?«

Er lacht. »Nicht damit.« Ich spüre seine Hand an meiner Hüfte. Bedächtig streicht er an meiner Taille entlang und lässt mich danach los.

Humpelnd bewegt er sich zurück zur Haustür, während mein Körper kribbelnd nach mehr verlangt. Wow! Ich hole kräftig Luft und puste sie geräuschvoll hinter ihm her.

Er deutet mit dem Stock auf die Treppe. »Sie haben also hier das Haus betreten und sind dann die Stufen hinaufgegangen?«

»Nein, üblicherweise bin ich durch das Fenster gekommen.«

Nach der Berührung eben wirkt er auf mich nicht mehr bedrohlich, und ich habe Spaß daran, seine Geduld auf die Probe zu stellen. Ich genieße seinen düsteren Blick, obwohl ich nicht gemein sein sollte! Er muss bekanntermaßen seinen Vater zu Grabe tragen.

»Wie bitte?«, fragt Herr Kowalski schließlich.

»Entschuldigen Sie! Ich bin nur total durch den Wind.«

Ich bemerke, wie er sich entspannt. Sein Körper scheint ein Stück geringer zu werden, seine Schultern sacken hinunter.

»Noch mal von vorne! Und ohne weitere Entschuldigungen«, bittet er mich. Ich beobachte, wie er den Kopf senkt und die Augen schließt. Seine Finger kneifen zwischen seine Augenbrauen, als hätte er dort Schmerzen. Einen Moment später fixiert mich bereits wieder sein klarer Blick, sodass ich gezwungen bin, aus meiner Starre zu erwachen.

»Ja … also … ich bin hier rein …« Ich schildere ihm detailreich, was ich erlebt habe.

Gregor Kowalski folgt meinen Ausführungen interessiert und geräuschlos. Er stellt gelegentlich Zwischenfragen. Während ich berichte, steigen wir gemeinsam die Treppe hinauf. Die Zimmertür von Edgars Schlafzimmer steht offen, das Bett sieht zerwühlt aus. Ob die Polizei in den Laken herumgewühlt hat? Es kommt mir vor, als wäre das Bett ein Stück verschoben worden.

»Was ist los?« Gregor hat sofort bemerkt, dass ich stutzig geworden bin.

»Nichts.« Ich schließe meine Lider und muss an Edgars gekrümmten Körper denken, an den klaffenden Mund, die aufgerissenen Augen und seine Hände, die wie Klauen nach jemandem zu greifen schienen.

Dann berichte ich monoton, was sich hier in diesem Zimmer abgespielt hat. Ich gebe alles preis. Nur eine Kleinigkeit behalte ich für mich – dieses rote Ding, das aus Edgars Mund kam. Ich weiß nicht, warum ich das verschweige, aber es erscheint mir sinnvoll, all meine absonderlichen Beobachtungen nicht noch mit dieser zu krönen.

Gregor Kowalski lauscht mir aufmerksam.

»Er hatte also eine in Ihren Augen merkwürdige Totenstarre?«

Ich nicke.

»Zeigen Sie mir, wie das ausgesehen hat!«

Ich tapse dichter an das Bett heran. »Er hat hier auf der Seite gelegen.« Dann ahme ich Edgars Körperhaltung im Stehen nach, indem ich mich so weit wie möglich zur Seite lehne.

Für einen Moment halte ich die Position. Gregor Kowalski nickt und ich strecke mich wieder. Ich bin ihm verbunden, weil er über mein Gebaren nicht lacht. Zutiefst in Gedanken versunken starrt er auf das Bett und stützt sich auf seinen Stock. »Dann haben Sie ihn berührt und er fiel in sich zusammen?«

»So ungefähr.«

»Er ist aus dem Bett gefallen?«

»Ja.«

»Ich glaube, ich habe die Situation jetzt vor Augen. Nun zu Ihnen …«

»Zu mir?«

»Sie haben in den Sachen meines Vaters etwas gefunden?«

Ich fühle mich ertappt und kann kaum verhindern, dass mir meine Mimik entgleist. Woher weiß er es? Wird er mir jetzt den Schädel einschlagen, damit er das, was das rote Ding in mir hinterlassen hat, an sich nehmen kann?

»Da war nichts.«

»Sie haben also kein gläsernes Behältnis entdeckt und etwas davon getrunken?«

»Ach so …« Das meint er.

Meine innerliche Entspannung wird von sofortiger Alarmbereitschaft abgelöst, als ich in sein Gesicht sehe.

»*Ach so?* Sie sind wirklich unfassbar.«

»Danke.«

Er fährt sich über das Kinn und streicht sein Barthaar flach. »Das war kein Kompliment.«

Schuldbewusst schlucke ich und starre auf seine glänzenden Schuhe, die nebenbei bemerkt nicht hierher passen.

»Was genau war das für ein Trank? Der Männernotstands-Trank?«

»Hätte es den gegeben?« Mein erfreutes Aufsehen wird durch seinen erbosten Ausdruck vernichtend gedämpft. Gleichzeitig bemerke ich ein flaues Unwohlsein in der Magengegend. Pah! Männernotstand! Was, denkt der eigentlich, ist hier los? Auch wenn er womöglich eine Winzigkeit recht hat – er kann doch nicht auf diese Art mit mir sprechen!

»Wünsch dir was!«, nuschele ich.

»Wünsch dir was?« Er hört sich entsetzt an. »Da fällt Ihnen nichts Besseres ein, als sich einen Highlander und einen Sportler ins Haus zu bitten?«

Zugegeben, das kommt mir jetzt auch nicht unerheblich blöd vor. Vielleicht kann ich ihn dennoch von dem Sinn meines Wunsches überzeugen. »Genau genommen gibt es zusätzlich einen Fürsten.«

»Nein!«

»Doch.«

»Schluss jetzt! Sie geben mir sofort den Rest dieses Tranks und alles, was Sie überdies von meinem Vater an sich gerissen haben.«

O weh! Das bedeutet Probleme.

»Ich habe ihn nicht mehr.«

»Was soll das heißen?«

»Ich habe ihn leer getrunken.«

Er bleibt lautlos und ich fülle die Ruhe mit meinen Erklärungen, damit ich ihm nicht zusätzlich beichten muss, dass ich Edgars Gummibärchen vereinnahmt habe.

»Der Trank ist komplett entleert. Finito! Alles weg.«

Er scheint es nicht fassen zu können und schüttelt nur mit dem Kopf. »Wo sind die anderen?«

Meine Augen werden gigantisch.

»Sagen Sie schon! Ich weiß, dass mein Vater jede Menge Tränke besaß. Oder haben Sie die auch längst alle geleert?«

»Also hören Sie mal! Ich schütte doch nicht irgendwelches Zeug in mich hinein!« Jedenfalls nicht ständig …

»Das kann ich nicht beurteilen. Ich war nicht anwesend. Ich hätte Ihnen Ihren schönen Hals umgedreht, wenn ich Sie erwischt hätte.«

Seine knurrenden Worte verstärken das flaue Gefühl in meiner Magengegend. Mir wird unangenehm heiß.

»Das sind keine Durstlöscher, Frau Appelbaum! Solche Essenzen müssen wohldosiert eingesetzt werden.« Sein anklagender Ton lässt mich in Abwehrposition gehen. Ich bin verdammt noch mal gewillt, mich zu verteidigen.

»Sie scheinen sich bestens damit auszukennen.« Ich hebe die Hände und strecke ihm meine Handflächen entgegen. »Tut mir leid, ich hatte keine Ahnung, dass dieses Zeug eine Wirkung hat. Ich hatte ja bis gestern überhaupt keine Ahnung, dass es Zaubertränke nicht nur im Märchen gibt.«

In dieser Sekunde merke ich, dass er auf meine Erwähnung des Zaubertranks reagiert. Seine Augen erweitern sich für einen Moment. Er hat sich sofort wieder im Griff.

Erst jetzt realisiere ich, was ich im Grunde getan habe. Ich habe mit diesem Trank gezaubert! Das verschlägt mir die Sprache. Ich kann nur ein kurzes, hysterisches Lachen von mir geben, daraufhin schnürt es mir die Kehle zu. Es ist ein innerer Druck, den ich nur zu gut kenne. Er wird durch zu viele widerstreitende Gefühle in mir ausgelöst, wenn ich am Ende des Erträglichen angekommen bin. Wann wache ich aus diesem Traum auf?

»Wissen Sie was? Ich lasse Ihnen den ganzen Krempel. Nehmen Sie alles mit, und zwar sofort! Dann verschwinden Sie aus meinem Leben, genauso wie Ihr Vater. Was war er? Ein Giftmischer? Ein Möchtegern-Magier?«

Mit wenigen Schritten ist Herr Kowalski erneut bei mir.

»Vorsicht, Lola! Sie haben keine Ahnung, was mein Vater für ein Mann war. Halten Sie sich mit Ihren beleidigenden Fehleinschätzungen zurück!«

Da ist etwas. Absolut klar! Ich habe soeben an der Oberfläche von einer Sache gekratzt, die ich gefühlt gar nicht deutlich sehen möchte.

»In einem Punkt gebe ich Ihnen gerne recht«, fährt Herr Kowalski düster fort. »Ich werde alles mit mir nehmen. Dann werden Sie mich nie wiedersehen.«

»Gut.«

»Ja, sehr gut!«

Wir klingen beide wie streitende Kinder. Meine Stimme ist belegt. Sein Tonfall lässt vermuten, dass er hier wirklich überhaupt gar nichts prächtig findet.

Ich lasse den Mann auf seinem Posten und eile die Treppe hinunter, um Edgars Haus zu verlassen. Er ist nicht besonders flink, infolgedessen habe ich längst ein Stück Vorsprung, als ich über den Hof marschiere. Im Vorbeigehen werfe ich einen Blick auf den Footballspieler, der auf der Wiese neben dem Hof Sprintübungen zu machen scheint. Was sich Gregor Kowalski jetzt denkt? Was soll's! Darüber brauche ich mir nun wirklich keine Sorgen zu bereiten. Der Mann geht mich nichts an, und wenn er sein Zeug geholt hat, werde ich nie wieder einen Gedanken an ihn verschwenden.

Als ich mein Haus betrete, kommt mir Fürst Clément entgegen.

»Madame! Gut, dass ich Euch antreffe –«.

»Ich habe jetzt keine Zeit!« Clément bleibt stehen und baut sich vor mir auf. Habe ich erneut an seinem Ego gekratzt? Na gut! Ich darf nicht vergessen, wer er ist. Mein Augenmerk fällt auf das Papier in seinen Händen.

»Ihr habt etwas gefunden, Eure Hoheit?«

In diesem Moment betritt jemand hinter mir den Flur. Am Geräusch des auf den Boden auftreffenden Stockes erkenne ich, dass es Herr Kowalski ist.

Clément wirft Herrn Kowalski einen kurzen Blick zu, lässt sich durch dessen Anwesenheit nicht beirren.

»Ihr solltet die Veräußerung der Grünfläche an einen gewissen Bernd Grützmacher gründlich überdenken, meine Teure!«

Hierfür habe ich jetzt keinen Kopf. Des Weiteren mag ich nicht raten, was genau er mir mit seinem speziellen Vokabular sagen möchte.

»Können wir das ein anderes Mal besprechen?« Faktisch ist der Vorvertrag so gut wie unterschrieben. Es kommt mir gelegen, dass ich einen Teil meines Landes abgeben kann.

»Selbstverständlich, Madame.«

»Danke.«

Sehe ich da Besorgnis in der Mimik des Fürsten? Allerdings fragt er mich nicht, ob alles in Ordnung ist.

Sein Blick fällt nochmals auf den Besucher hinter mir. Daraufhin wendet er sich ab und marschiert in Richtung meines Büros davon.

»Sie haben einen abwechslungsreichen Geschmack, was Männer betrifft«, stellt Herr Kowalski fest.

Genervt verdrehe ich die Augen und wende mich zu ihm um. Er sagt nichts, weshalb ich auf die geschlossene Kellertür deute. »Da hinunter! Gehen Sie schon vor! Ich ziehe mir jetzt etwas an.«

Ohne auf eine Antwort zu warten, lasse ich Edgars Sohn stehen. »Wie jetzt? Ich bekomme keinen huldigenden Titel verpasst?«

Automatisch wird mein Gang gedrosselt, ich erspare mir dennoch eine endlose Diskussion und begebe mich in mein Schlafzimmer. Bis Herr Kowalski die steile Kellertreppe genommen hat, bin ich gewiss dreimal angezogen. Eine schlagfertige Erwiderung hätte ich eben gut gebrauchen können. Warum nur fällt einem das immer erst hinterher ein?

Während ich mich anziehe, murmele ich entrüstet vor mich hin. »Huldigenden Titel? Dem gebe ich einen Titel, auf den er nie im Leben gekommen wäre!«

Wütend trampele ich kurz darauf in den Keller und ereifere mich darüber, dass mir bisher keine passende Bezeichnung für Gregor eingefallen ist.

Warum bringt mich dieser Kowalski dermaßen in Rage? Ich habe nichts verbrochen! Muss er sich derart aufführen, nur weil ich einen der Zaubertränke seines Vaters getrunken habe? Trotzdem werde ich ihm jetzt gerne das Adressbuch und all den anderen Kram überreichen, damit er nicht meint, ich würde womöglich mehr unterschlagen. Semiramis folgt mir in den Keller.

Bevor ich den Raum betrete, höre ich Gregor Kowalski geräuschvoll mit den Kartons hantieren. Als ich die Tür öffne, wirft er mir nur einen kurzen Blick zu. Schon wuchtet er eine Schachtel auf den Boden und sieht hinein.

Offenbar hat er längst eine allgemeine Sichtung des Inventars vorgenommen. Interessiert schiele ich in etliche Kisten und erkenne Reagenzgläser und Köcher. Wüsste ich es nicht besser, würde ich annehmen, dass Edgar der zweite Heisenberg aus der Serie Breaking Bad ist.

»Sehen Sie sich ruhig um!«, schimpft Gregor Kowalski herausfordernd. Das klingt nicht ausgefallen warmherzig. Herr Kowalski keucht, als er erneut einen Karton anhebt. Die Pappverpackungen schaben aufeinander, als er die Klappen voneinander löst. »Bücher …«, brummt er und wendet sich an mich. »Wo sind die Ampullen?«

Ich deute über die Box mit den Büchern. »Dahinter in dem grünen Koffer.«

Gregor versucht, sich zu bücken. Ich kann buchstäblich wahrnehmen, wie ihm ein Schmerz ins Bein fährt. Obwohl er sich zusammenreißt, entgleiten ihm seine Gesichtszüge.

Automatisch sacke ich in die Hocke und ziehe an dem grünen Gepäckstück, wie ich es gestern tat. Es ist genauso schwer, wie ich es in Erinnerung habe. »Das wäre nicht nötig gewesen«, kommentiert Herr Kowalski, als er den Koffer entgegennimmt.

»Das sehe ich anders.«

»Nun gut. Den nehme ich gleich mit. Die restlichen Sachen holen nachher meine Leute ab.«

Ich reiche ihm das Adressbuch. Er nimmt es schweigend an sich und steckt es in die Innentasche seiner Lederjacke.

Schwungvoll hievt er den Koffer auf einen der Kartons und öffnet ihn. Seine Hände gleiten über die vielen Fläschchen. Gespannt warte ich ab, was er noch zu sagen hat. Sein Gesichtsausdruck bleibt verschlossen. Ich kann nicht erahnen, ob er mit dem Inhalt zufrieden ist.

Er fischt eine winzige Ampulle heraus. »Die sollte ich Ihnen verabreichen.«

Ich kneife die Augen zusammen und versuche, das Etikett zu lesen, das er mir entgegenhält. »Vergeben und vergessen« steht darauf.

»Demnach soll ich alles vergessen?«

»Das wäre das Klügste, was ich mit Ihnen tun könnte. Außerdem macht es auf mich den Eindruck, als würden Sie gerne die Flakons leeren.«

»Och … Sie!«

»Mal ehrlich, Lola! Wer wünscht sich schon drei Typen auf einen Schlag ins Haus? Was ist bei Ihnen schiefgelaufen?«

Mir klappt der Mund auf. Was bei mir danebengegangen ist? Der Mann ist dermaßen unverschämt und überschreitet jede Grenze! Das geht mir ausgesprochen gegen den Strich.

»Sie sollten jetzt Ihre Sachen nehmen und gehen.«

»Das werde ich sofort tun.«

Es ist nicht nett von mir, trotzdem lasse ich ihn den schweren Koffer eigenständig die Treppe hinaufbefördern. Er schafft es, obwohl er sich währenddessen ausnahmslos auf seinen Stock stützen muss.

An der Haustür bleibt er stehen. Mit beiden Händen habe ich mich an die Tür geklammert und zur Hälfte dahinter verschanzt. Beim Passieren der Türschwelle wirft er einen Blick auf Semiramis hinter mir. »Ihre Katze ist über die Maßen anhänglich.«

Semiramis mauzt und ich nicke. Er weiß nicht, dass es Edgars Katze war. Fantastisch! Ich möchte sie gerne behalten. Ich lasse mir auf keinen Fall erneut ein Tier vom Hof stehlen, selbst wenn es sich dabei nicht um mein Tier handelt.

Herrn Kowalskis Gestalt verschwindet bereits aus meinem Sichtfeld, und ich atme erleichtert aus, als er sich plötzlich rückwärts bewegt. »Ach übrigens, die Polizei hat das Haus freigegeben. Ich habe gesagt, wir entfernen das Siegel. Aber das haben Sie gestern wohl schon getan.«

»Das war ich nicht!« Oh, oh! Jetzt habe ich viel mehr verraten, als ich wollte.

Er stellt den Koffer ab.

»So, so. Wenn Sie es nicht waren, wer dann? Welches Klischee von Mann habe ich womöglich verpasst?«

Ich schlucke und wende den Blick ab. Aber das hilft nichts. Gregor Kowalski kommt zurück ins Haus. Sein knurrender Tonfall macht mich enorm kribbelig. »Wer war es, Lola?«

Ehe ich michs versehe, reißt er die Haustür an sich und zieht derart kräftig daran, dass ich sie loslassen muss. Er schließt die Tür genauso weit, dass ich mich nicht dahinter verstecken kann.

»Niemand. Ich war es. Ich musste leider ins Haus, weil … weil meine Katze noch drin war.« Sein Aftershave riecht verheißungsvoll. Ich ertappe mich, wie ich ausgeprägt den Atem einhole.

Seine Kopfbewegung zeigt mir deutlich, dass er mit dieser Antwort nicht zufrieden ist. Während ich zurückweiche, kommt er mir vertraulich nah. Ich spüre längst die kalte Hauswand an meinem Rücken.

»Hören Sie auf, mich mit Ihren Ausflüchten zu langweilen! Machen Sie endlich Ihren reizenden Mund auf!«

Moment! »Reizender Mund«? Warum verbindet er eine Kritik mit einem Kompliment? Was soll ich davon halten? Mein Körper weiß schon, was er davon zu halten hat. Mein Unterleib springt auf diesen Mann an, und zwar mehr, als ich es mir hätte träumen lassen.

Ich starre auf Gregor Kowalskis füllige Lippen, die von seinem gepflegten Bart eingerahmt werden. Ich sehe sein verwegenes Lächeln und spüre die Lust, meinen Mund auf seine Lippen zu pressen, um zu kosten, was ich vermisse.

»Wann wurden Sie zuletzt geküsst, Lola?«

Wie hypnotisiert starre ich auf seine Zunge, wie sie den Kosenamen formuliert. Er kostet meine Unbeholfenheit grenzenlos aus, das merke ich. Will er jetzt allen Ernstes eine Äußerung auf diese Frage? Es ist nämlich so, dass ich dafür erst einmal nachdenken müsste, weil ich das auf Anhieb nicht mehr sagen kann. Mein Zögern scheint ihm zu lange zu dauern. Er macht eine ruckartige Rückwärtsbewegung und geht auf Distanz.

»Na ja, wenn Sie eine Antwort auf die Frage haben oder mir sonstige Wahrheiten mitteilen wollen, können Sie mich gerne anrufen. In der Zwischenzeit haben Sie drei Herren hier im Haus, die Ihnen mit Freuden unter die Arme oder sonst wohin greifen.«

Sagt es und geht.

Hätte er mich eben um ein Haar geküsst? Also so unverschämt er auch war … das ist ein fantastisches Gefühl!

Aber es wird durch die mulmige Gänsehaut verdrängt, die sein rascher Abschied hinterlässt.

Ich gebe es zu. Herr Kowalski will mir nicht aus dem Kopf. Nicht nur, dass ich ihn bezüglich des polizeilichen Absperrbandes belogen habe. Ich habe ihn als Begleitung für die Hochzeitsfeier angegeben. Wie soll ich das regeln?

Ich hätte schon eine passende Idee, dennoch bin ich mir unschlüssig, wie ich sie tunlichst unauffällig in die Tat umsetzen soll.

»Gibt es in diesem Hause regelmäßige Essenszeiten?«, höre ich den Fürsten aus der Küche rufen.

»Hast wohl nicht mitbekommen, dass das Weib keine Köchin ist.«

Toll! Sogar der Highlander hat das zwischenzeitlich bemerkt.

»Keine Sorge, Jungs! Eier scheint es hier jede Menge zu geben. Ich mach uns jetzt eine gewaltige Portion Rührei.«

Wenigstens zeigt der Footballspieler Ambitionen in der Küche!

Kapitel 6

Ist das Kaffeeduft? Es muss so sein, obwohl es lange her ist, dass ich mit frischem Kaffee geweckt wurde. Mit Bedacht recke ich mich im Liegen und drücke meine Schultern unbeirrt in die weiche Matratze. Mein Nacken fühlt sich verspannt an, was das laute Knacken in meinen Schultergelenken beweist.

Semiramis miaut, als hätte sie nur auf ein Lebenszeichen von mir gewartet. Ich schlage die Augen auf. Die Katze sitzt neben dem Bett auf dem Boden und sieht mich erwartungsvoll an. Sie mauzt erneut auf, schließt ihre Augen gemächlich und beginnt zu schnurren. Diese geheimnisvolle Katze hat einen Narren an mir gefressen. Zumindest ein Lebewesen auf der Welt, das sich zu mir hingezogen fühlt. Ich strecke den Arm nach ihr aus und kraule ihren Kopf.

Aus der Küche dringt schallendes Gelächter zu mir herein und erinnert mich daran, dass ich seit gestern nicht mehr allein im Haus bin. Ich ordne das brüllende Lachen dem Footballspieler zu.

Es wird Zeit, aufzustehen und die Hühner hinauszulassen. Sachte setze ich mich auf und bin überrascht, dass ich keine Kopfschmerzen mehr habe. Ganz im Gegenteil – ich bin ausgeschlafen und fit, so voller Energie, dass ich heute alles anpacken möchte, was ich die letzten Tage, Monate und Jahre aufgeschoben habe. Solche Ideen hatte ich ewig nicht mehr und schon gar nicht vor dem Morgenkaffee. Das ist merkwürdig, und ich frage mich, ob ich das bedenklich finden muss.

Meine Füße berühren den ausgetretenen Teppichboden vor dem Bett und schon bin ich aufgestanden. Mit eiligen Schritten tapse ich zu den Vorhängen und ziehe sie auf.

Es sieht aus, als ob heute ein herrlicher Tag vor mir liegen würde. Die Sonne kann sich zwar momentan noch nicht gegen den Herbstnebel durchsetzen, aber ich hoffe, dass sie ihn nach und nach verdrängen wird.

Meine Mädels sind auf dem Hof unterwegs, da irgendwer sie längst ins Freie gelassen hat. Von Strolchi gibt es kein Lebenszeichen. Ich sehe nur, dass seine Leine lose neben der Hundehütte liegt.

Nachdem ich mich angezogen und frisch gemacht habe, zieht es mich nach draußen. Wo ist dieser Hund nur hin?

Als ich die Haustür öffne, setzt sich Semiramis auf den braunen Fußabstreifer. Weil ich ihre Anhänglichkeit zu schätzen weiß, streichle ich ihr über den Kopf. »Ich bin gleich wieder da.« Sie schließt erneut kurz die Augen.

Ich wende mich von ihr ab und gehe über den Hof zur Weide. Konzentriert kneife ich die Augen zusammen und spähe in die Gegend, ob irgendwo ein Zeichen von diesem treulosen Hund ist.

Die Nebelschwaden liegen dicht über der Wiese nahe am Waldrand. Keine Spur von Strolchi. Das kenne ich nicht von ihm. Er ist zwar nicht der aktivste Wachhund, aber dass er am frühen Morgen einfach so loszieht, ist mir neu.

Da sehe ich einen dunklen Schatten aus dem Wald treten. Es ist mein Hund, der dort in aller Seelenruhe herumtappst.

»Strolchi? Hierher!«, rufe ich sofort.

Er bleibt kurz stehen, sieht sich um und trottet dann gemütlich auf mich zu. Der hat vielleicht Nerven! Ich beschließe, ihm entgegenzurennen und ihn am Halsband zu nehmen, bevor er wieder in den Wald verschwindet.

Es gibt hier einen Jäger, der es gar nicht leiden kann, wenn sich Haustiere ohne Begleitung im Wald herumtreiben. Das ist die Art von Ärger, auf die ich gerne verzichten möchte.

Während ich über die nasse Wiese auf Strolchi zulaufe, löst sich hinter dem Hund ein weiterer Schatten aus dem Wald. Ich halte kurz inne, um zu erkennen, um wen es sich handelt. Es wird doch nicht etwa der Jäger sein, an den ich eben dachte? Nein! Durch den dichten Nebel erkenne ich nach und nach, dass es mein Pferd Hampton ist. Das gibt es doch nicht!

Ich renne über die Wiese, um die beiden möglichst rasch zu erreichen. Nicht, dass sie es sich wieder anders überlegen und einen weiteren Ausflug machen. Stutzig werde ich erst, als ich einen Reiter auf meinem Pferd erkenne. Was zum Kuckuck? Automatisch bleibe ich stehen und beobachte das surreale Schauspiel.

Der Highlander sitzt auf meinem Pferd.

Wow! Ich kann mich gar nicht darüber aufregen, dass er Hampton ohne zu fragen aus dem Stall geholt hat, weil er einen göttlichen Anblick bietet. Wie immer ist sein Oberkörper nackt. Die niedrigen Morgentemperaturen scheinen ihm nichts anhaben zu können.

Ich kann meinen Blick nicht von dem muskulösen Mann abwenden. Doch je näher er kommt, umso deutlicher treten seine markanten Gesichtszüge hervor. Er ist ein Krieger – keine Frage.

Aber ... was ist das? Erst jetzt sehe ich das Geweih. Er hat noch etwas bei sich auf dem Pferd. Ach du grüne Neune! Er hat einen Hirsch erlegt!

Mir klappt der Mund auf. Mein Hund tapst, ohne mich auch nur wahrzunehmen, an mir vorbei. Irritiert sehe ich ihm kurz nach, da passiert mich auch schon der Highlander.

»W...?«

Sie lassen mich hier einfach stehen? Ich kann es nicht glauben.

Wenigstens der Hirsch hat mir zugenickt. Sah jedenfalls so aus. Sein Kopf schwankt auf dem Pferd hin und her.

Hastig renne ich hinter meinem Pferd her.

»William! Warte!«

Endlich hält er das Pferd an. Mit erhabenem Gesichtsausdruck schaut er auf mich herab. Er sieht unglaublich wild und stolz aus. Ein beklemmendes Gefühl steigt in mir auf, das ich mit einem Schlucken niederkämpfe.

»Was willst du, Weib? Ich habe gejagt und werde mich später zu dir legen.« Seine tiefe Stimme und die nüchterne Art, wie er das sagt, lassen mich verzweifelt auflachen.

»Darum geht es mir nicht. Du kannst hier nicht einfach in den Wald reiten und einen Hirsch erlegen.« Voller Unglauben deute ich auf das tote Tier, das mich vorwurfsvoll und mit heraushängender Zunge anstarrt.

»Warum nicht? Wir brauchen Nahrung.«

»Das läuft hier nicht so. Wir haben Supermärkte. Wir kaufen das Essen dort ein. Hast du nicht in den Kühlschrank geschaut?« Nicht, dass er da viel gefunden hätte …

»Kühlschrank?«

Ich sehe schon. Dieser Herr hier braucht einen Rundum-Lehrgang für das Leben in der Neuzeit.

»Komm mit! Wir bringen jetzt erst einmal das Pferd zurück in den Stall und dann lassen wir den Hirsch verschwinden.«

»Ich werde ihn häuten!« Der Highlander klingt, als würde er sich das auf keinen Fall nehmen lassen.

Fassungslos schlage ich die Hände über dem Kopf zusammen, aber William stößt dem Pferd die Fersen in die Seite und reitet in aller Seelenruhe weiter auf meinen Hof zu. Strolchi, der mit gemächlichem Gang die Vorhut bildet, wirkt ebenso majestätisch wie der Highlander, und Hamptons Kruppe wogt so trotzig bei jedem Schritt, dass ich mich abserviert fühle.

Ich puste den Atem hörbar aus, während ich kurz die Augen schließe. Dann werfe ich einen Blick zurück in den Wald, aus dem der Highlander und Strolchi kamen. Ein Stoßgebet kann jetzt nicht schaden.

»Bitte, lass das niemanden gesehen haben!«

Ob es etwas bringt, weiß ich nicht. Es ist, als könne

ich schon den Ärger riechen. Vielleicht ist es aber auch nur die Mischung von nassem Hund, nassem Pferd und die Prise Highlander, die mir die Nasenschleimhaut verätzt haben.

Es hilft nichts. Ich muss zurück zum Hof und dafür sorgen, dass der Hirsch unauffällig gehäutet wird.

Hastig eile ich meinen Tieren und dem Kerl auf meinem Pferd hinterher. William springt gerade mit einem Satz von Hampton, als ich auf dem Hof ankomme. Den mächtigen Hirsch schultert er, als wäre es ein Stück Stoff. Hampton schnaubt und schlägt aufgeregt mit dem Kopf. Ihm scheint der morgendliche Ausritt ausgesprochen gut gefallen zu haben.

»Mach dich nützlich, Weib! Ich bereite das Mahl.«

Hirsch zum Frühstück? Also ich weiß nicht. Dennoch klingen die Worte des Highlanders so unnachgiebig, dass ich mir widerstandslos Hamptons Zügel überreichen lasse. Mein Wallach ist nassgeschwitzt, und es kann nicht schaden, wenn ich ihn trockenreibe. Gesagt, getan. Ich will gar nicht genau wissen, wo und wie der tote Hirsch zubereitet wird, und ich hoffe inständig, dass niemand sich ausgerechnet jetzt auf meinen Hof verirrt, um einen fehlgeleiteten Romanhelden dabei zu beobachten, wie er seiner Jagdbeute das Fell abzieht.

Verzweifelt sehe ich dem treulosen Strolchi nach, der sich in seine Hütte verkrümelt. »Mit dem Highlander gehst du also auf Tour? Aber wehe, wenn ich dich mal brauche, dann sitzt du in deiner Villa und pupst.«

Strolchi stößt ein Brummen aus, das er mit einem lauten Furz krönt. Ich stöhne auf und werde durch ein

Miauen abgelenkt. Semiramis sitzt noch genau so vor der Haustür, wie ich sie verlassen habe. Wir tauschen einen Blick. Es kommt mir so vor, als teile Semiramis meine Einstellung gegenüber Strolchi. Ich ziehe an Hamptons Zügel und schnalze mit der Zunge. Mein edles Jagdross setzt sich in Bewegung.

Die Ablenkung mit Hampton tut mir gut. Der Wallach hat auch enormen Hunger nach dem Ausritt oder der Jagd oder was auch immer der Highlander mit ihm veranstaltet hat. Hampton bekommt eine Extraportion Heu.

Als ich den Stall verlasse, eilt ein aufgebracht wirkender Fürst über den Hof. Fragend sehe ich ihn an, woraufhin er seinen Schritt verlangsamt und sich mir zuwendet. »Das ist eine bodenlose Frechheit. Eine Schamlosigkeit sondergleichen!«

Fragend bleibt mir der Mund offen stehen. »W…?«

Der Fürst winkt ab und marschiert unbeirrt weiter. Er sieht aus wie ein affektierter Schauspieler, der die Bühne verlässt.

»Wo geht Ihr denn hin, hochfürstliche Durchlaucht?«

Wow! Ich bin schon ein bisschen stolz auf mich, dass mir dieser Titel eingefallen ist.

Das ist wohl auch der Grund, warum ich noch eine Antwort von dem ärgerlich dreinblickenden Clément bekomme. »Ich ziehe mich für einen Augenblick zurück. Ein morgendlicher Rundgang über das Anwesen wird mir guttun.«

Ich kann gar nicht anders, als ihm noch eine Weile nachzusehen. Während er mit eiligen Schritten vom

Hof stolziert, hat er die Arme hinter dem Rücken verschränkt und scheint mit sich selbst zu sprechen. Eines ist klar: Irgendetwas hat den armen Clément furchtbar aufgebracht.

Ich überlege, ob ich jetzt nach William sehen soll, entschließe mich aber dagegen, als ich Geräusche höre, die mich vermuten lassen, dass ein totes Tier gerade ziemlich derb mit irgendeinem Werkzeug bearbeitet wird.

Also mache ich mich auf den Weg zurück ins Haus. Es interessiert mich, wer oder was den Fürsten verärgert hat.

Während ich mir die Hände in der Gästetoilette wasche, höre ich fröhliche Pfeiftöne aus meiner Küche. Das muss Max sein!

Nichts ahnend betrete ich meine Küche und schlage die Hände vor den Mund. Meine Augäpfel schwellen auf die Größe der Schallblase eines Frosches an.

Dachte ich bis vor Kurzem noch, dass der halbnackte Auftritt des Highlanders an meinem Brunnen der Höhepunkt meiner Begegnung mit fleischgewordenen Romanhelden gewesen sei, werde ich hier eines Besseren belehrt. Max – der weltberühmte Footballspieler – trägt die Kochschürze meines Exmannes Bernd. Nicht, dass Bernd sie mir gerne überlassen hätte. Er hat sie vergessen, vielleicht auch, weil sie einmal ein Geschenk von mir war. Vorn auf der Schürze ist die Zeichnung eines James-Bond-Darstellers und der Text dazu sagt so etwas Ähnliches wie: Lizenz zum Kochen. Ich kann mich momentan gar nicht an den genauen Wortlaut erinnern. Es ist nämlich nicht die Kochschürze, die mich aus der Fassung bringt. Es ist der Po eines Footballspielers, der blank hinten aus der Schürze blitzt. Und auch sonst trägt er nichts außer der Kochschürze. Was würde ich darum geben, dass Bernd das sehen könnte? Hätte ich mein Smartphone zur Hand, ich schwöre, ich würde diesen Moment festhalten. So einen Po habe ich noch nie in meinem Leben in natura gesehen. Ich wusste nicht, dass es solche Hinterteile wirklich gibt. So knackig und rund …

»Guten Morgen, Ma'am.«

Mein Blick löst sich von den verführerischen Auswuchtungen und schnellt in die schönen Augen von Max.

»Guten Morgen«, nuschele ich.

Das schiefe Grinsen des Footballspielers lässt mich überlegen, ob ich mich total danebenbenehme. Nein, ich komme zu dem Ergebnis, dass ich überhaupt nichts dafürkann, auf diesen Hintern zu starren, wenn er mir provokant entgegengestreckt wird.

»Sie tragen die Schürze meines Exmannes«, sage ich. Meine Stimme hört sich merkwürdig an. So rau und belegt, als stünde ich unter Schock.

Erst jetzt bekomme ich mit, dass es wieder Omelette geben wird. Max steht vor dem Herd und bearbeitet die Eiermasse mit meinem Pfannenwender.

Er legt den Wender zur Seite und langt hinter sich, um die Schleife der Schürze zu lösen. »Dann ziehe ich sie besser aus.«

»Nein!«, kreische ich und halte meine Handflächen abwehrend in seine Richtung.

Ich verkrafte nicht noch mehr provozierende Nacktheit in vollständiger Pracht.

Max grinst breit, greift wieder nach dem Pfannenwender und beginnt zu pfeifen, während er das Omelette in der Pfanne wendet.

Ich sehe nach wie vor nur diesen vollen Hintern, der den ganzen Rest der nackten männlichen Rückseite dominiert. Jetzt beginnt Max, sich zu seinen Pfeiftönen zu bewegen. Mir bleibt gar nichts anderes übrig, als jede seiner Regungen zu beobachten. Er sinkt ein bisschen in die Knie und wackelt mit der Hüfte. Ich halte die Luft an, weil ich mir nur allzu bildlich vorstellen kann, wie seine Front unter der Schürze mitschwingt.

Wie benommen stehe ich da und starre auf das skurrile Schauspiel, das sich nun mit Hüftschwüngen seinem Höhepunkt nähert. Max wendet sich mir zu, und ich kann gar nicht anders, als seine fliegenden Teile unter der Schürze plastisch wahrzunehmen. Okay, die Luft hier in der Küche ist ziemlich dick. Sein Teil übrigens auch. Langsam hebe ich meine Hand und zeige auf eine Stelle an der Decke. Mein aufgeklappter Mund braucht noch einen Moment, bis er imstande ist, einen Laut zu formen: »Also ich sehe mal nach …«

Zack, habe ich mich umgedreht und laufe über den Flur ins Freie, bevor Max auf die Idee kommt, ich wolle bei ihm etwas nachsehen. Hastig nehme ich die Stufe vor der Haustür mit einem weiten Sprung und renne ein paar Schritte über den Hof. Atemlos stütze ich meine Hände auf den Knien ab und schnappe nach Luft. Hat Max das in dem Buch auch gemacht? Ich kann mich nicht erinnern, ob er eine Schürze zur Hand hatte, um der Protagonistin damit zum Atemstillstand zu verhelfen. Kein Wunder, dass der Fürst ebenfalls fluchtartig das Haus verlassen hat. Ich sollte auch dringend das Gehöft erkunden und meine Gedanken sortieren.

Semiramis streicht mir um die Beine.

»Carola, Mädchen!«, schreit jemand.

Mein Kopf schnellt in die Höhe und im nächsten Moment stehe ich kerzengerade da. O nein! Der Jäger, an den ich vorhin gedacht habe, kommt auf mich zu. Das Gewehr hat er geschultert. Sein rotes Gesicht verrät nicht nur seine Anstrengung, sondern auch jede Menge Wut. Sepp, der fleischgewordene Aloisius, scheint heute zu keinem Spaß bereit zu sein.

»Guten Morgen, Sepp!« Ich bemühe mich um Blickkontakt und warte ab, bis Sepp im Stechschritt zu mir marschiert ist. Josef Schilling baut sich vor mir auf, als hätte ich seinen Hirsch gewildert.

Ich lächle und lausche, ob hinter dem Haus noch irgendetwas von dem Gemetzel zu hören ist.

»Tut dir was weh?«, fragt Sepp.

Mein Lächeln erschlafft. »Nein, alles bestens.«

Ich versuche jetzt ein freundlicheres Grinsen und lege Sepp meine Hand an den Oberarm. Sanft dirigiere ich ihn so, dass er nicht zu der Seite des Hauses mit dem Holzschuppen sehen kann, hinter dem sich vermutlich ein Highlander über einen Hirsch hermacht.

»Was führt dich zu mir, Sepp?«

»Kann es sein, dass dein Hund und dein Gaul im Wald unterwegs waren?«

»Nö, kann nicht sein.«

Wie auf Befehl pupst Strolchi lauthals aus seiner Hütte.

Ich lächle immer noch und tue, als hätte ich die extremen Verdauungsbeschwerden meines Hundes nicht bemerkt.

»Ich kann Ernst-August nicht finden.«

»Ernst-August?«

»Den Hirsch.«

»Oh.« Der Hirsch hatte einen Namen?

William musste ausgerechnet den Hirsch mit Namen erlegen?

»Ach, der taucht schon wieder auf.«

»Halte deinen Hund zurück! Wenn ich den im Wald erwische, dann kommt er auf die Abschussliste.«

Ich schlucke. »Schon klar.«

Mein Blick senkt sich, als ich abgelenkt werde.

Seitlich am Schuppen erscheint der Highlander, blutüberströmt und glücklich. Er hält den Hirschkopf in der Hand und deutet begeistert auf das prächtige Geweih.

Sepp bemerkt wohl an meinem Gesichtsausdruck, dass etwas nicht stimmt, und will sich umdrehen. Blitzschnell springe ich an seine Seite und lege die Hand auf seinen Rücken, um ihn sachte weiter vom Highlander wegzuschieben. Wütend fixiere ich William mit verzerrter Grimasse und mache eine schnelle Kopfbewegung zum Haus hin. Wie durch ein Wunder kapiert William, worum es mir geht, und zieht sich mitsamt Geweih hinter den Schuppen zurück.

»Geh doch einfach noch mal in den Wald! Ernst-August wird schon wieder auftauchen.«

Besänftigend klopfe ich dem Jäger auf den Rücken. So nah war ich ihm noch nie. Er muss ja denken, dass ich total bekloppt bin.

»Meine Eier wären dann so weit, Ma'am!«

Nein! Ich schließe kurz die Augen und versuche, den Jäger weiterzuschieben, der aber natürlich stehen bleibt.

Ich traue mich gar nicht, nachzusehen, weil ich schon eine genaue Vorstellung von Max habe, wie er in der Haustür steht.

Vorsichtig spähe ich an Sepp vorbei und muss mir eingestehen, dass meine schlimmsten Befürchtungen eingetreten sind. Max trägt immer noch nur die Schürze. Der Mann füllt den ganzen Türrahmen aus. In der Hand schwenkt er die Pfanne, aber so wie er grinst und die Augenbrauen hochzieht, ist dieses Bild mehr als zweideutig.

Sepp schweigt, sieht mich aber mit einem Blick an, den ich bei ihm noch nie gesehen habe. Ich zucke mit den Schultern, als Sepps Blick hinter mich fällt. Ich höre schon die Schritte auf dem Kies, bevor ich mich umsehen kann.

Prinz Clément de Marron ist von seinem Morgenspaziergang zurückgekehrt. Er ist so in Gedanken versunken, dass er uns noch gar nicht wahrnimmt.

Schweigend schreitet er bis zur Haustür, bleibt dann aber, angesichts des Halbnackten, der ihm den Weg versperrt, stehen. Sofort wirbelt Clément zu mir herum und deutet auf Max. »Könnt Ihr bitte sicherstellen, dass alle Anwesenden angemessen und ausreichend gekleidet sind? Das ist eine Zumutung!« Clément wartet meine Antwort nicht ab, sondern fixiert Sepp, der immer noch schweigend neben mir steht. »Weidmannsheil«, sagt er und nickt Sepp zu.

Max ist so zuvorkommend, ihm Platz zu machen, um mich dann herausfordernd anzugrinsen. »Der ist bloß eifersüchtig.«

Ich senke den Kopf und starre zu Boden. Ich täte nichts lieber, als Sepp vom Hof zu zerren, als er sich geräuschvoll räuspert.

Ich schlucke und harre der Dinge, die jetzt kommen. Aber er bleibt still und ich sehe schließlich neugierig zu ihm auf. Er hat seine Aufmerksamkeit in die Ferne gerichtet, in Richtung meiner Hofausfahrt. Dort lehnt, an der Mauer des Austragshauses, Gregor Kowalski. Die Hände auf seinen Stock gestützt, beobachtet er uns.

Ich habe keinen blassen Schimmer, wie lange er da schon steht. Ob er alles mitbekommen hat? Bei meinem Pech ist das bestimmt der Fall.

»Ich geh dann mal wieder«, sagt Sepp und tätschelt meine Hand. »Alles Gute, Mädchen.«

Ich nicke tapfer. Fluchtartig verlässt Sepp meinen Hof. Ich glaube, er ist schneller weg, als er gekommen ist.

Kapitel 7

Da stehe ich mitten auf meinem Hof, alleingelassen vom Jäger und unter der Beobachtung von Gregor Kowalski. Ich weiß nicht so genau, wohin mit mir. Meine Erinnerungen an Gregors Abschied vom Vortag sind lebendiger denn je, weshalb ich nur verstohlen zu dem Mann schiele, der es allein durch seine Anwesenheit schafft, mir ein flaues Gefühl in den Unterleib zu zaubern.

»Na, Lola?«, fragt er und nickt mir zu, wobei ich meine, ein kleines Lächeln zu erkennen.

Eines muss ich ihm lassen: Er scheint einem nicht jeden Streit und Ärger ewig nachzutragen. Das gefällt mir.

Obwohl er mich so unbefangen angesprochen hat, weiß ich nicht, was ich zu ihm sagen soll. Bernd war oft tagelang schweigsam und mürrisch, wenn ich in seinen Augen einen Fehltritt begangen hatte, was ständig der Fall war. Immer und immer wieder musste ich mich entschuldigen und rechtfertigen, was dann aber noch lange nicht hieß, dass es wieder gut zwischen uns war.

Gregor kommt auf mich zu. Mit geübten Bewegungen setzt er dabei seinen Gehstock ein, ohne mich eine Sekunde aus den Augen zu lassen.

»Im ersten Moment dachte ich schon, Sie haben es irgendwie geschafft, einen weiteren Romanhelden herzuholen«, sagt er mit einem Lächeln.

Ich entspanne mich und meine Schultern sacken nach unten.

»Aber als ich mir den Herrn genauer ansah, hatte ich meine Zweifel.« Gregor bleibt vor mir stehen und betrachtet mich amüsiert. »Aber er passt schon vom Alter her nicht zu den anderen.«

»Richtig. Er hat auch keinen Waschbrettbauch.«

»Und viel zu viele Kleidungsstücke an.«

»Eindeutig.«

»Muss es denn ein Waschbrettbauch sein?« Gregor sieht mich neugierig an. Das Vergnügen ist aus seinem Blick verschwunden. Auf mich wirkt es, als wolle er das wirklich von mir wissen.

Das bringt mich in Erklärungsnöte. Der lockere Plausch von eben hat mir gutgetan, und ich bin mir nicht sicher, ob ich die Wendung hin zu einem sachlichen Gespräch vertrage. »Es muss kein Waschbrettbauch sein. Nicht im echten Leben.«

Gregor nickt. Mein Augenmerk fällt auf seinen Oberkörper. Das Shirt, das er unter der Lederjacke trägt, ist figurbetont. Ich kann nicht beurteilen, ob er viele Muskeln hat, aber von unnötigen Pölsterchen kann ich auf Anhieb nichts erkennen.

»Wollen Sie mir die Geschichte über die Schürze, und wie sie an den entblößten Footballspieler gekommen ist, erläutern?«

Überrascht sehe ich zu Gregor auf, obwohl ich meinen Blick nur ungern von seinem Oberkörper löse.

Wie ich auf eine einfache Frage so perplex reagieren kann? Bernd ist die Antwort. Immer! Ich möchte nicht all meine Fehler und Unsicherheiten auf meinen Exmann schieben, aber wäre er jetzt hier, müsste ich eine Schimpftirade wegen meiner Unordnung und Unfähigkeit über mich ergehen lassen. Er würde mich als hilfloses Häschen darstellen, und am Ende seiner langen Rede würde er mir seine Hilfe aufdrängen, um sich letztendlich als fürsorglicher Mann zu präsentieren.

Es ist befremdlich für mich, dass Gregor Interesse daran hat, wie es mir geht und warum etwas so ist, wie es ist. Ich hatte nie den Eindruck, dass meine Meinung irgendwen hinter dem Ofen hervorlockt.

Da ist er wieder: der Drang, mich für meine Unfähigkeit zu entschuldigen. Schnell schlucke ich die konditionierte Reue hinunter und überlege, was ich zu Gregor sagen könnte. Ich bin mir sicher, dass er mir niemals ungefragt seine Hilfe aufdrängen würde. Trotzdem möchte ich ihn so gern um Unterstützung bitten. Nicht, weil ich mich unfähig fühle, sondern weil ich nicht allein sein möchte.

»Wenn Sie mich so fragen, würde ich sagen, er hat nichts anderes zum Anziehen gefunden.« Meine lapidare Antwort wirkt nicht so locker, wie ich sie klingen lassen möchte. Hinter den Worten höre ich meine nackte Angst vor der Einsamkeit, die mich massiv und unvorbereitet einholt.

Edgar ist tot und – von den durchgeknallten Helden auf meinem Hof einmal abgesehen – ich bin vollkommen allein. Was habe ich mir nur dabei gedacht? Wie konnte ich mir diese Männer in mein Leben wünschen? Aber ich konnte nun wirklich nicht wissen, dass dieses Gebräu solch eine Wirkung hat.

»Lola? Wo drückt der Schuh?«, fragt Gregor.

Es ist mir unangenehm, dass mich meine Gefühlswelt so übermächtig beherrscht und er mir das ansieht. Wie gerne möchte ich ihm mit einem Lächeln auf den Lippen erklären, dass mit mir alles in bester Ordnung ist.

Ich möchte etwas sagen, merke aber, dass der Kloß in meinem Hals es mir unmöglich macht. Schlimmer noch: Wenn ich jetzt etwas sage, würde ich schrecklich weinerlich klingen, was ich auf jeden Fall vermeiden möchte.

Deshalb kommt ein entsetzliches Gebaren zustande. Ich öffne meinen Mund, sage nichts, deute nur mit übertrieben ausladender Gebärde einmal quer über den Hof und sehe um mich. So ganz nach dem Motto: Was muss ich noch groß erklären? Ich befinde mich in genau dem Debakel, in das ich mich selbst befördert habe. Außerdem habe ich gekonnt den Umstand verdrängt, dass es diesen Vorfall mit dem Fruchtgummiteil gab. Ob ich jemals erfahren werde, was es damit auf sich hat?

Gregor nickt, als wisse er, was ich nicht schaffe, ihm mit Worten zu sagen.

»Ich helfe Ihnen mit den Pappfiguren.«

»Wirklich?«

»Aber Sie müssen mir dafür auch einen Gefallen tun.«

Innerlich hoffe ich nun, der Dienst bestünde vielleicht darin, dass ich ihn mit auf Bernds Hochzeit nehmen muss. Aber wie sollte er auf diese Idee kommen?

Ich fürchte, wenn ich ihn dazu bringen will, muss ich nachhelfen.

»Jeden.«

»Es ist so: Jeden Moment kommen meine Leute und holen das Hab und Gut meines Vaters ab. Wir möchten alles so schnell wie möglich mitnehmen, damit Sie nicht länger mit den Sachen belastet sind.«

»Kein Problem.« Ich verschränke die Arme und sehe zu dem Austragshaus hinüber.

»Jetzt zu meiner Bitte.«

Mein Blick kehrt zu Gregor zurück.

»Hätten Sie etwas dagegen, wenn ich mit meinen Leuten wiederkomme? Wir möchten eine Art Abschiedszeremonie für meinen Vater in dem Raum abhalten, in dem er gestorben ist.«

»Ich habe nichts dagegen. Sie tun doch nichts Verbotenes?«

Ich weiß nicht, warum ich das frage. Es muss an der Art liegen, wie er sein Anliegen formuliert hat. Verschweigt er mir etwas Entscheidendes oder hat es mit dieser sogenannten Zeremonie mehr auf sich, als er zugeben will?

Gregor wird abgelenkt. Ich folge seinem Blick, um zu sehen, was seine Aufmerksamkeit auf sich zieht. Der Highlander hat seinen sicheren Platz hinter der Scheune verlassen und marschiert blutbesudelt über den Hof. Zwischen Gregors Augenbrauen hat sich eine ausgeprägte Furche gebildet, während er tief einatmet und anschließend resigniert die Luft ausstößt. »Die Geister, die sie rief …«

Dann legt er mir seine Hand auf den Rücken. »Kommen Sie! Lassen Sie uns nachsehen, wie wir Ihren drei Helden etwas zum Anziehen besorgen können! Und zu Ihrer Frage: Selbstverständlich werden wir nichts Verbotenes tun. Es wird nicht schlimmer, als ein Gefäß ›Wünsch dir was‹ in einem Zug zu leeren.«

Gregor lächelt mich herzlich an, weshalb ich ihm für den tadelnden Unterton nicht böse sein kann. Ganz automatisch grinse ich zurück.

»Gregor!«

Die Stimme eines Mannes hallt hinter uns über den Hof.

Gregor und ich drehen uns gleichzeitig um. Ein junger Mann eilt auf uns zu. Komplett in schwarz gekleidet, wirkt seine Haut genauso blass wie sein blondes Haar.

»Tomasz, wo sind die anderen?«, fragt Gregor.

Sogar der hochgewachsene Gregor muss zu diesem großen Mann aufsehen, als dieser sich vor ihn stellt. Ich kann meinen Blick nicht von seinem Gesicht lösen. Seine Lippen sind füllig. Viel zu aufgeblasen für den sonst so schmalen Körper.

»Sie sind gleich da«, antwortet der junge Mann.

Gregor nickt und sieht mich an.

»Das ist Tomasz.« Gregor deutet auf den Mann.

Ich nicke, ziehe die Augenbrauen hoch, reiche Tomasz aber trotz meiner Skepsis die Hand. Wenn alle von Gregors »Leuten« so eigentümlich aussehen, brauche ich mir wegen der drei Romanhelden keine Gedanken mehr zu machen.

»Ich gehe dann mal … rein.« Ich lasse Gregor und Tomasz einfach stehen.

Als ich die Haustür erreicht habe, fährt ein dunkler Transporter auf den Kies meiner Hofeinfahrt.

Neugierig bleibe ich stehen, um zu beobachten, wer noch zu Gregors Leuten gehört. Zwei Männer steigen aus dem Wagen. Ein kleiner, rundlicher, der mit einem Satz in den Kies springt, und ein älterer Mann, der einen Schnurrbart und einen Arbeitsoverall trägt, der an den Beinen ein bisschen zu kurz ist.

Der bullige Mann bewegt sich zielstrebig auf das Austragshaus zu. Beim Gehen schwanken seine Schultern abwechselnd mit den Armen mit.

»Die Leute, die er rief …«, murmele ich leise.

Ein bisschen unheimlich sind mir diese Typen schon. Gregor ruft ihnen etwas in einer Sprache zu, die ich nicht verstehe. Der Mann mit dem Schnurrbart antwortet ihm.

Wenn ich nicht wüsste, dass Gregor die Sachen seines Vaters abholen will, sähe es für mich aus, als ob eine Horde Verbrecher mein Austragshäuschen leer räumen möchte.

Der Wagen hat ein ausländisches Kennzeichen. So viel kann ich auf Anhieb erkennen.

Zweifelnd sehe ich nach, ob Strolchi einen Blick aus seiner Hütte riskiert, aber von dem monströsen Hund lässt sich nicht einmal etwas erahnen.

»Weichei«, schelte ich ihn.

Dann ziehe ich mich in mein Haus zurück.

Kurze Zeit später klingelt es an der Tür. Ob sie schon fertig sind?

Tatsächlich steht Gregor vor meiner Tür. Wie üblich stützt er sich mit einer Hand auf seinen Stock. In der anderen hält er eine Kette.

»Hallo«, sagt er, als ich ihn fragend ansehe.

»Hallo«, echoe ich.

»Mein Vater hat Ihnen etwas hinterlassen.«

Ach du Schreck! Er weiß es!

Doch Gregor hält mir eine Kette vor die Nase. An einem ledernen Band hängt ein bronzefarbenes Medaillon.

»Sind Sie sicher?«

»Ja, ich habe das Amulett zusammen mit einem Zettel gefunden.«

Ich nehme die Kette an mich, damit Gregor in seine Jackentasche greifen kann. Er zieht einen gefalteten Papierschnipsel daraus hervor, den er langsam entfaltet und mir vor die Augen hält.

»Für Lola« steht darauf. Es ist Edgars Schrift.

Mich erfasst ein wehmütiges Gefühl. Edgar ist wirklich nicht mehr da. Er wird auch nicht mehr zurückkommen.

»Tun Sie mir einen Gefallen? Tragen Sie es! Ich glaube, es wäre ihm wichtig.« Gregors Stimme klingt rau.

»Okay.« Ich zwinge mir ein Lächeln ab.

Diesen überdimensionalen Anhänger würde ich normalerweise nicht tragen. Wenn ich das tue, sieht sich Bernd mal wieder in seiner Meinung über mich bestätigt. Carola hat keinen Geschmack, Carola sollte besser keinen Schmuck tragen. Bla, bla, bla …

Trotzdem sehe ich mir den runden Anhänger genauer an. Innerhalb der Einrahmung erkenne ich ein Gebilde aus drei gebogenen Linien, die sich in der Mitte treffen.

»Das ist eine Triskele«, erklärt Gregor.

»Aha.«

»Eine handgeschmiedete Nachfertigung eines keltischen Schmuckstücks. Es ist ein Glücksbringer.«

»Na, dann wird ab heute alles anders.« Ich nehme das Stück am ledernen Band und lege es mir um.

Gregor lächelt mich an. »Sie müssen es immer tragen, wenn es wirklich Glück bringen soll.«

»Ich werde es versuchen. Wen muss ich verklagen, wenn es nicht hilft?«

Er lächelt. »Wenden Sie sich vertrauensvoll an mich. Ich kenne die Person, die es gefertigt hat.«

Plötzlich ist es still zwischen uns. Draußen auf dem Hof knallen die Wagentüren, Schritte knirschen auf dem Kies. Es hört sich an, als wäre die Verladung von Edgars Hab und Gut beendet.

»Okay, dann …«, sage ich.

»Dürften wir noch die Sachen aus dem Keller …?«

»Oh, ja, natürlich. Entschuldigung.« Eilig öffne ich die Haustür.

Ich bin so was von neben der Spur. Wie konnte ich das viele Zeug im Keller vergessen?

Gregor betritt den Flur und raunt: »Keine Entschuldigungen mehr!«

»Stimmt.« Peinlich berührt weiche ich seinem Blick aus. Warum kann ich nicht aus meiner Haut? Ich muss selbstsicherer auftreten, sonst wird das nie was mit mir. Jetzt, wo Edgar nicht mehr ist, muss ich endlich mit meinem Leben klarkommen. Die Romanhelden werden auch nicht ewig hier sein. Gregor wird mir mit den Kerlen helfen, sobald er wieder etwas Luft hat, aber was wird nur aus mir, wenn ich allein bin?

Vielleicht werde ich wahnsinnig. Aber bis dahin kann ich den Kindern im Dorf mit ein paar Spukgeschichten über lebendige Fruchtgummis den Tag versüßen.

Kapitel 8

Gregors Männer sind so zuvorkommend, meine Helden mit einer Vielzahl von Bekleidungsstücken auszustatten. Ich weiß nicht, woher sie die Sachen gezaubert haben, komme aber zu dem Schluss, dass es genau so sein muss.

Hier geht es nicht mehr mit rechten Dingen zu. Seit Edgars Tod bin ich in ein Netz aus Hexerei und Zauberei geraten. So intensiv habe ich mich mit dem Thema seit der Harry-Potter-Lektüre nicht mehr befasst.

Der Rest des Tages schreitet rasch voran. Ich schaffe es, mit den drei Herren meinen Wocheneinkauf zu erledigen, damit der Kühlschrank endlich wieder gefüllt ist.

Ein bisschen Angst habe ich schon bekommen, als der Highlander auf der Fahrt zum Supermarkt aus dem Autofenster zeigte.

»Ich habe Hunger!«

Mit Erschrecken musste ich feststellen, dass William auf eine Herde Schafe starrte, die friedlich auf der Weide grasten.

»Denk nicht mal daran!«, drohte ich mit erhobenem Zeigefinger und beschleunigte den Wagen.

Jetzt sind die drei Männer versorgt. Max, der Footballspieler, hat ihnen das Sportprogramm im Fernsehen schmackhaft gemacht und ich fühle mich dadurch entlastet. Leider enthebt mich das nicht der Verantwortung, heute der Hochzeit meines Mannes beiwohnen zu müssen.

Nach dem Mittagessen ziehe ich eines der wenigen Kleider aus dem Schrank, die ich besitze. Es ist ein weit geschnittenes Leinenkleid.

Kurz darauf betrachte ich mich kritisch in dem Kleid in meinem Spiegel und seufze resigniert auf. Wie will ich in diesem Outfit den anderen zeigen, dass ich glücklich bin?

»Was macht der da?«, höre ich William schreien. Tumultartige Geräusche lassen mich in mein Wohnzimmer eilen, wo Max und Clément gerade damit beschäftigt sind, einen wild gewordenen Highlander davon abzuhalten, sich auf meinen Fernseher zu stürzen. Der Bildschirm zeigt Szenen eines Wrestlingkampfes.

»Das ist doch alles nur gespielt«, erklärt Max.

»Exakt. Die Herren sind beruflich engagiert, sich so zu benehmen«, bestätigt der Fürst.

»Das ist kein ehrenvoller Kampf. Der Mann mit der Maske hat es verdient, dafür gegeißelt zu werden.«

Erleichtert stelle ich fest, dass sich der Schotte trotz der bösen Worte beruhigt. Max und Clément lassen ihn los, bleiben aber noch so lange in Habachtstellung, bis der Mann im Schottenrock wieder sitzt.

»Vielleicht solltet ihr das Programm wechseln«, schlage ich vor. Die Blicke in meine Richtung und auf mein Kleid bleiben mir nicht verborgen. Ich möchte nicht spekulieren, ob mein Kleid gut oder schlecht ankommt. Dafür habe ich jetzt keinen Sinn.

»Darf ich den Herren eine Partie Schach vorschlagen?«, fragt Clément und deutet auf den Wohnzimmerschrank, hinter dessen gläserner Tür meine beachtliche Spielesammlung zu sehen ist. »Meinetwegen. Du spielst mit dem Schotten und ich zock euch ab. Wirst schon sehen«, freut sich Max und reibt sich die Hände.

Es klingelt an der Tür.

Wären nicht die drei Männer im Haus, hätte ich jetzt ein ungutes Gefühl. Ich habe die Ahnung, dass dieser Alexander Novak noch nicht das letzte Wort mit mir gewechselt hat, obwohl Edgars Habseligkeiten inzwischen abgeholt wurden. »Ich mache die Tür auf und ihr spielt Schach«, sage ich und verlasse meine Romanhelden.

Glücklicherweise erwartet mich nicht Alexander vor der Tür, sondern Gregor Kowalski.

»Entschuldigen Sie die Störung«, sagt er höflich, als ich ihn erstaunt anstarre.

»Aber Sie stören doch nicht«, entgegne ich schnell.

Nein, im Gegenteil! Ich freue mich, ihn zu sehen. Das eröffnet mir eine wunderbare Möglichkeit.

»Haben Sie heute noch etwas vor?« Verwundert betrachtet er mich.

»Mein Exmann heiratet heute.«

»Ach, und das feiern Sie?«

»Nein, aber ich bin auf die Hochzeitsfeier eingeladen.«

»Aber Sie gehen nicht hin.«

Sieht man mir an, dass ich mir vor Angst in die Hosen mache? Ich ärgere mich über meine Verweichlichung. Wie kann ich nur so erbärmlich einknicken? Oder ist mein Kleid so schrecklich, dass man sich damit nicht auf eine Hochzeit wagen würde?

Es sei denn …? Ich überlege, wo ich die Ampulle mit dem »Verliebt bis über beide Ohren« versteckt habe.

Kann ich es verantworten? Ja, natürlich! Gregor wird bestimmt jemanden unter seinen Leuten haben, der ihn nach der Hochzeit von der Qual, in mich verliebt zu sein, erlöst. Außerdem heißt es doch so schön: Jeden Tag eine gute Tat. Was wäre denn uneigennütziger, als dem lieben Gregor zu ermöglichen, dass er sich ein paar Stunden vom unerwarteten Tod seines Vaters ablenken kann und sich stattdessen auf Wolke sieben wiederfindet? Seine Alltagskleidung ist immerhin so edel, dass ich mir keine Gedanken um Gregors Outfit machen muss. Die Stoffhose mit den glänzenden Schuhen wird Bernds Hochzeit mehr als gerecht und muss genügen. Die Lederjacke gibt Gregor etwas Verwegenes, was durch seinen Bart nur noch unterstrichen wird. Hach! Es ist perfekt.

Es ist mir durchaus klar, dass ich mir gerade etwas schönreden will, was absolut nicht die korrekte Art ist, aber ich befinde mich in einer Zwickmühle und hier steht die Lösung vor mir. Ich kann also gar nicht anders.

»Möchten Sie etwas trinken?«, frage ich.

»Warum nicht?«, entgegnet Gregor Kowalski und folgt mir in die Küche. »Wo sind die anderen Männer, mit denen Sie sich so gerne beschäftigen?«

»Fragen Sie nicht! Ich hoffe, der Fürst bringt dem Highlander gerade das Schachspielen bei, nachdem der beinahe meinen Fernseher eingeschlagen hätte.«

Gregor lacht.

»Ich hole schnell einen Saft aus dem Keller«, sage ich.

»Das ist nicht nötig.«

Doch ich lasse mich nicht beirren und eile aus der Küche. Statt in den Keller zu gehen, laufe ich so leise wie möglich die Treppe zum Schlafzimmer hinauf und hole die kleine Ampulle aus der Nachttischschublade. Damit steige ich dann in den Keller runter und nehme eine der Flaschen, die den selbst gekelterten Apfelsaft enthalten, den mir meine Schwiegermutter Rosi geschenkt hat. Dieser Saft wird nur zu besonderen Anlässen geöffnet. Wenn nicht jetzt, wann dann? Schließlich brauche ich einen schwer verliebten Rosenkavalier an meiner Seite, wenn ich später auf der Hochzeit ihres verzogenen Sohnes glänzen will.

»Ich hoffe, Sie mögen Apfelsaft«, sage ich, als ich mit der Flasche in der Hand in die Küche komme.

Die Ampulle habe ich an einer Stelle versteckt, an der sie niemand je vermuten würde, weil in meinem Büstenhalter normalerweise keine kleinen Fläschchen aufbewahrt werden.

Ohne seine Antwort abzuwarten, angele ich zwei Gläser aus dem Küchenschrank und schenke uns ein.

Irgendwie muss ich Gregor jetzt noch ablenken, damit ich den Inhalt der Ampulle unbeobachtet in sein Glas füllen kann. Ich erinnere mich an seine Worte, dass die Essenzen wohldosiert eingesetzt werden müssen. Kopflos darf ich jetzt auf keinen Fall handeln. Ich drehe mich kurz zu Gregor um, der mich aber nicht beobachtet. Also fische ich nach der Ampulle und gebe einen kleinen Teil des Inhalts in Gregors Glas.

Dann serviere ich ihm lächelnd sein Getränk mit

der gewissen Note und setze mich zu ihm an den Küchentisch.

»Ich habe Durst«, sage ich und nehme einen großen Schluck aus meinem Glas.

Als ich abgesetzt habe, schiele ich auf sein Getränk. »Wollen Sie denn gar nicht probieren? Das ist Saft aus biologischem Anbau.«

Gregor sitzt wie erstarrt da und mustert mich eindringlich. Wüsste ich es nicht besser, würde ich sagen, er hat mich durchschaut. Ein nervöses Kribbeln macht sich in mir breit, mein Herzschlag beschleunigt sich.

Aber die Aufregung ist umsonst. Gregor greift nach seinem Glas und leert es in einem Zug.

Gespannt warte ich auf eine Reaktion. Vergebens! Als nichts geschieht, frage ich mich, worauf genau ich denn gewartet habe. Ein Innehalten, Erstarren oder zumindest ein kurzes Aufflackern in seinen Augen? Das Gegenteil ist der Fall. Mein charismatisches Gegenüber sieht noch mürrischer aus als zuvor. Vielleicht habe ich ihm den falschen Trank gegeben. Oder es gibt unter den Zaubertrankbrauern eine Geheimsprache und »Bis über beide Ohren verliebt« heißt in Wahrheit so viel wie: mürrisch bis zum Abwinken?

Es könnte allerdings auch sein, dass ich ihm eine viel zu kleine Dosis verabreicht habe. Er hat schließlich ziemlich viel Muskelmasse, die mit dem Trank versorgt werden muss.

»Ich fülle noch mal nach«, entscheide ich für ihn und nehme ihm das Glas aus der Hand.

Wir müssen bald los und ich brauche einen verliebten Begleiter, keinen Muffel. Hastig drehe ich ihm den Rücken zu und stelle das Glas auf der Arbeitsplatte ab. Als ich den Korken von der kleinen Ampulle ziehe, gibt er ein quietschendes Geräusch von sich. Ob Gregor das gehört hat? Ich widerstehe dem Drang, nachzusehen, ob er mich beobachtet. Wenn ich mich jetzt umdrehe, verrate ich mich.

Blitzschnell fülle ich den gesamten Inhalt der Ampulle in das Glas. Das leere Fläschchen lasse ich in meinen Ausschnitt fallen in der Hoffnung, dass es zwischen meinen Brüsten immer wieder sicheren Halt findet. Dann gieße ich noch etwas Saft in das Glas. Nicht zu viel, denn schließlich soll er den Inhalt möglichst komplett trinken.

Übertrieben fröhlich drehe ich mich mit dem Glas in der Hand um. Ich merke selbst, dass ich mich unnatürlich verhalte.

Schockiert stelle ich fest, dass mein Besuch wohl jede meiner Handlungen aufmerksam beobachtet hat. Er wird doch nicht gesehen haben, dass ich ihm etwas ins Glas geschüttet habe?

Immer noch breit lächelnd tapse ich auf Mister Mürrisch zu und reiche ihm das Glas. Er fixiert mich konzentriert, nimmt mir wortlos das Glas aus der Hand und stürzt den gesamten Inhalt in einem Schluck hinunter.

Innerlich jauchze ich auf. Wenn der Trank jetzt wirkt, habe ich auf Bernds Hochzeit einen in mich verliebten Mann an meiner Seite. Das allein würde die Hochzeitsgesellschaft wohl eher nicht vom Hocker hauen. Aber die Tatsache, dass dieser wunderschöne Mann an mir hängen wird wie eine Klette, wird sie allesamt erstaunen. Die Frauen aus dem Ort werden ihre Männer verstecken und jede von Gregors Bewegungen verfolgen. Darauf freue ich mich schon riesig.

Plötzlich erhebt sich Gregor und stellt sich gefährlich nah vor mich hin.

»Also, Lola, was haben Sie mir in den Saft gemischt?«

»Ich? Ich habe Ihnen überhaupt nichts in den Saft gemischt.«

Hastig verschränke ich die Arme vor dem Oberkörper. Zwischen meinen Brüsten spüre ich das gläserne Gefäß.

»Raus damit!«

Zuerst denke ich, dass er etwas von mir hören will. Dann sehe ich, dass sein Blick in meinen Ausschnitt wandert. Ich mache einen Schritt zurück, um Abstand zwischen Gregor und mich zu bringen.

Auch wenn ich mir eben noch wie eine Agentin vorkam – so professionell und geschickt bin ich wohl doch nicht. War ja klar, dass er es merkt.

»Nun zeigen Sie schon, was Sie da versteckt haben!« Er will nach mir greifen, als er sich urplötzlich mit der flachen Hand an die Stirn fasst und zurücktaumelt. Vielleicht sind das die ersten Anzeichen, dass der Trank wirkt.

Eigentlich sollte ich dem zornigen Mann jetzt lieber entkommen, aber der fürsorgliche Teil in mir möchte sich nicht davonstehlen.

»Alles in Ordnung?« Zaghaft nähere ich mich Gregor.

Ehe ich reagieren kann, ist der Anflug von Schwäche dahin. Gregor packt mich mit einer Hand und wirbelt mich herum.

Bevor ich mich wehren kann, hat er mich von hinten in einem festen Klammergriff gepackt. Er schafft es sogar, meine beiden Arme mit nur einer Hand in Schach zu halten. Mit der anderen fischt er ungeniert in meinen Ausschnitt und greift zielsicher nach der Ampulle.

Er lässt mich sofort los, als er diese erbeutet hat.

Hastig bringe ich Abstand zwischen uns, während er verblüfft die verblasste Schrift auf dem Etikett liest:

»Bis über beide Ohren …« Dann lacht er kurz auf.

»Haben Sie den auch aus dem Koffer meines Vaters geklaut?« Sein wütender Blick packt genauso schnell und hart nach mir wie zuvor seine Hand.

Mir ist klar, dass Gregor keine Ruhe geben wird.

»Ja«, antworte ich knapp.

»Und Sie hielten es für eine gute Idee nach Ihren wunderbaren Erfahrungen mit der ersten Flasche, den an mir auszuprobieren?«

Vielleicht sollte ich es zur Abwechslung mal mit Ehrlichkeit versuchen?

»Heute Abend ist die Hochzeit meines Exmannes. Ich bin die dumme Exfrau, die alleine dort auftauchen muss.«

»Das ist doch kein Grund.«

»Dann nennen Sie mir einen besseren Grund! Ich will ein Mal … nur ein Mal um meine Begleitung beneidet werden.«

Seine Augenbrauen schnellen in die Höhe, als er mein ungewolltes Kompliment bemerkt.

»Sie hätten mich fragen können.«

»Ja«, platzt es verzweifelt aus mir heraus, »Sie hätten ja auch sicher sofort zugesagt. Außerdem wäre es bei dem Trauerfall in Ihrer Familie mehr als unpassend gewesen, Sie um Ihre Begleitung zu einer Party zu bitten.«

»Sie sind auch nicht gerade in Feierlaune«, stellt er fest und starrt mich wieder an.

Er sieht aus, als läge ihm noch viel mehr auf den Lippen, das er aber doch für sich behält. Seine Gesichtsmuskulatur erschlafft.

»Wirkt der Trank schon?« Vorsichtig nähere ich mich ihm und suche in seinem Gesicht nach einem verliebten Pudelblick.

»Der Trank ist alt – da dauert es meist lang, bis er wirkt. Aber nachdem Sie mich mit der ganzen Flasche abgefüllt haben, noch dazu in Verbindung mit Fruchtsaft, wird die Wirkung dann umso heftiger durchschlagen.«

»Echt?« Jetzt kriege ich ein bisschen Angst.

»Ich werde mit Ihnen schlafen wollen.«

»Oh.« Wenn es weiter nichts ist …

Langsam kommt Gregor auf mich zu. »Ich werde dich nicht aus den Augen lassen, werde dich küssen, wann immer es geht. Ich werde dich unangemessen berühren und dich bewachen wie mein wertvollstes Eigentum.«

Jetzt muss ich den Kopf heben, um ihm noch in die Augen sehen zu können, so nah ist er an mich herangetreten.

Ich bemühe mich, ruhig zu bleiben. Doch ganz kalt lassen mich seine Worte nicht. Es gäbe nun wirklich Schlimmeres als ihn.

»Morgen wird die Wirkung vermutlich vorbei sein.«

Es ist also doch nur begrenzt. Das ist ja beruhigend. Ich kann somit darauf hoffen, dass meine drei neuen Mitbewohner irgendwann zurück in die Romanheftchen verschwinden. Wenn der Trank bei Gregor so intensiv wirkt, wäre das auf die Dauer etwas anstrengend. Darüber helfen auch der überaus vorteilhafte Körperbau und das markante Kinn nicht hinweg.

»Also … wollen wir dann los?«, frage ich.

Ich habe es eilig. Schließlich muss der Kerl wieder mit mir von der Party verschwunden sein, wenn der Trank nicht mehr wirkt.

»Natürlich. Jetzt ist ohnehin nichts mehr daran zu ändern.«

Er klingt so sachlich. Völlig abgehoben, als ließe ihn mein unverschämtes Eingreifen in seine Gefühlswelt absolut kalt.

Ich sehe, wie er mein Gesicht aufmerksam mustert. Seine Augen bewegen sich langsam.

Ob er versucht, mich einzuschätzen?

»Gehen wir?«, raunt er.

Bevor ich antworten kann, dreht er sich ein Stück von mir weg und bietet mir seinen Arm an.

Mit schiefem Lächeln hake ich mich bei ihm unter. Ich habe heute Abend einen Kerl an meiner Seite, dass allen aus dem Dorf Hören und Sehen vergehen wird.

Kapitel 9

Gregor hofiert mich zu seinem Auto.

Ohne weitere Fragen fährt er zielstrebig zur Dorfkirche. Dort läuten bereits die Kirchturmglocken, um die Hochzeitsgäste auf die bevorstehende Trauung vorzubereiten.

»Er darf erneut kirchlich heiraten?«, will Gregor wissen.

»Wir waren nur standesamtlich getraut«, erkläre ich.

Ich will Gregors Reaktion einschätzen, aber er sieht mich so verwegen an, dass mir mulmig wird.

»Lola, bist du sicher, dass du in den Gottesdienst willst? Wenn es nach mir ginge, würde ich gerne ins Hotel fahren und dich nach allen Regeln der Kunst vernaschen.«

Mir klappt der Mund auf, aber Gregor lächelt mich verführerisch an. Er meint es ernst.

»Gottesdienst«, hauche ich, weil ich nicht mehr als ein Wort herausbekomme.

Wir sind spät dran. Bis Gregor einen Parkplatz ergattert hat, sind die meisten Hochzeitsgäste schon in der Kirche.

Gregor besteht darauf, mir die Tür des Autos zu öffnen, und ergreift sofort meine Hand, als er den Wagen geschlossen hat.

Auf dem gepflasterten Weg vor der Kirche murmelt er verhalten ein paar Worte in einer Sprache, die ich nicht verstehe. Fragend sehe ich ihn an, als ich eine

Veränderung an mir wahrnehme. Mein Kleid! Was hat er damit gemacht?

Ruckartig bleibe ich stehen und zwinge Gregor, ebenfalls anzuhalten. Ich sehe entgeistert an mir hinunter.

»Was hast du gemacht?«, raune ich entsetzt.

Das ist nicht das schlichte Leinenkleid. Es sieht zwar immer noch nach dem Kleid aus, aber der Schnitt hat sich völlig verändert.

»Ich habe dir einen vorteilhaften Look verpasst.«

»Vorteilhaft?« Meine Stimme überschlägt sich.

Ich starre auf den Ausschnitt, der mehr Busen zeigt als versteckt. Wie mein Po in diesem hautengen Kleid jetzt zur Geltung kommt, möchte ich gar nicht wissen.

»So gehe ich da nicht rein«, schimpfe ich.

»Aber Lola …«, raunt Gregor in seiner eigentümlichen Art und schlingt seine Arme um mich.

Ich kann seinen Körper spüren, als er mich mit seiner Nähe dazu nötigt, zu ihm aufzusehen. »Du bist eine so heiße Frau. Du hast es nicht nötig, dich in einem Sack zu verstecken.«

»Sack?« Ich habe wirklich schon viele »Komplimente« von Bernd für meinen Kleidungsstil kassiert, aber das Wort »Sack« treibt es auf eine unerreichte Höhe.

»Jetzt siehst du außerordentlich appetitlich aus«, brummt Gregor und ich bemerke das leidenschaftliche Blitzen in seinen Augen.

Er zieht mich mit einem Ruck noch enger an sich, sodass er mir seine Erregung nicht weiter zu erklären braucht. Ich spüre alles an ihm, jedes seiner Körperteile – und eines davon ganz besonders.

»Gottesdienst«, hauche ich, weil ich Gefahr laufe, die Hochzeit platzen zu lassen.

Dabei war das doch mein Anliegen mit dem Zaubertrank. Ich wollte vor dem versammelten Dorf mit diesem heißen Typen auflaufen und ihn nicht in einem Hotelzimmer verstecken. Auch wenn der Gedanke daran momentan wesentlich verführerischer ist.

Arm in Arm schlendern wir in die Kirche und suchen uns einen Platz in der letzten Reihe. Die Unterhaltungen der vielen Hochzeitsgäste sorgen für einen erstaunlich hohen Geräuschpegel und die Luft ist hier viel kühler als draußen.

Wie erwartet ist ein Großteil der ansässigen Bevölkerung zu Bernds Trauung zusammengekommen. Aber das ist auch kein Wunder. Bernd engagiert sich im Trachten- und Schützenverein, ist Mitglied des Gemeinderats und überhaupt: Bernd mischt überall mit, wo es ihm möglich ist.

Die verstohlenen Blicke in meine Richtung entgehen mir nicht – auch nicht die interessierte Musterung, der mein Begleiter unterzogen wird. Das ist ein fantastisches Gefühl! Ich fiebere jetzt schon dem Moment entgegen, wenn Bernd und Christine mich mit Gregor zusammen sehen. Auch wenn Gregor nur aufgrund des Trankes so verknallt ist, wirkt sich das äußerst prickelnd auf mich aus. Unruhig rutsche ich auf der Kirchenbank herum, weil mich seine Anwesenheit kribbelig macht.

Gregor quittiert meine Nervosität mit noch mehr Nähe. Er legt seinen Arm um mich, zieht mich zu sich und schon spüre ich seinen warmen Atem an meinem

Ohr. »Du bist so sexy, wenn du aufgeregt bist.«

Das erregte Brummen seiner Stimme lässt meinen Unterleib vibrieren. Wenn Gregor nicht aufhört, ziehe ich ihn mal eben auf die Bank, um ihn zu küssen. O ja! Wie gerne würde ich Gregors Lippen berühren. Mein Blick fällt automatisch auf seinen Mund, der so gekonnt von dem neckischen Bart eingerahmt wird. Ohne ihn je geküsst zu haben, wage ich es, mir vorzustellen, wie es sich anfühlen würde, und vernehme das sehnsüchtige Verlangen in mir, es auszuprobieren.

»Na, na! Nicht hier und jetzt. Willst du rausgehen?«

»Nein«, antworte ich und muss hart schlucken, weil mich dieses eine Wort all meine Willenskraft kostet.

Ich kann mich nicht mehr erinnern, wie lange die Trauung gedauert hat.

Sie ist zu Ende – einfach so, und ich habe nichts davon mitbekommen, außer der Anwesenheit des Mannes neben mir, der mir sein Interesse durch ständigen Körperkontakt überdeutlich zeigte.

Mein Körper ist mittlerweile vollständig auf Gregor eingestellt und den Hunger, den ich in mir verspüre, führe ich bestimmt nicht auf fehlenden Mageninhalt zurück. Die Hitze in meinem Körper ist unbeschreiblich.

Das Brautpaar, beide in Tracht, kommt den Gang der Kirche entlang in Richtung Ausgang.

Gregor nutzt die Gelegenheit, um sich die beiden genauer anzusehen. Sein Blick wandert über die zuckersüßen Blumenmädchen, über Bernd, bis hin zu Christines rundem Babybauch. Ich wage nicht, mir Gregors

Gedanken vorzustellen, fühle nur den warmen Händedruck, den er mir zukommen lässt. Automatisch umfasse ich seine Hand mit meiner zweiten und möchte sie nie wieder hergeben. Auch wenn das alles nur ein Zauber ist, möchte ich ihn so lange festhalten, wie es geht.

Unbeabsichtigt wage ich einen Blick auf das Brautpaar und erhasche Bernds Blick, der auf mich gerichtet ist. Ich kann diesen Mann einfach nicht mehr sehen, ohne dass mir die Galle hochkommt.

Als hätte Gregor die Situation sofort erkannt, wendet er sich mir zu und streift mir mit seiner freien Hand über die Wange, während er sich in mein Blickfeld schiebt. Verwundert möchte ich irgendetwas sagen, aber Gregor nähert sich mir. Er spitzt die Lippen, und ich ahne, was er vorhat. Mein Kopf legt sich wie von selbst zur Seite, und sobald ich meine Augenlider gesenkt habe, fühle ich bereits einen überaus zarten Kuss auf den Lippen.

Gregor duftet nach einem besonderen Aftershave, seine Barthaare necken mich ein bisschen, aber das ist in diesem Moment unwichtig. Ich vergesse alles um mich herum. Es fühlt sich an, als schwebe ich davon.

»Huhu«, höre ich eine mir bekannte Stimme.

Schlagartig reiße ich die Augen auf, sehe in Gregors Gesicht, von dem ich mich rasch entferne. Meine Sicht ist verschwommen, und doch erkenne ich die kleine Person mit dem Rollator, die mir winkt.

»Carola, wen hast du denn da mitgebracht?«, fragt meine ehemalige Schwiegermutter Rosi und gesellt sich zu uns.

Da hinter uns keine Bänke mehr sind, kann sie sich bequem zu uns stellen.

Erfreut nehme ich wahr, dass Bernd sich neugierig zu mir umdreht, obwohl er bereits auf dem Weg aus der Kirche ist. Natürlich würde er meine Antwort gerne hören, aber ich warte so lange, bis er sich endlich wieder umwendet, damit er die Schwelle ins Freie ohne Sturz überschreiten kann.

Gregor erhebt sich von der Bank, um Rosi die Hand zu schütteln.

»Das ist Gregor, mein …« Ja, was denn? Was ist er?

»Gregor Kowalski«, sagt Gregor, »ich bin Lolas glühendster Verehrer.«

Rosis Wangen sind rot geworden. Sie fächelt sich mit einer Hand frische Luft zu, während sie sich mit der anderen an den Griff des Rollators krallt. »Das glaub ich Ihnen sofort, junger Mann. Wenn ich mir euch so ansehe, würde ich sagen, hier glüht so einiges.«

Rosi zwinkert mir zu, bevor sie sich auf den Weg aus der Kirche macht.

Gregor lässt sich wieder neben mir nieder, und wir warten, bis die meisten Gäste das Gotteshaus verlassen haben.

Ich kann ihn nicht ansehen. Sein Kuss prickelt immer noch auf meinen Lippen. Ich hätte nicht übel Lust, die Verlängerung einzuläuten.

Seine Hand hat wie selbstverständlich meine gefunden. Es fühlt sich vertraut an, als wäre es nicht nur ein fauler Zauber, der ihn zu mir zieht.

»Wollen wir?«, fragt er.

Statt einer Antwort verschließe ich seinen Mund mit meinen Lippen, um ihm zu zeigen, wie sehr mir sein Kuss gefallen hat.

Leidenschaftlich liebkose ich ihn, bis mich die Erkenntnis trifft, dass ich hier in der Kirche wie ein pubertierender Teenager herumknutsche. Sofort löse ich mich von Gregor.

»Tut mir leid«, sage ich, während ich irritiert den steinernen Fußboden fixiere, »ich weiß nicht, was in mich gefahren ist.« Er muss ja denken, ich sei völlig ausgehungert.

Ich fühle, wie sein warmer Daumen über meinen Handrücken streift. »Keine Entschuldigungen, Lola.«

»Richtig«, sage ich und nicke, wobei ich ihm immer noch nicht ins Gesicht sehen kann.

Gregor fährt mit seiner Hand in meinen Nacken, zieht mich zu sich und drückt mir einen kurzen, festen Kuss auf den Mund. Mit weit aufgerissenen Lidern betrachte ich sein freundliches Gesicht mit den schönen Augen, die von ein paar Lachfältchen eingerahmt sind.

»Lass uns dem Brautpaar gratulieren!«, sagt er entschlossen und steht auf, wobei er mich gleich mit auf die Beine und aus der Kirche zieht.

Zielstrebig marschiert Gregor zum hinteren Ende der Warteschlange, die sich vor dem Brautpaar gebildet hat.

Als wir endlich an der Reihe sind, fühle ich mich völlig überfordert. Soll ich wirklich Glückwünsche aussprechen? Für Christine müssten es genau genommen Beileidsbekundungen sein. Wenn sich ihr Bernd-Prinz ebenso bald nach der Hochzeit in einen Frosch verwandelt, so wie er es bei mir gemacht hat, kann sie mir nur leidtun.

Fassungslos beobachte ich, wie Gregor die Initiative ergreift. Er nimmt Christines Hand, zieht Christine an sich und verpasst ihr eine Reihe von Wangenküsschen. »Alles erdenklich Gute zur Vermählung«, raunt er.

Christine strahlt überrascht, aber begeistert. »Vielen Dank!«

Ich wende mich ihr zu und sehe, wie Gregor Bernd nur kurz auf den Oberarm klopft und dabei etwas flüstert. Ich spitze die Ohren. »Machen Sie es besser als beim ersten Mal!«

»Christine!«, sage ich eilig und viel zu laut.

»Carola«, antwortet sie ebenso verkrampft.

Ich schüttele ihr kurz und kraftlos die Hand. »Herzlichen Glückwunsch.«

Sofort wende ich mich von ihr ab und damit Bernd zu. Seine Hand ergreift meine. Er zerrt an mir, sodass ich ihm viel näher kommen muss, als ich eigentlich will. Ja, er nimmt mich regelrecht in die Arme. »Wer ist der Kerl?«, flüstert er in mein Ohr. »Der ist doch nicht wirklich dein Begleiter?«

Bernd presst mich so fest an sich, dass ich nicht antworten kann. Nicht einmal die zurechtgelegten Glückwünsche bringe ich hervor.

»Das ist die falsche Frau«, höre ich Gregor brummen.

Bernd lockert seinen Griff. Gregors Hände nehmen mich in Empfang und befreien mich von meinem Exmann. »Sie hatten Ihre Chance«, sagt Gregor grinsend zu Bernd und führt mich zum Auto.

An der Art, wie er energisch seinen Gehstock zum Einsatz bringt, sehe ich, dass er nicht ganz so locker ist, wie er sich gibt. Ob ihm Bernd auch so auf den Keks geht wie mir?

Doch darüber wird Gregor nicht mit mir sprechen. Diese Erkenntnis trifft mich, als er neben mir ins Auto steigt, den Gehstock auf die Rückbank schiebt und dabei tief durchatmet.

Die Hand am Zündschloss, fragt er: »Wir gehen wirklich auf die Hochzeitsparty?«

»Ja«, sage ich und nicke. »Ich brauch das jetzt.« Die andere Sache, die ich ebenso dringend bräuchte, muss noch eine Weile warten.

Gregor startet den Motor, und wir warten, bis sich der Hochzeitskonvoi in Bewegung setzt. Unter lautem Hupen und Getöse schleichen wir in Richtung der Gaststätte, in der die Hochzeitsfeier stattfindet.

Gut, dass wir nicht direkt hinter dem Brautpaar fahren! Vor uns sind jede Menge andere Fahrzeuge, die ebenfalls zur Hochzeitsgesellschaft gehören. Es ist unpassend genug, dass die Exfrau im Corso mitfährt, da muss sie nicht in der ersten Reihe stehen und lächeln.

»Gehts dir gut?«, fragt Gregor mit einem Blick auf mich.

»Den Umständen entsprechend.«

Kapitel 10

Schließlich erreichen wir die Gaststätte. Der weitläufige Parkplatz ist bereits ausgelastet, aber Gregor laviert den Wagen geschickt in eine der letzten Lücken.

»Sieht so aus, als gäbe es ein Gruppenfoto«, bemerkt er.

»Ja, sieht so aus.« Mir ist die metallene Treppenkonstruktion auch aufgefallen, als wir daran vorbeigefahren sind.

Prima! Ich werde mich nicht drücken, sondern stattdessen mit mürrischem Gesicht posieren. Wenigstens auf diese Art kann ich Bernd ein bisschen ärgern, wann immer er sich die Aufnahmen ansieht. Er hat mir seine Bedenken über meine Teilnahme noch telefonisch mitgeteilt. Er will keine langen Gesichter? Tja, eines muss er nun auf dem Foto bis in alle Ewigkeiten ertragen.

Das Vorhaben wird durch den Kavalier an meiner Seite torpediert. Mein geplant mürrischer Blick schmilzt rasch zu einem entspannten Lächeln, als Gregor meine Hand ergreift und konsequent mich anlächelt, statt die emsige Fotografin. Gregor und ich ignorieren den Rest der Welt und versinken in unseren Augen. Schöner kann ein Foto kaum sein, und ich bin mir sicher, dass es Bernd mehr ärgern wird als mein böser Blick.

Nach dem Foto kommt es zum obligatorischen Sektempfang. Bis alle Gäste ihre Plätze eingenommen haben, dauert es eine kleine Ewigkeit. Es wundert mich nicht, dass Gregor und ich an einem Tisch in der Ecke platziert wurden. Was mich aber richtig ärgert, ist der Umstand, dass wir uns den Platz mit der Band teilen. Die Tischkarten sind so verteilt, dass Gregor und ich mit dem Rücken zum Rest der Hochzeitsgesellschaft sitzen. Damit wir etwas vom Geschehen mitbekommen, sortiere ich die Platzkarten um.

»Na, das ist ja ein lauschiges Plätzchen, das dein Ex uns da verpasst hat.«

»Du darfst nicht vergessen, dass er nicht geglaubt hat, ich würde in Begleitung kommen.«

»Dann säßest du jetzt hier alleine.«

»Richtig. Dieser –«. Meine Hände ballen sich zu Fäusten.

Gregor legt sofort seine Hand auf meinen Arm.

»Er ist es nicht wert.«

Es hilft mir, wenn Gregor so über meinen Exmann spricht. Das ist nicht einfach nur bedeutungsloses Gerede. Es fühlt sich für mich an, als hätte er Bernd – den Blender – sofort durchschaut.

»Komm, Lola, wir setzen uns erst einmal!«

Gregor lässt mich auf der Sitzbank durchrutschen und nimmt dann neben mir Platz, als müsse er dafür sorgen, dass ich brav auf meinem Sitzplatz bleibe.

Seinen Gehstock lehnt er am Tisch an und mein Blick fällt automatisch auf den silberfarbenen Totenkopf am Ende des Stocks. Nach wie vor finde ich das Ding gruselig.

Ich sehe mich im Saal um. Wäre es nicht die Hochzeit von Christine und Bernd, wäre es eigentlich eine nette Feier. Fast das ganze Dorf ist anwesend.

Ich entdecke sogar den Jäger Sepp unter den Gästen und muss sofort an den armen Hirsch denken, den William, der stolze Schotte, erlegt hat.

Mit schlechtem Gewissen zwinge ich mir ein freundliches Lächeln ab und winke Sepp kurz zu. Der sieht mich, lässt seinen Blick über meine Begleitung schweifen und beginnt sofort ein Gespräch mit seinen Schützenvereinskollegen. Ich bin mir sicher, dass die Geschichte der vielen Männer auf meinem Hof bald die Runde machen wird. Nicht, dass mich das stören würde, sind es doch alles außergewöhnlich stattliche Kerle, die sich neuerdings bei mir die Zeit vertreiben – einschließlich Gregor Kowalski, der sehr nah an mich heranrutscht. Die Sitzbank würde eindeutig mehr Platz hergeben, als wir benötigen.

Mit einem tiefen Atemzug schließe ich die Augen, spüre die Wärme des Mannes neben mir, seine Hand auf meinem Rücken und genieße den faulen Zauber.

Bevor ich in der Lage bin, die Augen zu öffnen, fühle ich Gregors plötzliche Verkrampfung, die mit einer Veränderung im Raum einhergeht. Ein regelrechtes Raunen vibriert durch den Saal.

»Da ist das Weib!«, ruft jemand, dessen Stimme mir bekannt vorkommt.

»O nein!«, sagt Gregor und ich reiße die Augen auf.

Vor mir im Saal erscheinen drei Personen, die ich inzwischen nur allzu genau kenne. Zu allem Überfluss haben sie die Kleidung, die sie von Gregor erhalten haben, abgelegt und gegen ihre – wie soll ich sagen – Ankunftsmontur eingetauscht.

Der Highlander, dessen Haar noch zerzauster als gewöhnlich aussieht, zeigt auf mich, wird aber sofort von Clément zur Ruhe ermahnt. Max stürmt auf mich zu, als wäre ich der Football, den er sich greifen will.

Ich springe auf und dränge Gregor, die Sitzbank frei zu machen, was er auch tut, nachdem er seinen Stock gegriffen hat.

»Meine Herren …«, sagt er zu Max, der sich davon nicht ausbremsen lässt.

»Was zur Hölle macht ihr hier?«, zische ich leise.

Eine Antwort bekomme ich erst einmal nicht. Die Aufmerksamkeit der gesamten Hochzeitsgesellschaft ruht auf den Männern und mir.

»Was soll das, Weib? Du kannst nicht auf ein Beisammensein dieser Art gehen, ohne uns das Geleit anzubieten«, schimpft der Highlander.

Einige Gäste kichern.

»In der Tat wäre zumindest eine höflich ausgesprochene Einladung wünschenswert gewesen«, bestätigt Clément den Wilden.

»Aber echt! Hier geht voll die Party ab und du machst mit diesem Macker hier einen drauf, während wir uns auf dem Hof vor Langeweile an den Eiern kratzen«, tönt Max und greift sich ins Gemächt.

Ich hole Luft, habe aber keine Ahnung, was ich sagen soll, geschweige denn, wie ich überhaupt reagieren soll. Die drei Kerle sorgen dafür, dass ich vor Bernd und Christine und dem gesamten Dorf im Ansehen noch tiefer sinke – wenn das überhaupt möglich ist.

»Wir werden das draußen klären«, bestimmt Gregor. Etwas in seinem Tonfall macht mich sicher, dass ihm niemand widersprechen wird.

»Carola! Was ist das hier?« Bernd erscheint auf der Bildfläche. Toll. Mein Exmann gesellt sich zu uns, gefolgt von seiner Frau, die einerseits angetan, andererseits verwundert vom Highlander zum Fürsten und von diesem zum Footballspieler schaut. Zu allem Überfluss stupst Max den Schotten an, deutet auf Christines großzügiges Dekolleté und formt dann vor seiner Brust mit den Händen eine enorme Oberweite.

»Das ist …« Ich fische nach einer Erklärung, während Bernd der Band ein Zeichen gibt.

Sofort setzt bayerische Tanzmusik ein.

Wütend wendet sich Bernd mir zu. »Ich wusste, dass du mir die Hochzeit ruinieren würdest. Du hast es immer noch nicht verkraftet, dass ich dich verlassen habe. Und wenn es hier nicht um mich geht, dann bestimmt um diesen blöden Köter«, keift Bernd.

»Aber –«. Ich suche nach Worten. Dass Bernd es wagt, so über Finn zu sprechen, lässt mich vom Glauben abfallen.

»Hier ruiniert niemand etwas, außer Sie, indem Sie sich unangemessen verhalten«, sagt Gregor ruhig. Sein stechender Blick ist auf Bernd gerichtet, der vor lauter Aufregung beinahe vom Boden abhebt.

»Ach! Hast du jetzt jemanden gefunden, der für dich die Welt organisiert, Carola? Ist das dein Sprecher?«

Bernd weiß genau, welche Tasten er bei mir drücken muss, damit ich mich mies fühle. Leider hat er mit dem, was er sagt, auch noch recht. Gregor meint, für mich einstehen zu müssen, was ich unglaublich charmant finde, aber letztendlich ist das nur neuer Zündstoff für Bernds ewige Nörgelei.

»Sie ist durchaus in der Lage, für sich selbst zu sprechen, nicht wahr, Lola?«, sagt Gregor und wendet sich mir zu.

Na, der setzt ja reichlich Hoffnung in mich. Er hat keine Ahnung, dass ich keine habe.

»Richtig«, antworte ich trotzdem und bemühe mich, ebenso unnachgiebig und stolz zu wirken wie der Highlander.

Meine Aussage führt dazu, dass mich fünf Männer und eine Braut erwartungsvoll ansehen.

»Erzähl von der Überraschung!«, fordert Gregor plötzlich mit einem sanften Lächeln und stupst mich sachte mit dem Totenkopfschädel seines Stocks an der Schulter an. In dem Moment durchflutet mich die beste Idee, die ich jemals hatte. Ich werde von einer Welle der Inspiration gepackt. Warum nur hatte ich diesen Einfall nicht schon früher?

»Die drei Herren wurden zur Unterhaltung gebucht … von mir … für die Gäste«, erkläre ich.

Bernd runzelt irritiert die Stirn, aber Christine hat verstanden. »Das ist ja mal eine Sache, Carola! Das hätte ich echt nicht erwartet. Toll!« Sie klatscht in die Hände. »Wie schade, dass ich das nicht wusste. Ich hätte sie zu meinem Junggesellinnenabschied eingeladen.

Der wäre dann viel lustiger gewesen.«

»Christine!«, schimpft Bernd entgeistert.

Doch seine frisch Angetraute lässt sich ihre Freude nicht nehmen.

Sorgenvoll blicke ich zu den drei Helden, die ich ohne Vorwarnung in eine prekäre Lage gebracht habe.

Max grinst und nickt mir wissend zu. Er hat also kapiert, worum es hier geht, und will mitspielen. Der Highlander sieht sich suchend um. Max klopft ihm auf die Schulter. »Kein Problem, sei einfach du selbst und unterhalte dich mit den anderen hier. Aber lass deine Fleischpeitsche unterm Kilt.«

Fleischpeitsche? What the fuck! Ich glaube, mir wird schlecht!

Während Max den Highlander mit sich zieht und bereits anfängt, vor den anderen Gästen eine Show abzuziehen, gibt mir der Fürst mit einer Geste zu verstehen, dass er ein Gespräch unter vier Augen wünscht. Ich trete nah an ihn heran.

»Das ist die Höhe! Was verlangt Ihr hier von mir?«

Ich senke meine Stimme, sodass uns die anderen nicht hören können. »Es tut mir sehr leid, Hoheit! Ich weiß, dass dies eine Zumutung für Euch sein muss. Aber Ihr seid hier als ungeladene Gäste erschienen und ich musste Eure Anwesenheit erklären.«

»Ich habe lediglich die anderen begleitet, da sie sich nicht aufhalten ließen.«

»Dafür danke ich Euch auch von ganzem Herzen. Doch jetzt bitte ich Euch: Spielt mit!«

»Werdet Ihr danach dafür Sorge tragen, mich in

mein Fürstentum zurückzubringen? Ich erwarte eine Dame, die den Palast und die Gärten fotografieren will.«

Das ist die Frau, in die du dich so verknallen wirst, mein Lieber, dass dir Hören und Sehen vergeht. Das war wirklich ein schöner Heftchenroman – den muss ich mal wieder lesen.

»Madame, schenkt Ihr mir noch Aufmerksamkeit?«, fragt Clément mich sofort, als meine Gedanken abschweifen.

»Ich werde mir etwas einfallen lassen, um Euch zurück zu Eurer Fotografin zu schicken.«

»Ihr habt das missverstanden. Sie ist nicht meine Fotografin. Ich habe gehört, die Zusammenarbeit mit ihr gestaltet sich als schwierig.«

»Das wird sich alles klären.« Offenbar wirkt mein Lächeln so zuversichtlich, dass Clément mich irritiert ansieht. »Also, spielt Ihr mit?«

»Natürlich. Doch Ihr erwartet hoffentlich nicht von mir, dass ich mich zum Affen mache.«

»Aber natürlich nicht, Hoheit!«

»Und einen Bauchtanz aufführen werde ich auch nicht.«

»Das ist bedauerlich, aber verständlich«, sage ich grinsend und ernte dafür erneut einen tadelnden Blick vom Fürsten.

Clément seufzt lautstark. »Die Pflicht ruft«, sagt er dann, rückt seine Krawatte zurecht und marschiert besonnenen Schrittes auf eine Gruppe von Hochzeitsgästen zu.

Sofort suche ich nach Max und William. Max posiert gerade mit zwei Gästen für ein Selfie und meine Ex-Schwiegermutter versucht dem Schotten unter den Kilt zu schauen. »Stimmt es denn, dass ihr Schotten unten drunter nichts anhabt?«, fragt sie und grinst William herausfordernd an.

Ich hoffe nicht, dass sie den derben Ausdruck des Footballspielers gehört hat und nun davon angestachelt wurde.

»Gutes Weib, du bist zu neugierig«, tadelt William Rosi, die sich kichernd eine Hand vor den Mund hält.

Ich beschließe, mich wieder zu Gregor zu gesellen, der leider immer noch mit Bernds Anwesenheit beglückt wird.

»Und wer sind Sie? Gehören Sie auch zum Partyprogramm?«, provoziert Bernd meinen Begleiter.

Gregor schweigt zu dem Versuch, ihn aus der Fassung zu bringen, aber Bernd kann keine Ruhe geben. »Sind Sie der geheimnisvolle Bad Boy oder wen sollen Sie darstellen?«

»Glauben Sie mir, Sie möchten nicht wissen, wen ich darstelle, und Sie möchten sich auch nicht mit mir anlegen.«

Es ist die seelenruhige Art, die diese Aussage in eine Drohung verwandelt. Ich stelle mich neben Gregor, recke das Kinn und lächle Bernd an.

Verglichen mit Gregor wirkt Bernd wirklich erbärmlich. »Von Ihnen lasse ich mir auf meiner Hochzeit nicht drohen«, zischt er und funkelt Gregor böse an, der alles mit einem Lächeln wegsteckt.

»Dann würde ich sagen, Sie gehen zu Ihrer Frau und genießen die Party.« Mit diesen Worten fasst Gregor mich an der Hand und zieht mich auf die Tanzfläche.

»Also, Herr Kowalski, wen stellen Sie dar?«, frage ich, während wir uns in Tanzposition aufstellen.

Gregors Stock klemmt zwischen unseren Händen. Hoffentlich kann er ohne diese Hilfe tanzen.

»Für dich bin ich alles, Lola!«

»Der geheimnisvolle Fremde?«

»Der verliebte Verehrer«, sagt er.

Ich lache befreit auf. In den Armen dieses Mannes fühle ich mich unbesiegbar und beschützt gleichzeitig. Es fühlt sich unvergleichlich schön an und ich möchte das nie wieder missen.

Der Festnachmittag schreitet zügig voran. Mit dem verknallten Gregor an meiner Seite steigert sich meine Lust auf mehr von Stunde zu Stunde und die eng umschlungenen, langsamen Tänze mit ihm machen das Ganze nicht besser.

Meine drei Romanhelden entwickeln sich innerhalb kürzester Zeit zum Partyknüller, und ich werde das Gefühl nicht los, dass sogar Clément seinen Spaß daran hat. Der Mittelpunkt von so vielen weiblichen Gästen zu sein, lässt selbst ein edles Fürstenherz nicht völlig kalt.

Entspannt beobachte ich von meinem Tisch aus, wie eine Gruppe von Gästen beim Highlander steht. Einige der männlichen Hochzeitsgäste haben ihren Spaß daran, Selfies zusammen mit dem Schotten zu machen. Dabei brüllen sie gemeinsam mit furchterregenden Grimassen in die Kameralinse und versuchen, sich gegenseitig zu übertrumpfen. Suchend lasse ich meinen Blick über die Menschen schweifen und bleibe an der Menschentraube um Max hängen. Der formt eben mit konzentriertem Enthusiasmus beide Hände vor dem Körper. »Du hältst den Football so fest es nur geht, und dann versuchst du, damit Raum zu gewinnen.«

»Ich kapiers nicht«, sagt ein junger Mann aus dem Dorf, den ich vom Sehen kenne. Sein Gesicht glüht bereits vom vielen Alkohol, und es hilft seinem Hirn auch nicht auf die Sprünge, als er sich die Hand auf die Stirn schlägt.

»Pass auf!«, beginnt Max und sieht sich suchend um. Dann greift er nach einer Jacke, die über der Lehne eines Stuhls hängt, und knüllt diese zusammen. »Das ist der Football.« Wieder blickt sich Max suchend um und erspäht dabei Bernd – den Bräutigam –, der wie bestellt und nicht abgeholt etwas abseits der Gesprächsrunde steht. Unter den Zuhörern sind viele seiner Freunde, weshalb er sich wohl dazugesellen wollte, nur um dann festzustellen, dass sich niemand für ihn interessiert. Alle hängen wie gebannt an den Lippen des Footballspielers. Meine Schadenfreude wird leider dadurch getrübt, dass Max beschlossen hat, Bernd in sein Spiel einzubeziehen. Er drückt ihm einfach die zusammengepresste Jacke in die Hände. »Du hast den Football und spielst in der Offense, was heißt, dass du mit dem Football hier über die Tanzfläche laufen musst, um ihn dahinten vor dem Fenster auf den Boden zu bringen. Verstanden?«

Bernd bleibt eine Antwort schuldig, aber Max wendet sich sowieso schon dem jungen Mann zu. »Du bist in der Defense. Du musst den Bräutigam daran hindern, dass er den Football bis zu seinem Ziel bringt.«

»Okay«, antwortet der junge Mann und freut sich sichtlich auf den kleinen Wettbewerb.

»Der Rest hier ist auch in der Defense«, erwähnt Max knapp.

»Moment mal –«, will Bernd einhaken, dem wohl eben auch schon klar geworden ist, dass er allein die Jacke zum anderen Ende des Raumes bringen soll.

»Los geht's!«, brüllt Max, und da niemand reagiert, macht er einen Satz auf Bernd zu, der sich sofort in Bewegung setzt. »Na los. Haltet ihn auf! Mit allen Mitteln.«

Mit Panik im Gesicht trippelt Bernd los. Seine Tanzschuhe scheinen für derartige Aktionen nicht gemacht zu sein. Während Max mir ein schiefes Lächeln schenkt, höre ich schon, dass Bernd mit einem dumpfen Knall auf dem Boden aufschlägt. Seine Verfolger sind ihm dicht auf den Fersen und Max schließt sich ihnen an. »Auf ihn!«, ruft er. Ich kneife die Augen zusammen, als ich bemerke, wie er Anlauf nimmt, um sich auf meinen Ex zu stürzen. Meine Neugier ist stärker – natürlich muss ich mich vergewissern, ob Bernd unter ein paar Männern begraben wurde. Tatsächlich scheint Bernd völlig unter einer stattlichen Anzahl von Siegern verschwunden zu sein.

»Das ist die richtige Gelegenheit«, höre ich jemanden in meiner Nähe sagen. Sofort wird meine Aufmerksamkeit von den Worten gefesselt. Ein Mann nähert sich William, der gerade in einen Armdrückwettbewerb verwickelt wurde. Als der Mann ihm etwas ins Ohr flüstert, drückt er mit einem Satz den Arm des Gegners auf den Tisch und beendet damit den Wettkampf. Der Highlander erhebt sich, und zu meinem Schrecken fixiert er die Braut mit wildem Blick, die nichts ahnend mit dem Fürsten über die Tanzfläche schwebt. Nicht einmal den Tumult um ihren Ehemann hat sie zur Kenntnis genommen. Ob Bernd das jemals verkraften wird?

Automatisch stehe ich auf, aber Gregor legt seine Hand auf meine. »Lass deine drei Männer mal machen. Es wird schon nichts passieren.«

Trotzdem bleibe ich stehen, um im Notfall sofort einschreiten zu können. William geht zur Braut, die immer noch selig lächelnd in den Armen des Fürsten schwebt. »Die Braut wird nun entführt«, sagt William laut. Der Fürst unterbricht seinen Tanz nur ungern. Dennoch macht er einen Schritt zurück und verbeugt sich knapp. »Madame, es war mir ein Vergnügen. Wenn ich Euch nun bitten darf, uns zu folgen. Wir wurden gebeten, dem traditionellen Brautverziehen beizuwohnen.«

»Wo ist Bernd?«, fragt Christine nun.

»Nichts da«, platzt es aus William heraus. Ohne lange zu fackeln, nimmt er Christine auf die Arme und trägt sie durch den Raum. Der Fürst folgt den beiden zusammen mit ein paar Gästen. Ich bin mir sicher, hätte Christines gewölbter Bauch nicht gestört, läge sie jetzt auf den Schultern des Schotten. »Christine!«, brüllt

Bernd, der sich aus dem Menschenhaufen kämpft. Er kann nicht verhindern, dass seine frisch Angetraute den Raum auf den starken Armen des Highlanders verlässt.

»Lasst mich raus! Meine Frau –«, fordert Bernd. »Wir haben kein Brautverziehen geplant.«

Überrascht ziehe ich die Augenbrauen nach oben.

»Setz dich doch wieder, Lola«, höre ich Gregor flüstern. Einen Moment senke ich den Blick, um ihm ein Lächeln zu schenken, dann sinke ich auf die Bank.

»Alles klar, Jungs. Gut gemacht«, ruft Max und klatscht in die Hände. Der Berg auf Bernd wird kleiner, als sich alle nach und nach aufrappeln. Mühsam kämpft Bernd sich vom Boden auf. Sein Gesicht ist schmerzhaft verzerrt. Ob es daran liegt, dass ihm wirklich irgendetwas wehtut, oder ob es die ungeplante Entführung seiner Frau ist, kann ich nicht einschätzen. Ich finde diesen Ausdruck auf seinem Gesicht einfach nur toll und erfreue mich daran.

Bernd setzt sich langsam in Bewegung, um dorthin zu marschieren, wo Christine verschwunden ist. Max tänzelt mit der zerknüllten Jacke in der Hand neben ihm her. »Noch eine Runde?« Bernd lässt sich leider nicht darauf ein.

»Wessen Idee war das?«, frage ich Gregor.

»Sein Trauzeuge hat sich darüber aufgeregt, dass Bernd kein Brautverziehen macht, und will ihm auf diese Weise eine kleine Lektion erteilen.«

»Woher weißt du das?«

»Ich hab gute Ohren und das am Rande mitbekommen.«

»So, so. Gute Ohren.« Ich lasse das mal so stehen. »Ich geh mal eben auf die Toilette«, raune ich Gregor zu.

»Aber bleib nicht zu lange! Der Nachtisch wird bald serviert. Und keine Sorge: Christine taucht wieder auf.«

Er schafft es, das Wort »Nachtisch« so zu betonen, dass mein Unterleib schon wieder in Hochstimmung aufgeht. Schlimm mit mir! Ich sollte mich mal zusammennehmen. Schließlich habe ich den armen Mann mit einem Zauber an mich gefesselt und darf das nicht so schamlos ausnutzen. Toll! Das fällt dir ja mal früh ein, Carola.

Ich lasse den großen Saal hinter mir und schlage den Weg zur Toilette ein, die sich im Keller befindet. Clément steht bei einer Frau, die ihn wohl aufgehalten hat, als er dem Highlander und Christine gefolgt ist. Sie arbeitet in der Dorfbäckerei und heißt Uschi. Automatisch husche ich an die Abzweigung des Flurs, um das Gespräch zu belauschen.

»Ich würde wirklich gerne mit Ihnen tanzen. Halten Sie mir noch einen frei?«, fragt sie den Fürsten.

»Natürlich, Madame.«

»Was machen Sie eigentlich, wenn die Feier hier vorbei ist? Wohnen Sie in einem Hotel?«

»Bedauerlicherweise nicht. Wir residieren bei Frau Appelbaum.«

»Schade. Ich dachte, wir könnten den Tanz dann später noch … vertiefen.«

Ich schnappe nach Luft und versuche, das Gehörte auszublenden. Uschi hat einen Freund, aber es wird schon länger getratscht, dass sie immer auf der Suche nach kleinen Ablenkungen sei.

»Bedaure, Euch eine Absage machen zu müssen, Madame, aber der Herr hier hinter Euch scheint Euer Begleiter zu sein und wird Euren Wünschen sicher mit Freuden nachkommen.« Fürst Clément verbeugt sich und nutzt Uschis perplexen Moment, um zu verschwinden. Verdutzt wirbelt sie herum und sieht sich mit ihrem Freund konfrontiert, der offensichtlich vor Wut schäumt.

O weh! Meine Helden bringen hier so einiges durcheinander, denke ich mir, als ich eilig die Stufen in den Keller nehme.

Ich sollte die Männer nicht zu lange unbeaufsichtigt lassen. Trotzdem marschiere ich nach dem Toilettengang erst einmal nach draußen, um ein bisschen frische Luft zu schnappen. Wenn man sich die ganze Zeit in der Gegenwart eines heißen Mannes befindet, der einen am liebsten sofort vernaschen würde, kann ein bisschen Sauerstoff nicht schaden.

Ich lasse die Grüppchen von Rauchern hinter mir, umrunde die Gaststätte und finde dort eine in der Dunkelheit liegende Terrasse.

Die grünen Klappstühle sehen wenig einladend aus, aber es tut mir sowieso gut, ein bisschen zu stehen. Ich lehne mich gegen die Hausmauer und starre vor mich hin.

Nach kurzer Zeit friere ich. Die feuchte Nachtluft macht es mir hier auf die Dauer doch ziemlich ungemütlich. Ich entscheide mich, zurückzugehen.

»Guten Abend«, sagt der Mann, der wie aus dem Nichts aufgetaucht ist und sich vor mir aufbaut.

Ich erschrecke unsagbar.

»Sie?«, ist alles, was ich atemlos keuchen kann.

»Sie haben mich belogen«, sagt Alexander Novak mit dem auffälligen Blutschwamm im Gesicht.

Sein angriffslustiger Blick verursacht mir ein flaues Gefühl im Bauch. Ich muss aufpassen.

»Ich? Sie belogen?«

»Wo ist sie?«

»Wer?« Er wird doch nicht die Katze wollen?

»Sie wissen genau, wovon ich spreche.«

»Ich habe keine Ahnung. Bitte lassen Sie mich in Ruhe!«

»Ich bitte Sie, Frau Appelbaum. Der Alte hatte etwas, was ich in meinen Besitz bringen möchte, und da sein Sohn die Sachen bereits abgeholt hat und immer noch hier ist, kann das nur einen Grund haben.«

»Vielleicht ist er wegen mir noch hier.«

»Das hat er Ihnen gesagt? Lassen Sie sich nicht täuschen! Der Alte hatte etwas bei sich. Waren Sie in dem Raum, in dem er gestorben ist?«

Mir wird angst und bange. Die Sache wächst mir über den Kopf. Ich muss mich sofort aus dieser Situation befreien, ganz gleich, wie.

»Lassen Sie mich in Ruhe, wenn ich es Ihnen sage?«, frage ich atemlos.

Er lässt die Antwort offen, aber ich beschließe, ihm dennoch etwas zu erzählen. Was will er schon machen? Ich wünsche mir nur, dass er endlich wieder verschwindet.

»Ich war in dem Raum, aber da war Edgar bereits tot«, gebe ich zu.

Alexander packt mich und drückt mich gegen die Hauswand. »Haben Sie sie?«

»Ich habe gar nichts.«

»Das ist nicht möglich. War außer Ihnen sonst noch jemand in dem Raum?«

»Warum ist das so wichtig?«

»Sagen Sie es mir: War außer Ihnen noch jemand in dem Raum? Denken Sie nach!«

»Nur eine Katze«, presse ich unter Schmerzen hervor. Ich fühle mich so in Bedrängnis und ärgere mich, dass mir diese Information entfahren ist, da ich ahne, dass Alexander nichts Gutes im Schilde führt.

Er lässt mich sofort los und ist schneller verschwunden, als er aufgetaucht ist.

Ich reibe mir die schmerzenden Arme und japse nach Luft. Das war unheimlich.

»Hier bist du«, raunt es leise hinter mir und ich fahre erschrocken herum.

Gregor schlendert auf mich zu – wie immer setzt er dabei seinen Stock als kleine Unterstützung ein. Als er mir näher kommt, runzelt er sofort die Stirn und mustert mich. »Alles in Ordnung?«

»Ja«, hauche ich und eile auf ihn zu.

Noch bevor er seine Arme um mich schließen kann, drücke ich meine Lippen auf seinen Mund. Ich brauche das jetzt. Ich brauche ihn, seine Nähe, seine Wärme, seine Zuneigung.

Von der unheimlichen Begegnung will ich ihm nichts erzählen, möchte den Zauber, der heute zwischen uns liegt, nicht zerstören.

Gregor erwidert meinen leidenschaftlichen Kuss nur zu gerne.

Ich löse mich von ihm. »Liebe mich, Gregor!«, fordere ich.

»Das tue ich«, brummt er und zieht mich an sich.

Da fällt es mir ein. »O Mist! Die drei Kerle hab ich ganz vergessen. Was mach ich jetzt mit denen?«

»Wenn du deine laufenden Klischees meinst – die habe ich eben mit dem Taxi zum Hof zurückgeschickt. Es gab ein paar Ehemänner, die ihre Anwesenheit langsam, aber sicher nicht mehr witzig fanden.«

»Danke.« Sofort küsse ich Gregor erneut. Ich möchte ihn verschlingen.

Doch er schiebt mich von sich. »Ist wirklich alles in Ordnung?« Unter seinem intensiven Blick fühle ich mich nackt, als könne Gregor genau wahrnehmen, was ich gerade hinter mir habe.

»Alles ist gut«, betone ich so entspannt wie möglich. »Ich habe mir nur Sorgen um Christine und den Highlander gemacht. Hat er sie zurückgebracht?«

»Hat er. Aber das ist doch nicht alles, was dich beschäftigt.«

»Doch«, behaupte ich fest.

»Also gut. Ich habe uns ein Taxi bestellt.«

»Sehr vorbildlich.«

Kapitel 11

Als wir im Taxi sitzen, kehren meine Gedanken zur Hochzeitsfeier zurück. Ich bin immer noch baff, weil Christine sich so überschwänglich bei mir für die Überraschung mit den drei Männern bedankt hat. Ihr Gesicht glühte vor Begeisterung. Nur Bernd war wie immer abweisend.

»Lola? Fühlst du dich wohl mit dem Namen? Ich finde, dass er sehr gut zu dir passt.« Gregor schmiegt sich an mich. Es macht mich ganz kribbelig, seinen heißen Atem an meinem Hals zu spüren, obwohl die Heavy-Metal-Musik des Taxifahrers nicht gerade anregend ist.

Der Trank ist ja der Hammer! Der Mann ist mir völlig verfallen.

»So hat mich nie jemand genannt, aber für dich bin ich gerne Lola.«

»So wie Lola Montez, die den bayerischen König um den Finger gewickelt hat. Sie wurde sein Verhängnis.« Er kommt mir immer näher. Will er mich schon wieder küssen?

»Du bist kein König«, sage ich trocken.

Er geht auf Abstand.

»Woher willst du das wissen? Vielleicht hast du mich aus Versehen aus einem Buch gewünscht.«

»Da gibt es keine Könige, nur Prinzen. Außerdem reicht es schon, dass ich einen Highlander, einen Fürsten und einen Sportler bei mir zu Hause sitzen habe. Da brauch ich nicht noch einen König, der auf der Suche nach einer Mätresse ist.«

»Nicht?«

Sein provokanter Tonfall wird von einem Aufblitzen in seinen Augen verstärkt. Seine Augenbrauen heben sich. Ich weiß gar nicht, wie ich jetzt reagieren soll.

»Dich würde ich nur zu gerne zu meiner Mätresse machen, Lola.«

Der Trank ist wirklich der Wahnsinn! Gregor kann ja nichts dafür, dass er sich so an mich ranmacht. Obwohl ich ihn ignoriere und stur geradeaus starre, rückt er immer näher an mich heran. Als seine Lippen mich berühren, schließe ich die Augen und genieße es, wie er meinen Hals und meine Nackenbeuge mit zarten Küssen bedeckt. Ein Kribbeln breitet sich in meinem ganzen Körper aus.

»Weißt du … was … schade … ist?« Seine Küsse nehmen kein Ende.

»Was?«, frage ich tonlos und schnappe nach Luft.

Ich spüre Gregors Hand auf meinem Bauch. Was macht der Mann da? Ich kann nicht behaupten, dass es mir unangenehm ist.

»Dass ich … mich morgen … an nichts mehr erinnern kann … was unter dem Einfluss … des Gebräus … geschehen ist.«

Auf einmal bin ich hellwach. Ich richte mich auf und schiebe Gregor von mir. »Wirklich?«

Ein Lächeln umspielt seine Lippen. Er sieht mir in die Augen. »Wirklich.«

Das ist ja gigantisch. Das sind die besten Neuigkeiten seit Langem. Ich kann mich mit ihm richtig gehen lassen und er wird sich nicht mehr daran erinnern. Ich kann auf den Putz hauen, Spaß haben, alle verbotenen Gelüste zulassen. Und morgen ist ein neuer Tag.

»Das ist ja … Das ist gut.« Ich beuge mich zu ihm und küsse ihn.

Er umschlingt mich sofort. Ich spüre, wie seine Hände unter mein Kleid fahren.

Ich gebe es zu. Ich bin völlig ausgehungert. Mein Körper sehnt sich so sehr nach Nähe. Von diesem Mann begehrt zu werden – und sei es auch nur wegen eines faulen Zaubers –, versetzt mich in Ekstase.

»Wir fahren zu dir«, sage ich entschlossen.

Er sieht mich kurz an, wendet sich dann an den Taxifahrer.

»Gasthof ›Zum Lindenhof‹!«

Die Anwesenheit des Fahrers wird mir erst jetzt wieder bewusst. Er hört immer noch laut Musik, und ich hoffe, dass er unser Gespräch nicht belauscht hat. Allerdings lassen seine Augen, die ich im Rückspiegel sehen kann, darauf schließen, dass er breit grinst. Falls er nichts gehört hat, hat er genug gesehen, um sich an uns aufzugeilen. Ich richte mir meine Strickjacke und ziehe sie mit beiden Händen vor meine Brust. Die Stimmung ist abgekühlt, aber nur bis wir angekommen sind.

Gregor bezahlt den Taxifahrer, und als wir aussteigen, nimmt er sofort meine Hand und zieht mich eilig hinter sich her. Obwohl er hinkt, legt er mit seinem unheimlichen Stock ein beachtliches Tempo vor.

Sobald Gregor die Zimmertür hinter uns geschlossen und den Stock an die Wand gelehnt hat, fallen wir uns in die Arme. Gregors Hände finden mein Gesicht. Sanft liebkost er mich, indem er meine geschlossenen Augenlider mit Küssen bedeckt. Seine Hände gleiten meinen Körper hinab, dann zieht er mich an sich, um mich endlich richtig zu küssen. Ich fühle seine weichen Lippen, die mich so zart und doch intensiv erforschen. Sein Bartansatz kitzelt mich. Gregors Atem beschleunigt sich und streicht warm über meine Haut. Ich rieche Gregors Aftershave und etwas, was er sein muss. Ich schmecke ihn.

Es ist anders, ganz anders als mit Bernd. Er ist anders, dieser Gregor. Alles ist fremd an ihm. Fieberhaft mache ich mich an Gregors Jacke zu schaffen. Weil sie eng geschnitten ist, gelingt es mir nicht auf Anhieb, ihm den Stoff über die Arme abzustreifen. Ich zwinge ihn, seine Hände von mir zu nehmen, und zerre am Stoff.

»Hey«, ruft er und lacht, »immer mit der Ruhe! Nur Geduld!«

Ich lasse mich nicht bremsen und bin dankbar, dass er sich bemüht, endlich aus seiner Jacke zu kommen. »Ich hatte genug Geduld. Die Fahrt hierher hat ewig gedauert.«

Rasch schält er sich aus dem Kleidungsstück und lässt es fallen. Sein glühender Blick trifft mich. O Gott! Wenn er mich noch länger so ansieht, fange ich Feuer. Ich sehe, wie sich sein Brustkorb hebt und senkt.

»Zieh das Hemd aus!«

Schon hänge ich an seinen Hemdknöpfen und mache mich daran zu schaffen.

»Hey«, brummt er erneut, »du machst mir alles kaputt.«

»Egal.« Ich will ihn nur noch nackt bei mir haben.

Ich erkenne mich zwar selbst nicht wieder, aber er wird sich morgen ohnehin nicht an mich erinnern. Es ist völlig egal, ob ich jetzt wie eine ausgehungerte Nymphomanin auf ihn wirke.

Mein forsches Vorgehen scheint ihm allerdings doch zu viel zu sein.

»Halt! So nicht! Wir haben doch keine Eile, oder?«

Ich fummele immer noch an dem Hemdknopf. Er packt meine Handgelenke und bringt mich mit Gewalt zum Innehalten.

»Halt, hab ich gesagt!«

Huch! Warum schreit er denn?

Verängstigt schaue ich zu ihm auf. Die Falte zwischen seinen Augenbrauen verschwindet.

»Lola, Lola!« Sein Kopfschütteln gepaart mit dem schiefen Lächeln macht mich schwach.

Wenn er mich bis eben nicht hatte, dann hat er mich jetzt. Wer von uns beiden hat eigentlich diesen dämlichen Trank gesoffen? Ich hätte nicht daran riechen dürfen.

»Ich werde dich ficken, bis du nicht mehr weißt, wie du heißt.«

W…? Hat er das echt gesagt? Mir kommt fast ein hysterisches Kichern aus. Ob er weiß, in welche Vorfreude er mich versetzt? In meiner Mitte hat irgendjemand einen Schwamm ausgedrückt.

»Du weißt, dass ich schon den ganzen Abend darauf warte.« Er lässt meine Handgelenke los und greift nach meinen Oberarmen. Ich fühle mich ganz leicht durchgeschüttelt.

»Aber du wirst jetzt nichts überstürzen! Ich will dich genießen … die ganze Nacht.«

O. Mein. Gott. Er meint es ernst. Ich will etwas Sinnvolles von mir geben, aber es kommt nur ein raues Krächzen aus meinem Mund.

Er lächelt. So verspielt und charmant, dass ich mir noch dämlicher vorkomme.

Der Druck auf meine Arme wird größer. Bis ich begreife, dass er mich zurückschiebt, falle ich schon beinahe um. Glücklicherweise befindet sich hinter mir ein Stuhl, auf den er mich drückt.

»Setz dich, Lola!«

Witzig. Ich sitze doch schon.

Er deutet auf mich. »Und bleib da sitzen, bis ich dich hole! Verstanden?«

Mein Mund klappt auf, weil Gregor beginnt, seine Hemdknöpfe zu öffnen. In meinem Inneren höre ich eine Stimme rufen: »Ausziehen! Ausziehen! Ausziehen!« Das muss diese dämliche innere Göttin sein, von der ich schon gelesen habe. Also mein innerster Engel würde jetzt beschämt zur Seite sehen.

Ich verspüre den Drang, im Takt zu klatschen, aber meine Arme hängen wie betäubt an meinem Körper hinunter. Alles, was ich tun kann, ist, blöde zu glotzen. Hoffentlich grinse ich nicht. Bitte, lass mich nicht grinsen!

Die Knöpfe gehen nicht so schnell auf, wie ich es gewollt hätte. Er lässt sich Zeit. Ich bin in Erwartung eines nackten Oberkörpers und schäme mich, dass ich allein von der Vorstellung schon zu sabbern beginne. Aus allen Löchern, wie mir scheint. Es ist ja nicht so, dass ich in den letzten Tagen nicht genug nackte Oberkörper gesehen hätte. Im Grunde genommen gab es sogar ein abwechslungsreiches Überangebot.

Aber … er trägt ein Unterhemd? Wer trägt denn heutzutage noch ein Unterhemd? Hoffentlich bemerkt er meine Irritation nicht. Jetzt legt er das Hemd auch noch zusammen. Als er sich umdreht, um das Hemd auf der Kommode hinter sich abzulegen, schlüpfe ich blitzschnell aus meiner Strickjacke. Sie fällt genau in dem Moment neben mir zu Boden, als er sich mir wieder zuwendet.

Sein Blick sagt alles. Er hat es bemerkt, und deshalb werde ich jetzt mit einem spielerischen Ausdruck bedacht, der wohl tadelnd wirken soll.

Ich zucke mit den Schultern und grinse. Schließlich habe ich mir nichts zuschulden kommen lassen. Ich bin brav sitzen geblieben.

Mit einer fließenden Bewegung schlüpft er aus dem Unterhemd. Er zieht es so aus, wie nur Männer aus ihren Sachen schlüpfen können. Irgendwie völlig von hinten herum und verdreht. Hoffentlich brauchen wir jetzt keinen Arzt, der ihm die ausgekugelte Schulter wieder einrenkt.

Da steht er nun und ich betrachte hemmungslos seine nackte Haut. Er ist nicht so übertrieben trainiert wie meine Romanhelden. Aber er sieht dennoch sehr appetitlich aus. Diesen Sommer hat er wohl häufig an der frischen Luft verbracht und gegen seine Körperbehaarung scheint er aktiv etwas zu tun, oder er ist von Natur aus nicht extrem behaart. Eine dünne Linie kurzer Härchen beginnt an seinem Bauchnabel und wandert …

»Alles gut?«

Er reißt mich aus meinen Gedanken. Ich habe gar nicht bemerkt, dass mein Kopf sich schief gelegt hat. Habe ich ihn wirklich so ausgiebig gemustert?

»Ja.« Warum ist meine Stimme nur ein Piepsen?

Ich atme tief durch und versuche mich zu sammeln. Kein Grund, sich zu schämen. Ich werde nie wieder mit ihm über diese Nacht sprechen müssen. »Ich hab mich nur gerade gefragt, wohin der Pfad an Härchen führt, die da am Nabel losgehen.«

Er sieht an sich hinunter und streicht sich kurz mit der flachen Hand über seinen Bauch. Dann zieht er den Bund seiner Hose vom Bauch weg und schaut nach.

»Willst du das wirklich wissen?« Sein Blick trifft mich unvorbereitet, während er, ohne seine Hände zu benutzen, aus den Schuhen schlüpft.

Ich will ja antworten, aber da öffnet er schon den Hosenknopf und entledigt sich der Anzughose. Das Rascheln des Stoffes übertönt kaum das Rauschen in meinen Ohren.

Während er seine Socken übertrieben langsam von den Füßen schält, hänge ich mit meiner Aufmerksamkeit an seinem Paket fest. Es muss mir nicht peinlich sein. Es kann mir so was von egal sein, wo und wie lange ich ihn anstarre.

Er lässt sich immer noch alle Zeit der Welt. Die

Socken werden zu einem eleganten Sockenknäuel verarbeitet. Schließlich kickt er das ballartige Gebilde in die Zimmerecke.

Und jetzt? Soll ich ihn anspringen, so wie ich es gerne tun würde? Nein, so viel Selbstbeherrschung habe ich noch. Ich stehe vom Stuhl auf.

Als er sich auf mich zubewegen will, gebiete ich ihm mit erhobenem Zeigefinger Einhalt. Er bleibt sofort stehen.

Ich kann den Blick nicht von seinem besten Stück nehmen. Reiß dich zusammen, Carola! Mir ist unendlich heiß, ich muss aus dem Kleid raus. Mit den Fingern nestele ich an dem Reißverschluss herum, der unter meiner rechten Achsel verläuft.

Gregor wird unruhig, und ich glaube, sein bester Freund verliert gleich die Lust. Jetzt wird es aber Zeit!

Rasch schlüpfe ich aus dem Kleid und lasse es zu Boden sinken. Noch in meinen High Heels steige ich aus dem Leinenkleid.

Erneut will Gregor auf mich zukommen, und wieder versuche ich, ihn mit einem Fingerzeig auszubremsen. Diesmal hört er allerdings nicht auf mich. Er kommt auf mich zu, nimmt mich in die Arme und drückt mich an sich. Ich kuschele mich an seine Brust. Dass ich dabei spüre, wie sich sein bestes Stück in meinen Bauch drückt, macht die Situation eher ungewöhnlich.

»Bist du dir sicher?« Was will er denn jetzt noch hinterfragen? Immerhin bin ich schon fast nackt.

Oder ist er sich nicht sicher? Lässt die Wirkung des Tranks etwa bereits nach?

»Willst du mich nicht?«

Ich habe die Frage noch gar nicht ganz ausgesprochen, da drückt er mich von sich weg.

Seine Finger berühren mein Kinn und heben meinen Kopf an. Ich sehe Gregor abwartend an. Wird er mir nun eine höfliche Absage erteilen? Aber es empfängt mich ein eindeutig liebevoller Ausdruck aus seinen Augen.

»Du bist alles, was ich in diesem Augenblick will, Lola.«

Schon spüre ich seine Lippen auf meinem Mund. Er ist stürmisch, voller Verlangen. Die Bewegung seiner Lippen reizt jede Faser meines Körpers. Ich kann ein kitzelndes Pulsieren an meinem Hinterkopf spüren. Kurz riskiere ich einen Blick in sein Gesicht. Er hat die Augen geschlossen und scheint das hier in vollen Zügen zu genießen. Das sagt mir auch der Druck, den er immer noch auf mich ausübt.

Ich nehme seine warmen Hände wahr, die über meinen Rücken wandern.

Kann es mir egal sein, dass er nur wegen dieses Tranks so auf mich abfährt? Ja, es ist mir egal. So begehrt habe ich mich ewig nicht mehr gefühlt. Die elektrisierende Taubheit, die mich durchfährt, habe ich schon so lange herbeigesehnt.

Mit vorsichtigem Druck dirigiert er mich zu dem französischen Bett. Weil er dabei so zart vorgeht, bewege ich mich ebenso langsam. Die Decke des Bettes ist kalt an meinen Schenkeln. Als ich mich auf den Rücken sinken lasse, spüre ich das kühle Laken auch in meinem

Rücken. Gregor küsst mich ohne Unterbrechung.

Ganz zu Recht hat er die Unruhe aus unserer Leidenschaft genommen. Wir haben Zeit. Ich kann die ganze Nacht hier bei ihm sein.

Mit geschlossenen Augen genieße ich seine Küsse. Mit seinen Händen erkundet er meinen Körper.

Da er seine Berührungen immer wieder unterbricht, bin ich jedes Mal aufs Neue überrascht, wo seine Fingerspitzen mich als Nächstes treffen.

Immer, wenn ich ihn berühren will, ergreift er meine Hände und drückt sie zurück aufs Laken. »Jetzt bin ich dran, Lola. Entspann dich!«

Weil ich gar nichts zu tun habe, kann ich mich vollkommen auf seine Berührungen konzentrieren. Seine Hände gleiten an meinem Körper auf und ab. Er scheint sich alles an mir genau anzusehen.

Als er mehrmals über meinen Bauch fährt, spüre ich seine Blicke intensiv. Mit meiner Entspannung ist es nun vorbei.

Ich öffne die Augen und hebe den Kopf. »Das kommt von der vielen Schokolade.«

Den Versuch, meine kleinen Pölsterchen mit den Händen vor seinen Blicken zu schützen, unterbindet er, indem er meine Hände erneut auf das Laken zwingt.

Sein Blick bringt mich zum Schweigen. Okay, ist ja schon gut! Ich halte die Klappe und entspanne mich. Kaum liegt mein Kopf wieder auf dem Kissen, spüre ich erneut seine Hände auf meiner Wölbung. Dann beginnt er meinen Bauch zu küssen. Ich kann gar nicht beschreiben, was er mit meinem Bauchnabel alles anstellt.

Das Ziehen, das sich vom Bauchnabel hinunter in meinen Schambereich ausbreitet, lässt mich meine Schenkel zusammenpressen.

»Du bist eine richtige Frau, Lola. Keines dieser unwirklichen Prospektmodels.«

Ein Kloß macht sich in meinem Hals breit. Meine Augen fühlen sich zu groß an und brennen. Er weiß nicht, dass er einen wunden Punkt bei mir getroffen hat.

Bernd hat gerne in die schlaffe Haut an meinem Bauch gekniffen. Den blöden Spruch, den er dann immer wiederholte, werde ich nie vergessen: »Das fühlt sich an wie ein Stück Hefeteig. Willst du nicht langsam mal was dagegen unternehmen?«

Ich presse krampfhaft die Lippen aufeinander und fühle, wie der Atem stoßweise in meine Lungen dringt. Ein Riemen aus emotionaler Last hat sich plötzlich um mein Herz gelegt und blockiert die Luftzufuhr.

Gregor ist sofort über mir. Sein warmer Körper liegt auf meinem. Seine Küsse bedecken mein Gesicht. Er hält meinen Kopf und küsst mich. Dabei löst er meine verkrampften Lippen, er benetzt meine Augenlider mit liebevollen Küssen.

»Er hatte kein Recht, dich so zu verletzen.« Ich weiß, dass er von Bernd spricht, und nicke. Leider scheint meine Zustimmung etwas gequält zu wirken. Es ist zu hektisch, zu verbissen.

»Hey, sieh mich an!«, fordert Gregor.

Nur mit Widerwillen öffne ich die Augen und hoffe, dass mir keine Träne daraus entwischt.

»Sieh mich endlich an!«

Okay, jetzt hat er meine Aufmerksamkeit.

»Du bist eine wunderschöne Frau. Bezaubernd und einzigartig.«

Oh, oh. Das Tränenwasser steigt. Ich kann spüren, wie die Oberflächenspannung bald bersten wird. Gregor sieht mich eindringlich an und hält mein Gesicht so fest, dass mein Mund bald unfreiwillig eine Schnute zieht. Aber das ist mir egal. Er meint es aufrichtig, das spüre ich. Jedenfalls so ehrlich, wie es der Zaubertrank ihn glauben lässt. Diese Erkenntnis trifft mich wieder wie aus dem Nichts und zerstört den vollkommenen Moment.

Gregor scheint eine Veränderung an meiner Mimik abzulesen, da er mich fast schüttelt. »Hast du das verstanden? Du bist eine wunderbare Frau.« Im Klammergriff versuche ich ein Nicken, aber das scheint ihm nicht zu reichen. »Hast du es verstanden? Ich möchte nie wieder diese Unsicherheit in deinem hübschen Gesicht sehen.«

»Ja.«

»Wie bitte? Ich habe dich nicht verstanden.«

»Ja!«

»Besser.« Er lächelt. Endlich lässt er mich los, streichelt mir zärtlich über die Wange.

Ich hebe ihm meinen Kopf entgegen, um ihn zu küssen. Er geht sofort auf mich ein. Für mich gibt es nun kein Halten mehr. Ich will ihn berühren, liebkosen. Ich will ihn in mir spüren.

Wir entkleiden und erkunden uns gegenseitig. Dabei lassen wir uns Zeit. Der fremde Mann, der sich anfangs noch ungewohnt anfühlt, ist mir bald vertraut. Unsere Intimität lässt ein inniges Gefühl der Zusammengehörigkeit entstehen. Es ist prickelnd und aufregend auf der einen Seite und voller Geborgenheit auf der anderen.

Wir vereinen uns schließlich in einem genussvollen Takt. Ich lasse mich gehen. So frei und ungezwungen habe ich mich beim Sex schon lange nicht mehr gefühlt. Jedem seiner Schübe strebe ich entgegen. Automatisch zieht sich mein Innerstes immer enger zusammen.

Bernd hatte so gut wie jedes Mal gemeckert. »Kannst du nicht ein bisschen mehr zusammenpressen? Es ist, als würde ich meine Wurst in einen Flur schmeißen.« Doch für Bernd ist jetzt kein Platz mehr in meinen Gedanken.

»Wow, Lola! Wo hast du gelernt, dich so dabei zu bewegen?«, keucht Gregor.

»Keine Ahnung.«

Momentan bin ich sowieso zu keinem klaren Gedanken mehr fähig. Ich spüre die Stimulation und genieße das Gefühl, das sie in mir auslöst.

Er scheint zu bemerken, dass ich kurz davor bin, Erlösung zu erfahren. Sein Tempo steigert sich, und ich kann nichts weiter tun, als meinen Körper kommen zu lassen.

»O Gregor!«

Einige Stunden, Stellungen und Orgasmen später will Gregor unter die Dusche verschwinden. Er setzt sich im Bett auf.

»Kommst du mit, Lola?«

Ich kichere leise. »Ich kann doch nicht schon wieder kommen.« Neckisch zwinkere ich ihm zu und beobachte, wie er die Decke zur Seite schlägt und seine Füße aus dem Bett schwingt.

Seine Narbe springt mir ins Auge. Bei unseren Liebkosungen ist mir die erhabene Haut an seiner Hüfte bereits aufgefallen.

Mein Blick bleibt ihm nicht verborgen. »Du warst mit einem Krüppel im Bett. Schockiert?«

Natürlich will er mit mir scherzen. Dennoch meine ich, Verunsicherung in seiner Stimme zu hören. Dabei war es längst klar, dass er ein Problem hat. Er benutzt einen Gehstock und humpelt. Die lange Narbe zieht sich wie eine Schlange einen Teil seines Beines entlang und endet an der Hüfte. Sie sieht nicht nach einer Operationsnarbe aus, soweit ich das beurteilen kann. Jedenfalls wäre die Wunde stümperhaft genäht worden. Es sind zu viele wulstartige Beulen und Ausbuchtungen entlang der geröteten Linie.

»Nein, ich bin nicht schockiert. Mich kann so leicht nichts mehr schocken«, entgegne ich trocken.

Das stimmt sogar zum Teil. Ich meine, ich hatte Sex mit einem Mann wie Bernd, und das einige Jahre lang. Ich habe die Leiche von Edgar gefunden und ein rotes Geleeplätzchen ist in mein Hirn gehechtet. Dann habe ich drei Groschenromanhelden in mein Leben gezaubert. Ich und schockiert sein? Nee, wirklich nicht! Ach, und habe ich schon erwähnt, dass der rote Geleehaufen aus Edgars Mund kam? Genau genommen unter seinem Gebiss hervorkroch? Jetzt bin ich schockiert.

»Dann kannst du ja mit unter die Dusche.« Gregor lächelt und sieht dabei entspannt und zufrieden aus.

»Gregor, ich denke, es ist das Beste, wenn ich jetzt nach Hause gehe.«

Dieser Entschluss ist brandaktuell. Mir ist nämlich eingefallen, dass Gregor mich nicht mehr lange so ansehen wird wie eben. Der Trank wird seine Wirkung verlieren. Seinen vielen Fragen möchte ich mich auf keinen Fall stellen müssen. Ich weiß, dass er schockiert sein wird, weil er mit mir im Bett war.

»Okay«, sagt er.

Überrascht lasse ich mir einen Kuss auf die Wange aufdrücken. Dann steht Gregor auf und hinkt gemächlich in Richtung Badezimmer. Durch seinen langsamen Gang muss er kaum humpeln. Ich hatte angenommen, dass er sich mehr gegen meinen Aufbruch sträuben würde. Vielleicht lässt der Trank schon nach, und ich sollte mich beeilen, dass ich heimatlichen Boden unter die Füße bekomme.

»Solltest du es dir anders überlegen – ich halte dir das Duschwasser warm. Wenn nicht, dann … sehen wir uns wieder?«

»Ähm … ja, ich denke schon. Du wolltest doch nochmals vorbeikommen wegen dieser traditionellen Zeremonie.«

»Dann sehen wir uns.« Bei diesen Worten steht er bereits im Bad.

Es fällt mir schwer, das einzuordnen. Muss er keinen gefühlvollen Abschied zelebrieren, weil er fest davon ausgeht, dass zwischen uns alles perfekt läuft, weil wir uns ohnehin wiedersehen werden? Oder hat er überhaupt nichts dagegen, dass ich verschwinde?

Das halb volle Glas, an das ich gerne glauben möchte, plädiert für die erste Variante. Das halb leere Glas, auch Bernds Stimme in meinem Kopf genannt, befürchtet, dass die zweite Alternative die Wahrheit ist.

Eine Tür der Duschkabine wird ratternd aufgeschoben. Nachdem das Geräusch erneut zu hören war, plätschert Wasser.

Ich verlasse das warme Bett und beobachte, wie eine Gänsehaut an meinen Unterarmen erscheint.

In aller Ruhe ziehe ich mich wieder an. Dann verlasse ich das Hotelzimmer. Ich weiß ja, dass ich Gregor wiedersehen werde, von daher bin ich nicht bedrückt. Allerdings kann ich davon ausgehen, dass er sich nicht an diese Nacht erinnern wird, was sich nicht gerade zufriedenstellend anfühlt. Es kommt mir vor, als hätten wir etwas miteinander geteilt, von dem nur noch ich zehren kann.

Na ja, es bleibt mir nichts anderes übrig, als mich damit abzufinden.

Kapitel 12

Ich mache mich zu Fuß auf den Weg. Mein Gehöft liegt etwas außerhalb unserer Gemeinde. Aber gegen einen Fußmarsch habe ich jetzt nichts, auch wenn ich nicht meine besten Schuhe für diese Strecke trage. Der Weg an der Hauptstraße wäre ohne diese Teerstraße sehr idyllisch. Zwischen Wiesen und Wäldern wandere ich an der Straße entlang nach Hause.

Es wird schon langsam hell. Die dichten Nebelschwaden halten die Sonne allerdings davon ab, ihre volle Intensität zu entfalten. Mit verschränkten Armen kuschele ich mich, so gut es geht, in meinen Mantel ein. Trotzdem kriecht die Kälte durch meine Seidenstrumpfhose die Beine hoch. Außer dem Klappern meiner Absätze höre ich nichts an diesem frühen Morgen. Einmal braust ein Fahrzeug an mir vorbei. Zur Sicherheit habe ich mich ein Stück in die Wiese neben der Straße begeben. Als Kühlerfigur möchte ich nicht enden.

Die Sonne könnte mir ruhig ein bisschen mehr Wärme gönnen. Dafür steht sie aber noch viel zu tief am Horizont. Meine Ohren kann ich kaum noch spüren. Gott sei Dank ist es jetzt nicht mehr weit. Hinter der nächsten Biegung der Straße müsste ich meinen Hof schon im dichten Nebel erahnen können. Wenn meine WG-Herren ihn stehen ließen, nachdem sie gestern von der Hochzeit zurückgekehrt sind.

Es kommt mir vor, als würde ich ein Pferd wiehern

hören. Ich bleibe stehen und schaue nach links über die weiten Wiesen zum entfernten Wald. Kann es sein, dass es von dort kam? Aber ich habe gar keine Chance, etwas zu erkennen. Obwohl es immer heller wird, reicht das Licht nicht, um die Umgebung weiträumig auszuleuchten.

Ein Knacken hinter mir. Ruckartig wirbele ich herum. Auf der anderen Seite der Hauptstraße ist ein kleines Waldstück, das mehr oder weniger direkt an die Straße grenzt. Erneut höre ich aus dieser Richtung deutlich das Brechen mehrerer Äste.

Ob da ein Tier durch das Geäst schreitet? Mit zusammengekniffenen Augen fixiere ich den Wald und versuche, in dem Gemisch aus Licht und Schatten etwas zu erkennen. Es knackt und raschelt weiter zwischen den Bäumen.

Da sehe ich einen Schatten, der sich durch das Waldstück bewegt. Je länger ich die Umrisse beobachte, umso sicherer bin ich mir, dass da ein Mensch durch den Wald läuft.

Vielleicht der Förster?

Warum nur rufe ich dann nicht einfach einen freundlichen Morgengruß in den Wald? Die Gänsehaut, die ich in meinem Nacken spüre, kommt nicht allein von der Kälte. Ich bin in Alarmbereitschaft.

Während ich reglos am Straßenrand stehe und auf die Gestalt im Wald starre, scheint diese sich weiter vorzuarbeiten. Ich kann sogar die Atemzüge des Mannes hören, der sich da durch das Unterholz kämpft. Warum marschiert er nicht einfach an der Straße entlang?

Hinter mir in weiter Ferne wiehert erneut ein Pferd.

Ich könnte schwören, dass es sich dabei um Hampton handelt. Automatisch habe ich meinen Kopf zur Seite gedreht, um mein Ohr in Richtung des Wieherns zu halten. Ich lausche. Es bleibt still. Totenstill.

Moment mal! Wo sind die regelmäßigen Geräusche des Mannes aus dem Wald? Mein anderes Ohr, das genau in den Wald gerichtet ist, hört ebenfalls nichts mehr davon.

Ich fühle, wie sich mein Brustkorb verkrampft, und möchte das nervöse Kribbeln meines Körpers ignorieren. Am besten wäre es, wenn ich einfach weiterginge, aber das schaffe ich nicht. Ich muss in den Wald starren. Wie in Zeitlupe wende ich meinen Kopf dorthin.

Die dunkle Gestalt ist jetzt nicht mehr weit vom Waldrand entfernt. Aber der Mann hat aufgehört, sich durch das Gehölz zu arbeiten. Wie ich scheint er auf das Wiehern des Pferdes aufmerksam geworden zu sein.

Alles, was er zu Gesicht bekommen hat, als er in die Richtung des Wieherns geblickt hat, bin wohl ich gewesen.

Ich kann deutlich sehen, dass der Mann längeres Haar hat und eine Art Mantel trägt. Von seinem Gesicht kann ich nichts erkennen, aber seine Körperhaltung lässt das Kribbeln in meinen Beinen noch intensiver werden.

»Guten Morgen!«, hauche ich und winke zaghaft.

Was tue ich hier?

Der Mann setzt sich in Bewegung. O Gott! Er kommt auf mich zu! Ich Idiotin habe ihn auch noch darauf aufmerksam gemacht, dass ich ihn gesehen habe.

Der Kerl kommt schnell näher. Ich sehe, wie er mit groben Bewegungen Äste zur Seite schiebt und die Beine beim Überqueren von Wurzeln hebt.

Er schreitet rasch und entschlossen voran. Wenn ich nicht zusehe, dass ich hier wegkomme, hat er mich bald erreicht.

Hinter mir höre ich erneut den Laut eines Tieres. Ein Hund bellt. Es ist Strolchi. Sein Bellen würde ich aus dem Kläffen von Hunderten Hunden heraushören. Er ist weit weg, aber er ist da irgendwo hinter mir.

Der Mann aus dem Wald hat gleich die Straße erreicht. Auf der anderen Seite stehe ich.

Nichts wie weg! Ich überlege nicht lange und renne den kleinen Abhang neben meiner Straßenseite hinunter. Die Absätze meiner Schuhe sinken tief in den aufgeweichten Erdboden ein. Egal! Ich renne so schnell ich kann und verliere einen Treter nach dem anderen. Die kalte Nässe dringt sofort durch meine Seidenstrumpfhose. Ich presche über die sumpfige Wiese und nähere mich dem Waldstück, aus dem das Hundebellen tönt. Kurz riskiere ich einen Blick hinter mich. Das gibt es doch nicht! Der Mann steht am Straßenrand und schaut mir hinterher. Vielleicht war er doch keine Bedrohung?

Da passiert es. Ich stolpere und stürze der Länge nach auf die Wiese.

Das tut weh. Ich glaube, ich habe gefrorene Grasbüschel im Mund und was weiß ich was noch alles.

Ich rappele mich auf und wische den Dreck von meinem Mantel. Meine Füße sind eiskalt. Alles ist kalt. Wo sind meine Schuhe?

Ein Blick zurück lässt mich mein Schuhwerk sofort wieder vergessen. Der Kerl hat sich doch entschieden, mir zu folgen. Als würde er mich sowieso erwischen, schreitet er mit weiten Schritten über die Wiese. Seine Arme hängen teilnahmslos an seinem Körper. Soweit ich die Mimik seines fahlen Gesichtes sehen kann, wirkt er nicht freundlich.

Wenn ich genau hinsehe, könnte es sich bei der unheimlichen Gestalt um Alexander Novak handeln.

Keine Frage – er kommt nicht hierher, um mir nach dem Sturz zu Hilfe zu eilen. Ich renne wieder los.

Die Nebelschwaden liegen dicht über der Wiese nahe am Waldrand. Wo ist Strolchi? Das kenne ich gar nicht von ihm. Er ist zwar nicht gerade der aktivste Wachhund, aber in dem Fall hätte ich ihn gut brauchen können. Vor allem, wenn ein Mann hinter mir her ist.

Da sehe ich einen dunklen Schatten vor mir aus dem Wald treten. Das könnte mein Hund sein.

»Strolchi? Hierher!«

Er ist es. Er bleibt kurz stehen, sieht sich um und trottet dann gemütlich auf mich zu.

Es freut mich wirklich ungemein, meinen treulosen Hund hier zu haben. Trotzdem werfe ich einen Blick über die Schulter. Die dunkle Gestalt bewegt sich immer noch auf mich zu.

Da höre ich ein Geräusch vor mir. Verkrampft kneife ich die Augen zusammen in der Hoffnung, irgendetwas sehen zu können.

Es klingt nach dumpfem Getrappel und Atemgeräuschen von etwas Großem.

Aus den Nebelschwaden vor mir löst sich ein galoppierendes Pferd. Wie? Hampton im Galopp? Wie ist das möglich!

Der Highlander hat mein Pferd wirklich gut im Griff. Er steuert mit Hampton zielsicher auf mich zu, und ich habe mich noch nie so gefreut, einen Schotten zu sehen.

»Mach dich bereit, Weib!«, brüllt er laut.

Wofür bitte soll ich mich bereit machen? Er soll hier stehen bleiben und mich vor dem Kerl beschützen, der irgendwo hinter mir ist.

Denkste! Er hat nicht vor, für mich abzubremsen. Dafür beugt er sich seitlich vom Pferd und streckt mir die Hand entgegen. Der wird doch nicht wirklich annehmen, dass ich so ein Zirkuskunststück draufhabe.

In dem Moment höre ich überdeutlich die Schritte meines Verfolgers. Wenn ich nicht zusehe, dass ich hier wegkomme, wird er mich erreichen, und der Highlander ist bis dahin mit Hampton und Strolchi über alle Berge.

Als hätte ich noch nie etwas anderes getan, stelle ich mich in Position, recke meinen Arm nach oben und erwarte Williams festen Griff.

Jetzt hat er mich erreicht, packt kräftig zu und reißt mich mitsamt dem Schwung des galoppierenden Tieres zu sich aufs Pferd. Schon sitze ich hinter ihm und muss zusehen, dass ich mich an ihm festhalte, bevor es auf der anderen Seite des Pferderückens wieder hinabgeht.

Wir galoppieren noch ein Stück auf meinen Hof zu, und ich beobachte erstaunt, wie Strolchi voller Elan mit uns Schritt hält.

Der Nebel lichtet sich und endlich hält William das Pferd an.

Mit erhabenem Gesichtsausdruck schaut er sich zu mir um. Er sieht unglaublich wild aus. »Hat es dein Begleiter nicht für nötig gehalten, dich zurückzubringen?«

»Bei uns kann eine Frau auch alleine nach Hause gehen«, flüstere ich und spähe in der Gegend herum.

Von dem Unbekannten, der mich verfolgt hat, ist nichts mehr zu sehen.

»Suchst du was?«, fragt William in scharfem Ton.

»Ich dachte nur, ich hätte dahinten jemanden gesehen.«

Der Highlander beobachtet aufmerksam die Gegend, indem er Hampton im Kreis stapfen lässt.

»Da ist niemand«, stellt er dann fest.

Ängstlich klammere ich mich an den nackten Oberkörper des Highlanders, während Hampton unruhig schnaubt und tänzelt.

Der Schotte reagiert und lässt das Pferd weiterhin ein paarmal die Richtung ändern. Mir bleibt nicht verborgen, dass er trotz seiner Aussage eben aufmerksam die Gegend beobachtet.

»Vielleicht hast du die Wahrheit gesprochen, Weib. An diesem Morgen ist der Teufel unterwegs.«

Unsicher folge ich dem Blick des Highlanders, aber ich sehe nichts außer der dichten Nebelsuppe.

Strolchi baut sich neben Hampton auf und knurrt. Strolchi knurrt? Jetzt bellt er. Bilde ich es mir ein oder ist da doch ein Umriss im Nebel? Das Pferd wird immer nervöser. Für ein Kaltblut, das eigentlich nichts aus der Ruhe bringen kann, ist das sehr bedenklich.

»Halt dich fest, Weib!«

Ich kralle mich noch fester an William und sehe, dass er nach seinem Schwert greift. Unendlich vorsichtig zieht er es aus der Scheide und fixiert dabei den Umriss im Nebel. Mit ungläubig aufgerissenen Augen nehme ich alles auf, was jetzt passiert. Die dunkle Kontur verändert sich, bewegt sich dann auffallend rasch auf uns zu. Bis mir klar wird, dass es sich um einen Vogel – einen Raben – handelt, ist das Tier bereits bei uns. Den Schrei des Highlanders und sein gezücktes Schwert nehme ich kaum wahr. Zu sehr bin ich damit beschäftigt, das Tier anzustarren und mich am Schotten festzuhalten.

Das Schwert schneidet die Luft um mich. Der Vogel lässt sich vertreiben und fliegt mit heiserem Krächzen davon.

»Was war das denn?«, keuche ich.

»Das Böse.«

Schwer schluckend lasse ich die Antwort auf mich wirken.

Irgendetwas liegt hier ganz und gar im Argen. Genau genommen hat alles mit Edgar angefangen. Er hat beschlossen zu sterben, mir etwas zu hinterlassen, und seitdem ist in meinem Leben der Wurm drin. Dieses rote Ding ist in meinem Kopf – ich glaube, ich bin reif für die Klapse.

Der Highlander stößt Hampton die Fersen in die Seite und schon traben wir auf den Hof zu. Strolchi hält nach wie vor mit uns Schritt. Ich wusste nicht, dass der faule Kerl, den ich überfüttert habe, so fit ist.

Kapitel 13

Der Schrecken der Heimkehr ist relativ schnell vergessen, als die Nebelschwaden sich auflösen, das Tageslicht die Umgebung freundlich wirken lässt und mich eine warme Tasse Kaffee aus den Händen eines anbetungswürdigen Footballspielers empfängt.

»Na, Ma'am, hatten Sie noch eine angenehme Nacht?«, fragt Max und grinst dabei.

Ich hoffe, dass ich nicht rot werde. »Kann schon sein«, gebe ich frech zurück.

»Sieht man Ihnen an, Ma'am! Die Party war gar nicht so mies, wie ich angenommen hatte.«

Ich lasse das mal so stehen. Wenn Max meint, meine Nacht wäre wegen der Hochzeitsfeier angenehm gewesen, werde ich ihm nicht widersprechen.

»Es ist nicht ehrbar, sein Weib ohne ausreichend Felle bei Kälte und Dunkelheit loszuschicken«, regt sich der Highlander auf und riecht angewidert an seinem Kaffee.

»Da muss ich Monsieur Macbain in allen Punkten zustimmen. Eure Begleitung hätte dafür Sorge tragen müssen, Euch heil nach Hause zu geleiten oder zumindest Eure sichere Ankunft zu gewährleisten«, erklärt auch Prinz Clément.

»Hallo! Wir leben im 21. Jahrhundert. Frauen gehen raus … auch mal alleine.«

»Da war etwas …«, erinnert mich der Highlander.

Ein ungutes Gefühl beschleicht mich, weil ich weiß, dass er recht hat. Wer weiß, was passiert wäre, wenn ich William nicht begegnet wäre und er mich nicht spontan auf Hampton davongetragen hätte.

Ich muss an den Anhänger denken, den ich von Edgar geerbt habe und der mich doch angeblich beschützen soll. Meine Hand findet die Stelle oberhalb meiner Brust, wo das Schmuckstück seinen Platz hat. Ich taste ins Leere und erspüre nur die nackte Haut meines Körpers.

»Wo ist mein Amulett?«

»Das geschmacklose Stück hattet Ihr für die Hochzeit angelegt«, hilft der Fürst auf die Sprünge.

Richtig! Ich trug es dort, das weiß ich auch mit Sicherheit. Als ich auf der Toilette war und mir die Hände wusch, habe ich den Anhänger noch im Spiegel begutachtet. Danach war diese unangenehme Begegnung mit Alexander Novak.

Hatte ich das Schmuckstück danach noch? Dieser Novak ist mir viel zu nahe gekommen, hat mich an den Armen festgehalten, aber hätte er auch die Möglichkeit gehabt, mir das Band unbemerkt über den Kopf zu ziehen?

Doch ganz gleich, wo ich das Amulett verloren habe, jetzt ist es jedenfalls nicht mehr da, wo es sein sollte.

»Ma'am, machen Sie sich keine Gedanken! Ich schenke Ihnen eine megabombastische Kette, die Sie das alte Ding sofort vergessen lässt.«

»Das ist lieb, aber das war etwas Besonderes.« Zaghaft lächle ich Max an, weil er es nur gut meint.

»Die Triskele ist ein Beschützer«, klärt der sonst so grobe Highlander den Footballspieler auf.

Dieser macht kurz seinen Mund auf, um ihn dann wieder zuzuklappen, verstehend zu nicken und dann in die Küche zu gehen, vermutlich, um sich Kaffee nachzuschenken.

»Wo ist eigentlich Semiramis?«, frage ich, weil ich mich inzwischen an ihre ständige Anwesenheit gewöhnt habe.

»Die schwarze Katze?«, fragt der Highlander.

»Ich habe nur die eine.«

»Die habe ich noch gesehen, als ich das Ross aus dem Stall holte.«

»Dann kann sie nicht weit sein. Ich suche sie mal.« Obwohl ich es nicht möchte, beschleicht mich ein ungutes Gefühl. Ich habe dem dubiosen Alexander Novak von Semiramis erzählt und nun ist sie – entgegen ihrer Gewohnheit – nicht auffindbar. Das kommt mir komisch vor, dennoch möchte ich meine aufkeimende Angst nicht die Oberhand gewinnen lassen.

Ich eile aus dem Haus und sehe mich auf dem Hof um. Meine Hühner picken und scharren auf der feuchten Wiese neben dem Wasserbrunnen. Strolchi hat sich in seine Hundehütte verkrochen. Sonst kann ich kein tierisches Lebewesen auf dem Hof ausmachen.

»Semiramis?«, rufe ich so laut ich kann.

Das gibt es doch nicht! Die Katze ist mir ja kaum von der Seite gewichen. Sie müsste mich längst begrüßen kommen. Allerdings sind Katzen eigen. Bestimmt ist sie beleidigt, weil ich über Nacht aus war und mich nicht um sie gekümmert habe.

»Semiramis!«, brülle ich erneut.

Doch wenn sie nicht will, dann will sie nicht. Ich sehe mich ein letztes Mal um und will zurück ins Haus gehen, da höre ich ein weit entferntes Mauzen. Wüsste ich nicht, dass ich auf der Suche nach einer Katze bin, hätte ich dieses Geräusch niemals meiner Semiramis zugeordnet, so zaghaft ist der Laut.

Eiligen Schrittes überquere ich den Hof. Der Kies knirscht unter meinen Füßen. Ich sehe mich nach allen Seiten um und versuche, irgendwo ein Lebenszeichen auszumachen.

Da! Wieder das leise Geräusch einer Katze.

Es kommt aus dem Austragshäuschen. Jetzt bin ich mir ganz sicher. Klar! Sie ist durch die Katzenklappe in ihr Zuhause zurückgekehrt und hat sich verkrochen. Also ist sie doch beleidigt, und ich muss nun zu Kreuze kriechen, damit sie mir verzeiht.

»Ich komme«, kündige ich mich an, damit sie schon etwas gnädiger gestimmt ist, wenn ich sie erreiche.

Als ich die Tür zum Austragshaus öffne, bin ich mir nicht mehr sicher, ob ich dort wirklich hineinwill.

Die Erinnerung an Edgar liegt mir schwer auf der Seele, und ich muss mir eingestehen, dass ich den alten Mann vermisse und mich sein Tod mehr berührt, als ich es zugeben möchte. Ich weiß auch nicht, wie ich es geschafft habe, die Trauer bisher beiseitezuschieben und an einer Hochzeit teilzunehmen. Die Tatsache, dass ich sogar Edgars Sohn dazu genötigt habe, mich zu begleiten, obwohl der Körper seines Vaters noch nicht einmal unter der Erde ist, ist ein weiteres Vergehen, das ich mir zur Last lege.

»Wo bist du, Katze?«, frage ich ins Dunkel des Erdgeschosses hinein.

Sie mauzt und der Ton kommt aus dem ersten Stock. Sie wird sich doch nicht in Edgars Bett verkrochen haben. »Semiramis!«, rufe ich.

Wie auf Befehl sehe ich einen kleinen Schatten auf samtigen Pfoten die Stufen herabsausen. Semiramis macht einen immensen Satz und springt mir in die Arme. Ich fange das schnurrende Bündel auf. »Da bist du ja! Hast du gedacht, ich hätte dich auch verlassen? Nein, das würde ich doch nie tun.«

Semiramis hört mit einem Schlag auf zu schnurren. Sie streckt sich mit ihren Vorderpfoten von mir weg und starrt hinter mich. Reflexartig wirbele ich herum und erkenne gerade noch, wie der Schatten einer Gestalt vor dem Fenster verschwindet.

Mit klopfendem Herzen schleiche ich näher an die Scheibe und schiele vorsichtig hinaus.

»Da ist niemand«, beruhige ich Semiramis, wobei die Worte eher für mich bestimmt sind.

Während ich Semiramis immer noch fest an mich drücke, schiebe ich mich dichter an die Glasscheibe. Ich sehe ein Huhn vor dem Austragshaus auf dem Kies picken.

Plötzlich taucht eine menschliche Gestalt direkt vor dem Fenster auf. Ich schreie auf und weiche zurück. Semiramis wird meine Umklammerung zu fest. Die Katze windet sich aus meinem Griff, springt auf den Boden, bleibt aber in der Nähe.

Der Jäger Sepp steht vor dem Fenster. Am liebsten würde ich ihn jetzt zur Schnecke machen, weil er mich so erschreckt hat. Allerdings bin ich heilfroh, dass er es ist, der da steht. Meine Fantasie hat mir im ersten Moment einen finster dreinblickenden Alexander Novak vorgegaukelt.

Sepp sagt kein Wort, hält aber etwas nach oben, sodass ich es sehen kann. Mein Anhänger!

Sofort eile ich nach draußen.

»Sepp! Du hast mich zu Tode erschreckt!«

»Tut mir leid, Mädchen. Ich hab das auf der Wiese gefunden und mich erinnert, dass du es gestern getragen hast.«

»Danke, das ist meines«, freue ich mich und nehme das Schmuckstück an mich, um es mir sofort umzuhängen.

Sepp sieht an mir hinunter. Ihm ist wohl aufgefallen, dass ich immer noch dasselbe Outfit von gestern Abend trage.

»Du hättest mir ja sagen können, dass die ganzen Männer auf deinem Hof die Überraschung für die Hochzeit sind.«

»Hätte ich. Aber du hast nicht gefragt.«

Sepp nickt. »Dann bis zum nächsten Mal! Übrigens, Ernst-August ist wieder aufgetaucht.«

»Ach!« Ich suche in Sepps Miene nach dem Schmerz darüber, seinen Hirsch verloren zu haben. Er hat ihn doch hoffentlich nicht hinter meinem Schuppen gefunden?

»Er war in einem Teil des Waldes, in dem er sich noch nie herumgetrieben hat.«

Ich nicke und ziehe eine Schnute, weil ich verständnisvoll wirken möchte, obwohl ich nicht recht verstehe, wovon Sepp da spricht.

»Na, auf jeden Fall ist er gesund und munter.«

»Wirklich?« Überraschter könnte ich nicht dreinschauen.

»Mädchen, du machst mir echt Sorgen. Der Bernd hat dir ganz schön zugesetzt, was?«

Ich gebe nur ein Brummen zur Antwort.

Wie kann es sein, dass ein toter Hirsch wieder da ist? Natürlich hat Gregor gesagt, dass er sich darum kümmern wird, aber kann er einen erlegten, gehäuteten Hirsch zum Leben erwecken – oder läuft da etwa gar ein blutrünstiger Zombiehirsch im Wald herum?

»Ich zieh dann mal weiter«, sagt Sepp und winkt mir. Schon ist er auf dem Weg, meinen Hof wieder zu verlassen. Ich bekomme das nur aus dem Augenwinkel mit, weil ich immer noch ins Nichts starre. Semiramis streift mir um die Beine und macht auf sich aufmerksam.

Ich hebe sie hoch und kehre mit ihr in mein Haus zurück – zurück zu den Männern, die als Hochzeitsüberraschung durchgingen.

Kapitel 14

Den kompletten Tag über bleibt es beschaulich auf dem Hof. Es lässt sich niemand mehr bei mir blicken. Kein Besuch, kein Gregor – dafür aber auch keine unheimlichen Ereignisse oder Gestalten, die überraschend vor dem Fenster auftauchen. Nur drei Alphamännchen, die mir langsam, aber sicher die Haare vom Kopf fressen. Wenigstens vertreiben wir uns die Abendstunden gemeinsam bei einem Brettspiel.

William Macbain hat meine Haferflocken entdeckt, die er mit Begeisterung nebenbei pur isst, indessen Max ganz andere Ideen hat.

»So ein saftiges Pferdesteak, das wäre jetzt was«, sagt er, während er seine Spielfigur über das Spielfeld ziehen lässt.

»Denk nicht einmal daran«, ermahne ich ihn und greife nach dem Würfel.

»Madame, ich kenne mich mit Pferden aus. Auf unserem Gestüt führen wir eine Vielzahl von Rassen. Es tut mir herzlich leid, Euch darüber unterrichten zu müssen, aber Euer Pferd wird es nicht mehr weit bringen«, unterstützt Clément den hungrigen Wunsch des Footballspielers.

»Das ist mir egal. Hampton ist seine eigene Rasse.« Damit versuche ich, die Fleischdiskussion zu beenden, bevor der Highlander wieder etwas hinter meinem Schuppen häutet. Rasch schleudere ich den Würfel auf das Spielfeld.

»Sechs!«, rufe ich erfreut.

Max lacht. »Also wenn Sie wünschen, Ma'am, dann stehe ich zur Verfügung.« Er greift sich in den Schritt.

Ich verdrehe genervt die Augen und mache meinen Zug.

»Das Weib wurde bereits genommen.« Ich kann William kaum verstehen, weil er den Mund voll trockener Haferflocken hat, die beim Sprechen staubig hervorblitzen. Am Gesicht des Fürsten erahne ich jedoch, dass er dasselbe verstanden hat wie ich.

»Das hab ich sofort gerochen, als sie heute Morgen zurückgekommen ist. Ihr nicht?« William sieht zwischen den anderen Männern hin und her, während ich vorsichtig an mir schnuppere. Ich rieche nach Sex? Wirklich?

Langsam stehe ich auf. »Wir können das Spiel morgen beenden. Ich gehe jetzt ins Bett.«

»Der Gentleman mit dem Stock? Tatsächlich?«, ruft mir Max nach, als ich schon aus dem Raum bin.

»Maximilian!«, schimpft Clément. »Wo sind Eure Manieren?«

»Ist das etwas zu essen?«, fragt der Highlander und entlockt mir damit ein Lächeln.

Trotzdem gehe ich jetzt duschen, und zwar gründlich.

Es muss bereits mitten in der Nacht sein, als ich auf dem Hof Geräusche höre. Jedenfalls schrecke ich aus tiefem Schlaf hoch.

Hier ist es gewöhnlich totenstill in der Nacht. Erst

in den frühen Morgenstunden kommen auf der Landstraße vereinzelte Fahrzeuge vorbei.

Es beruhigt mich etwas, dass ich Semiramis auf meiner Decke spüre und mir der Anwesenheit von drei kraftstrotzenden Männern im Haus bewusst bin. Ich hebe meinen Kopf und versuche, Semiramis in der Dunkelheit zu erspähen. Sie ist wach und mauzt sofort, als ich zu ihr sehe.

Von draußen fallen Lichtstrahlen von Scheinwerfern zu mir herein, die vom Knirschen des Kieses begleitet werden. Es sind eindeutig mehrere Fahrzeuge auf den Hof gefahren.

Sachte hebe ich meine Bettdecke so weit an, dass ich die Beine unter ihr hervorziehen kann, ohne Semiramis zu stören. Mit wenigen Schritten bin ich am Fenster, rücke den Vorhang ein Stück zur Seite und spähe in den Hof. Sofort erkenne ich den Lieferwagen von Gregors Leuten und zwei weitere Fahrzeuge.

Die Motoren der Autos verstummen, die Scheinwerfer erlöschen, lediglich das Licht des kastenförmigen Lieferwagens ist noch an. Wie ein Wegweiser beleuchten sie den Eingang des Austragshäuschens. Ich hoffe, dass die Männer nicht aus den hinteren Türen des Lieferwagens wer weiß was ausladen.

Gregor hat etwas von einer Zeremonie erzählt und ich habe ihm die Erlaubnis dazu erteilt. Dass es sich dabei um eine Nacht-und-Nebel-Aktion handelt, vergaß er wohl zu erwähnen.

Die Autotüren öffnen sich. Im Halbdunkel erkenne ich die Umrisse mehrerer Personen. Der hagere Schatten muss Tomasz sein und der bullige Kerl wird bestimmt von dem langen mit den zu kurzen Hosen begleitet. Dann steigt jemand mit einem Stock aus – Gregor!

Seine Anwesenheit löst bei mir ein Kribbeln im Nacken aus. Zuletzt haben wir uns innig geliebt und nun hält er es nicht einmal für nötig, mich über sein Vorhaben auf meinem Grundstück in Kenntnis zu setzen. Allerdings darf ich mich nicht beschweren, er hat sich meine Zustimmung ja längst eingeholt. Dennoch habe ich auf ein Treffen mit ihm gehofft, auf ein Zeichen, dass er vielleicht doch nicht alles, was wir geteilt haben, vergessen hat.

Gespannt beobachte ich das Treiben auf meinem Hof.

Ich erwarte, dass alle Männer das Austragshaus betreten und dort ihre Zeremonie abhalten, aber stattdessen laden sie etwas aus einem der Wagen aus. Für die Zeremonie werden wohl diverse Gerätschaften benötigt.

Die Beifahrertür eines Fahrzeuges wird geöffnet. Da sitzt wohl noch eine weitere Person im Auto. Offenbar braucht derjenige Unterstützung beim Aussteigen, da ihm beim Abschnallen des Sicherheitsgurtes oder Ähnlichem geholfen wird.

Einer der Männer macht sich auch über die Fahrerseite an der Gestalt zu schaffen.

Bis ich verstehe, was da geschieht, sehe ich das Unglaubliche. Jemand wird aus dem Auto gehoben und mit vereinten Kräften transportiert. Es sieht merkwürdig aus, als würden die Männer gar nicht wirklich zupacken, sondern nur deuten.

Ich will es nicht glauben, aber die Umrisse der Gestalt sehen ein bisschen aus wie Edgar.

Sollte er nicht gekühlt aufbewahrt werden? Oje! Diese Zeremonie muss anscheinend mit seinem Leichnam durchgeführt werden. Da war sich der Herr Sohn wohl zu fein, mir die ganze Wahrheit zu sagen. Das war sicher kein Versehen, denn Gregor war bestimmt klar, dass ich von der Aussicht auf ein Wiedersehen mit Edgar nicht gerade begeistert gewesen wäre. Ist es nicht verboten, tote Menschen eigenständig zu transportieren? Hat mir Gregor nicht versichert, er würde nichts Illegales veranstalten?

Toll! Jetzt stehe ich hier, spähe auf den inzwischen menschenleeren Hof und kann nur vermuten, dass da … Was passiert da auf meinem Grund und Boden?

»So nicht, mein Lieber!«, raune ich mehr mir selbst zu, aber Semiramis mauzt, springt vom Bett und ist sofort an meiner Seite.

Ich wende mich ihr zu und bin verblüfft, wie erwartungsvoll sie zu mir aufsieht. »Gehst du mit?«, frage ich sie deshalb.

Wie schön, dass ein zustimmendes Mauzen als Antwort kommt. Wüsste ich es nicht besser, würde ich meinen, sie versteht mich.

Ich schlüpfe in meine Pantoffeln und greife nach einem Strickcardigan. Dann schleiche ich so leise wie möglich durch mein Haus. Es käme mir jetzt wenig gelegen, drei Romanhelden an meiner Seite zu haben, von denen nur einer angemessenes Verhalten an den Tag legt.

Deshalb entscheide ich mich auch nicht für den Weg über den Hof, sondern schiebe mich seitlich an meiner Hausmauer entlang, um hinter der Scheune näher an das Austragshaus heranzukommen.

Währenddessen beobachte ich bereits die Fenster im oberen Stock des Häuschens. Kerzenlicht flackert auf und die Schatten mehrerer Personen tänzeln durch den Teil des Raumes, den ich von hier aus sehen kann.

Jemand, den ich sofort als Gregor identifiziere, erscheint am Fenster und späht hinaus. Ich drücke mich dicht an die Holzverkleidung des Schuppens und bin mir sicher, dass ich von der Dunkelheit völlig verschluckt werde.

Trotzdem bleibt Gregor eine Weile dort stehen und scheint sich umzusehen. Ich halte den Atem an und bleibe reglos, bis ich aus den Augenwinkeln eine Bewegung am Fenster wahrnehme. Er hat sich ins Zimmer zurückgezogen. Dennoch harre ich noch einen Moment aus, ob sich auf dem Hof vor dem Austragshaus etwas tut. Doch alles bleibt still.

Ich husche gefolgt von Semiramis, die mit hocherhobenem Schwanz mit mir mithält, bis zum Austragshäuschen und presse mich dort an die kalte Hausmauer. Wieder lausche ich, ob es Geräusche gibt, die mich in Alarmbereitschaft versetzen, aber es ist vollkommen still.

Was zur Hölle treiben die da in meinem Häuschen? Warum nur haben sie Edgars Leichnam hergebracht?

Reicht es nicht, dass er verstorben ist? Müssen sie mir auch noch unter die Nase reiben, dass er nun nicht mehr bei mir auf dem Hof lebt? Ein flaues Gefühl in meiner Brustgegend, das ich sofort als aufkeimende Trauer erkenne, kämpfe ich bewusst nieder. Ich weiß, dass ich mich mit Edgars Verlust werde auseinandersetzen müssen. Aber nicht hier und jetzt, während sein Sohn und dessen Kumpane hier ihr Unwesen treiben.

Ich muss wissen, was sie vorhaben. Ich unterdrücke den Drang, meinen Gefühlen freien Lauf zu lassen. Ich kann das, denn ich habe es in der Ehe mit Bernd geübt. Er hat sich nie für meine Verfassung interessiert. Letztendlich habe ich gelernt, meine Emotionen wegzusperren und sie niemandem zu zeigen. Vielleicht konnte auch ich deshalb so mit Edgars Tod umgehen, ihn fast vollkommen verdrängen und keine Traurigkeit zulassen.

Mit größter Vorsicht schiebe ich mich an der Hauswand entlang bis zur Eingangstür, die einen kleinen Spalt weit offen steht. Mein Strickcardigan reibt an der rauen Hausmauer. Ich habe das Gefühl, über Schmirgelpapier zu fahren, einmal bleibe ich sogar hängen.

Semiramis huscht sofort durch ihre Katzenklappe ins Innere des Häuschens.

»Halt«, hauche ich ihr noch nach, aber warum sollte sie auf mich hören?

Mist! Hoffentlich mischt sie jetzt nicht alle Anwesenden auf und ich verrate mich, bevor ich das Haus überhaupt betreten konnte.

Sachte schiebe ich die Tür so weit auf, dass ich ohne Schwierigkeiten hindurchschlüpfen kann.

Es ist stockdunkel, aber aus dem oberen Stockwerk fällt ein bisschen Licht bis ins Erdgeschoss. Das Flackern bestätigt mir auch jetzt wieder, dass es sich um

Kerzenlicht handeln muss. Mehrere Stimmen murmeln Worte, die ich nicht verstehe. Es riecht auch merkwürdig. Hier werden wohl irgendwelche Kräuter verbrannt. Der Geruch reizt meine Kehle, und ich muss mich zusammenreißen, dem Hustenreiz nicht nachzugeben, während ich mich auf den Weg nach oben mache.

Das Gemurmel aus dem oberen Stockwerk verschafft mir einen Vorteil. Ich werde wahrscheinlich nicht sofort gehört.

Ich erreiche den Fuß der Treppe und schleiche Stufe für Stufe hinauf. Mittlerweile bin ich ein wahrer Meister darin, in diesem Gebäude herumzuschleichen.

Oben angekommen ist mir klar, dass ich – sollte ich entdeckt werden – gar nicht so schnell davonkommen kann, wie ich möchte. Aber egal, es geht darum, herauszufinden, was Gregor hier mit seinen Kumpanen treibt.

Wenn ich an Gregor denke, wird mir erneut flau im Magen. Die Nacht mit ihm war fantastisch. Gregor ist ein märchenhafter Liebhaber. Noch dazu ist er charmant, gut aussehend und – Schluss! Gregor stand unter dem Einfluss eines Trankes, den ich ihm heimtückisch überreicht habe. Er ist jetzt wieder ganz der Mann, den ich vor Kurzem kennengelernt habe. Ich muss mich auf eine gewisse Distanz einstellen, wenn ich ihm begegne. Aber allein schon die Tatsache, dass ich mir das jetzt bewusst machen muss, versetzt mich in Panik.

Schritt für Schritt taste ich mich zu der Tür von Edgars Schlafzimmer vor. Sie ist nicht geschlossen, und ich kann nun deutlich die Worte der Gruppe vernehmen, die fremdartig und geheimnisvoll klingen. Was auch immer die Männer da vor sich hinbrabbeln – es klingt monoton, wie eine Litanei.

Mit Bedacht schiele ich in den Raum und hoffe, dass niemand mit der Blickrichtung zu mir steht. Die Männer haben sich um Edgars Bett aufgestellt und reichen sich die Hände. Auf dem Bett aufgebahrt liegt Edgars Leichnam. Der alte Mann sieht friedlich aus, als würde er ein kurzes Nickerchen halten. Seine Muskulatur ist entspannt, seine Gestalt ist eingefallen und kraftlos. Im fahlen Licht der Kerzen, die auf dem Boden stehen, wirken die Falten auf Edgars Gesicht ausgeprägter, als ich sie in Erinnerung habe. Sein weißes Haar ist gekämmt und liegt geordnet an der Kopfhaut.

»Wen haben wir denn da?«, höre ich hinter mir. Ich erschrecke so sehr, dass ich der Tür einen Stoß versetze, der sie aufschwingen lässt. Das Gemurmel der Gruppe bricht sofort ab, alle wenden sich zu mir um.

Obwohl ich mich nun mit den Männern vor mir auseinandersetzen muss, drehe ich mich einen Moment um, um zu überprüfen, wer hinter mir steht.

Es ist der hagere Mann, der mir als Tomasz vorgestellt wurde. Er hat gar nicht mit mir, sondern mit Semiramis gesprochen, wie sich herausstellt. Er ist nicht einmal hier oben, sondern hat die Katze wohl im Erdgeschoss entdeckt.

Mist! Hätte ich mich nicht angesprochen gefühlt, wäre ich nicht aufgeflogen.

Jetzt hat Tomasz mich entdeckt. Er nimmt Semiramis auf den Arm und kommt die Treppe hoch.

Es bleibt mir nichts anderes übrig, als mich der Tatsache zu stellen, dass ich Gregors Zeremonie unterbrochen habe.

Kapitel 15

Ich wende mich wieder den Männern in Edgars Schlafzimmer zu und spaziere in den Raum, wobei ich mich bemühe, möglichst locker zu wirken. Auch wenn es mich Überwindung kostet, sehe ich in die Gesichter der Männer. »Na? Was macht ihr hier Schönes?«

Gregors seufzt. »Lola …«, raunt er.

Wow! Der Klang seiner Stimme bringt alles in mir zum Vibrieren. Ich traue mich gar nicht, meine Aufmerksamkeit in seine Richtung zu lenken, geschweige denn, ihm ins Gesicht zu sehen. Er ist hier mit mir in diesem Zimmer, und es kostet mich viel Beherrschung, mich nicht in seine Arme zu werfen, um ihn leidenschaftlich zu küssen. Es ist mir ganz gleich, dass der Körper seines Vaters hier aufgebahrt liegt und jede Menge fremde Männer anwesend sind. Ich sehne mich nach Gregors Umarmung, seinen warmen Händen auf mir und nach seinen zärtlichen Küssen.

»Lola?«, fragt Gregor.

Ich ertappe mich dabei, dass ich mich fahrig umsehe, ohne irgendjemanden direkt zu fixieren. »Das ist ja ein feines Treffen hier.« Herrisch deute ich auf Edgars Leichnam und bin froh, dass ich ein paar Worte hervorgebracht habe, die Sinn machen.

Ich bin nicht nur wegen der Leiche nervös, auch wenn diese, jetzt, da ich direkt vor ihr stehe, längst nicht so beängstigend wirkt, wie ich es erwartet hätte.

Es ist Gregor, der mich in helle Aufregung versetzt. Nicht nur seine Anwesenheit verstört mich, sondern auch der Eindruck, ihn nicht einschätzen zu können. Erinnert er sich an etwas? Hat er irgendwelche positiven Gefühle für mich? Freut er sich, mich zu sehen?

Diese wirren Überlegungen lassen mich konfus zurück. Hatte ich einen Plan, als ich beschlossen habe, hier aufzukreuzen?

»Ich wollte nicht stören … Ich …«, stottere ich.

»Was machen wir jetzt mit ihr?«, höre ich Tomasz fragen, der sich mitsamt Semiramis zu uns gesellt.

Er sinkt in die Hocke und lässt die Katze los, die sofort zu mir eilt, um mir unruhig um die Beine zu streichen, während sie unaufhörlich mauzt.

»Was hat sie?«, fragt Gregor.

Ich kann ihn immer noch nicht ansehen. Die Erinnerungen an unsere gemeinsame Nacht blockieren mich völlig.

»Sie … ist sehr … anhänglich und neugierig.«

»Nicht nur sie«, brummt Gregor.

Er kommt auf einmal auf mich zu und nimmt mich am Arm. Im ersten Augenblick befürchte ich, dass er mich aus dem Raum und aus dem Häuschen befördern will. Es wäre sein gutes Recht, schließlich hat er mir seine Hilfe bei den Romanhelden in meinem Haus angeboten, wenn ich ihm diese Zeremonie zugestehe. Und ich habe sie ihm zugestanden. Wie sieht das denn jetzt aus?

Gregor zieht mich aber nicht durch die offene Tür. Während ich noch mit seiner Nähe und der Berührung zu kämpfen habe, drückt er mich auf den Stuhl, der neben dem Standspiegel steht. Semiramis springt mir sofort auf den Schoß. Verwirrt sehe ich zu Gregor auf und fühle mich von seinem Blick gefangen. Ich wollte doch nicht in diese Augen schauen. Zu allem Überfluss reizt seine Nähe auch meine empfindliche Nase. Er riecht so unbeschreiblich gut!

Schweigend betrachtet mich Gregor und löst den Griff um meinen Arm. Ich möchte so viel aus seiner Mimik lesen, bin aber zu gar nichts fähig.

Ich sehe nur, wie sein Zeigefinger auf mich deutet. »Sitzen bleiben und Ruhe geben!«

Hastig nicke ich und streichle Semiramis' Fell, damit auch sie Ruhe gibt. Da fällt mir ein, dass ich Gregor noch wegen des Hirschs Ernst-August zur Rede stellen wollte, aber das muss warten.

Während Gregor langsam die Hand mit dem drohenden Fingerzeig sinken lässt, fixiert er mich mit seinen Augen und ich fühle mich davon auf dem Stuhl festgenagelt.

Alles klar! Ich bleibe hier sitzen und verharre, bis irgendjemand zu mir sagt, dass ich mich wieder rühren darf. In meinem Hals hat sich ein dicker Kloß gebildet.

Der bullige Mann, der zusammen mit dem langen den Transporter gefahren hat, fragt Gregor etwas in einer Sprache, die ich nicht verstehe. Da er dabei aber auf mich deutet und Gregor mir erneut sein Augenmerk schenkt, kann ich davon ausgehen, dass über mich gesprochen wird.

Ich versuche, starr und unauffällig dazusitzen und dabei harmlos auszusehen. Wie besessen kraule ich Semiramis, die bereits voller Inbrunst schnurrt. ›Ich bin gar nicht da‹, denke ich. ›Macht nur weiter und lasst euch von mir nicht stören.‹

Gregor antwortet dem Mann ein paar Sätze in dessen Sprache. Seine Worte klingen ruhig und unnachgiebig. Dann sagt niemand mehr etwas. Gregors Wort scheint keiner der Anwesenden infrage zu stellen. Er hat das Sagen, das ist mir jetzt klar.

Tomasz schließt die Tür und reiht sich in den Kreis der anderen ein. Alle geben sich die Hände, schließen die Augen und beginnen von Neuem ihre Formeln aufzusagen. Ich erkenne, dass es immer und immer wieder die gleichen Worte sind, die in stoischer Wiederholung gesprochen werden.

Diese Prozedur fesselt meine Aufmerksamkeit so sehr, dass ich sogar vergesse, Semiramis zu kraulen. Glücklicherweise bleibt sie brav auf meinem Schoß sitzen. Das Schauspiel scheint auch ihr zu gefallen.

Jetzt kommt es mir sogar so vor, als würden die Flammen der Kerzen immer länger werden. Wie gebannt beobachte ich das gespenstische Schattenspiel an den Wänden. Obwohl sich niemand hier im Raum bewegt, ist es, als sähe man dort dunkle Gebilde umhertanzen.

Die Gruppe spricht weiter ihren Vers, wird dabei immer temporeicher und lauter.

Ich bin gespannt, was nun geschehen wird.

Mir wird unerträglich warm. Ob das an dem Kerzenlicht liegt? Mein Kopf glüht. Wenn das so weitergeht, schmilzt mein Gehirn.

Schwindel erfasst meinen Körper, der sich mit einem Mal schwer anfühlt. Wie benommen höre ich die Gruppe immer noch eindringlich den Vers murmeln. Die Worte scheinen nicht mehr über mein Gehör in meinen Kopf einzudringen, sondern in mir zu entstehen.

Ich muss hier raus! Rasch springe ich auf, umklammere dabei die Katze und versuche zu erkennen, ob jemand auf mich reagiert.

Mit einem Mal verstummen die Anwesenden. Als fege ein zarter Lufthauch durch den Raum, erlöschen alle Kerzen.

Es ist gespenstisch!

»Raus!«, ruft Gregor und ich zucke zusammen.

Im ersten Moment reagiert niemand.

»Na los!«, knurrt Gregor mit geballten Fäusten.

Ich erkenne, wie sich die dunklen Gestalten in dem Zimmer in Bewegung setzen, und will mich anschließen.

»Du bleibst!«, fordert Gregor.

Obwohl ich nicht genau weiß, ob er mich meint, fühle ich mich automatisch angesprochen. Habe ich mich damit verraten? Ahnt er nun, dass ich etwas zu verbergen habe?

Angespannt lausche ich den Geräuschen der knarzenden Treppe, bis nichts mehr im Haus zu hören ist.

Gregor macht eine flinke Handbewegung. Mit einem Mal entzünden sich die Kerzen im Raum erneut. Überrascht starre ich ihn an, der mich bereits in der Dunkelheit fixiert zu haben scheint. Gegen den stechenden Ausdruck seiner Augen fühle ich mich machtlos.

Abwartend kralle ich mich an Semiramis, die erstaunlich reglos in meinen Armen liegt, und schlucke.

Dankbar registriere ich, dass Gregor sich Edgars Körper zuwendet.

»Wo hast du es versteckt?«, fragt Gregor.

Der Schock schießt mir in die Glieder, aber als ich genauer hinsehe, bemerke ich, dass Gregor zu seinem verstorbenen Vater gesprochen hat.

Kurz schiele ich zu Edgars Körper, ob von dort eine Antwort zu erwarten ist. Mich beschleicht das Gefühl, dass es mehr mit dem roten Fruchtgummi auf sich hat, als ich geahnt habe. Edgar hat nichts versteckt, sondern ich habe, was auch immer Gregor sucht.

Ich mag mir nicht vorstellen, wie er reagiert, wenn er das herausfindet.

»Hast du mir etwas zu sagen?«, fragt er in diesem Moment, als hätte ich ihm ein Stichwort gegeben. Diesmal meint er mich. Sonst würde er mich doch nicht so anstarren.

»Nö.« Mist! Meine Antwort kam viel zu schnell.

»Soll ich dir sagen, wonach wir hier suchen?«, fragt Gregor und marschiert auf mich zu.

»Ich weiß nicht …«

Semiramis befreit sich und springt auf den Boden.

»Hast du mir damals die ganze Wahrheit gesagt, als ich mit dir hier war?«

»Ich hab nicht gelogen.«

»Lola!«

Auf der Suche nach einer Erklärung huscht meine Aufmerksamkeit zu Semiramis, die sich unruhig im Raum bewegt. Ich kann nicht verhindern, dass mich diese Geste entlarvt.

»Was ist mit der Katze?«, will Gregor sofort wissen.

Ich kann es ihm nicht sagen. Wenn ich ihm verrate, dass es nicht mein Tier ist, sondern Edgars, wird er sie mir wegnehmen. Um davonzukommen, versuche ich, Gregors Anwesenheit auszublenden. Mein Blick huscht unruhig im Raum umher, bis ich Gregors Nähe nicht länger ignorieren kann. Seine warmen Hände schlingen sich um meine Arme. Auch wenn ich ihm nicht ins Gesicht sehen kann, verursacht seine Berührung, dass mein Atem sich beschleunigt.

»Ist das Edgars Katze?«

Er fragt das so eindringlich, dass ich nur kraftlos nicken kann.

»Das ist jetzt sehr wichtig, Carola: War die Katze hier bei Edgar, als er gestorben ist?«

Es ist an der Zeit, wenigstens einen Teil der Wahrheit zu gestehen. Langsam hebe ich meinen Kopf und schaffe es irgendwie, Gregor in die Augen zu sehen.

»Sie war hier, als ich Edgar gefunden habe.«

Gregor lässt mich sofort los und wendet sich der Katze zu. »Wie heißt sie?«, fragt er mich beiläufig.

Ich bin in diesem Moment einfach nur froh, dass seine Aufmerksamkeit von mir abgelenkt ist.

»Semiramis.«

Gregor versucht, die Katze zu ködern, indem er in ihrer Nähe mühsam in die Hocke sinkt und eine Hand vorsichtig nach ihr ausstreckt.

Ohne lange zu überlegen, verlasse ich den Raum. Ich muss weg von ihm, weg von allem hier!

Dabei verfolgt mich der Gedanke, dass er alles herauskriegen wird. Was geschieht, wenn ihm klar wird, dass Semiramis zwar das rote Fruchtgummiteil gefressen hat, aber dass alles, was sich darin befunden hat, jetzt in meinem Kopf festsitzt? Ich möchte nicht wissen, was mit mir geschieht, wenn das diese Horde unheimlicher Männer erfährt.

Ich laufe die Treppe hinunter und hetze auf den Hof. Am liebsten würde ich nun in mein Haus rennen und bei meinen drei Helden Zuflucht suchen.

Ich erwarte, dass ich Gregors seltsame Truppe im Hof antreffe, aber da ist niemand.

Es sind nicht nur die Männer verschwunden, auch ihre Fahrzeuge scheinen sich in Luft aufgelöst zu haben. Mein Hof kommt mir mit einem Schlag unheimlich vor, und ich halte inne, während ich mich nach allen Seiten umsehe.

Da erkenne ich, dass eine Person in der Dunkelheit auf mich zukommt, noch bevor ich deren Schritte auf dem Kies höre.

»Hallo.«

Erschrocken erkenne ich den nächtlichen Besucher. Es ist Alexander Novak.

Ich möchte wegrennen, zurück zu Gregor in das Austragshäuschen, aber meine Beine versagen den Dienst. Also starre ich Alexander einfach nur an.

Er bleibt ein paar Meter vor mir stehen.

»Wo ist die Katze?«

Er also auch! Ist jeder Mensch, mit dem ich zu tun habe, hinter dem roten Fruchtgummi her?

»Sie ist nicht da«, antworte ich. Meine Stimme

klingt bei Weitem nicht so tough, wie ich es möchte.

»Rück die Katze raus!«, zischt Alexander.

»Sonst was?«, fragt Gregor.

Ich bin erleichtert, seine Stimme direkt hinter mir zu hören. Als ich mich umdrehe, sehe ich, dass er Semiramis bei sich hat. Sie schmiegt sich an ihn.

»Gregor! Wie ich sehe, bist du mir einen entscheidenden Schritt voraus. Wie schade.«

»Du solltest verschwinden, bevor ich mir Gedanken darüber mache, ob du mit dem Tod meines Vaters etwas zu tun hast.«

»Das wäre eine ungeheuerliche Anschuldigung. Hast du denn Beweise?«

»Du bist der Erste, der es erfährt, wenn ich sie habe. Momentan kann ich nur sagen, dass die Luft hier verdammt nach Mord stinkt.«

»Stinken tut es in der Tat – nach dem alten Mann in der Hütte.«

Wie erstarrt beobachte ich den Schlagabtausch der beiden Männer und wage es nicht, mich zu bewegen. Die letzte Bemerkung von Alexander verlangt Gregor viel Beherrschung ab, soweit ich das beurteilen kann.

»Nimm dich in Acht! Beim letzten Mal habe ich dir das verpasst.« Gregor nickt in Richtung Alexanders Kopf und dieser fasst sich kurz an das flammende Blutmal.

»Vergiss nicht, dass ich dir auch ein Andenken hinterlassen habe!«

Meine Aufmerksamkeit schnellt zu Gregor, der sein Bein entlastet. Ich ahne, dass die Narbe auf seinem Oberschenkel von Alexander stammt.

»Nimm die Katze, Lola!«, fordert mich Gregor auf. »Geh mit ihr ins Haus!«

Ich traue mich nicht, mich von der Stelle zu bewegen, weil ich Alexanders düsteren Blick auf mir spüre.

»Heute noch!«, schimpft Gregor und kommt mir entgegen.

Ich stürme zu ihm und nehme Semiramis in Empfang, die mich mit ihren großen Augen aufmerksam mustert. Der kurze Blickkontakt mit Gregor verdeutlicht mir, dass es meiner Gesundheit zuträglich ist, wenn ich auf ihn höre. Also haste ich sofort weiter, in den hoffentlich sicheren Hafen meines Hauses zu den drei Romanfiguren, die mich bestimmt gegen jeden Angreifer heldenhaft verteidigen werden.

Semiramis springt mir sofort aus dem Arm, sobald ich meine Haustür von innen geschlossen habe. Ich weiß nicht, wo sie sich versteckt, aber es ist gut, dass sie sich verkrümelt.

Auf leisen Sohlen tapse ich in meine Küche und schiele durch das Küchenfenster auf den Hof.

Gregor bekommt genau in diesem Moment Verstärkung. Ich kann nicht sagen, wo sie auf einmal alle herkommen, aber seine Truppe ist wieder da. Von allen Seiten schließen sie zu Gregor auf, und es ist nicht zu übersehen, dass Alexander sich auf den Rückzug vorbereitet.

Obwohl ich nur wenig erkennen kann, sieht es für mich aus, als wäre er auf einen Schlag verschwunden.

Ich zucke zusammen, als mit einem lauten Krähen ein dunkler Vogel vor dem Küchenfenster vorbeifliegt.

Kapitel 16

Es dauert nur wenige Sekunden, da höre ich, wie jemand in mein Haus stürmt.

»Lola?«, ruft Gregor und ich eile ihm entgegen und falle ihm in die Arme.

Ich bin froh, dass er mich an sich drückt.

Mein Herz schlägt wie verrückt.

»Alles ist gut«, versucht Gregor, mich zu beruhigen. Wenn er wüsste!

»Ich kenne den Mann. Der war schon einmal da und hat versucht, mit mir ins Austragshaus zu gehen.« Ich spüre deutlich, wie Gregor sich verkrampft, als er meine Worte hört. Trotzdem genieße ich den Moment in seinen Armen. Es fühlt sich gut an, ihm endlich reinen Wein einschenken zu können, wenn es auch immer nur häppchenweise passiert. Für alles bin ich noch nicht bereit.

»Gregor, sollen wir ihn verfolgen?«

Das war Tomasz. Gregor lässt mich sofort los und widmet seine volle Aufmerksamkeit Tomasz.

»Nein! Er ist wie eine lästige Fliege. Er kommt von selbst immer wieder zurück.«

Tomasz nickt und verlässt kurz das Haus, um den Männern auf dem Hof Anweisungen zu geben, die ich nicht verstehe.

»Wo hast du die Katze versteckt?«, will Gregor wissen.

»Ich weiß nicht. Sie ist weggelaufen.«

»Was?«

»Na ja, sie hat sich losgerissen und ist weg.«

»Weißt du wenigstens, in welche Richtung sie gelaufen ist?«

»Es ging alles zu schnell, aber sie ist irgendwo im Haus. Ganz sicher.«

»Na gut!«

In diesem Moment kehrt Tomasz zurück.

»Hol die anderen! Wir müssen die Katze finden. Sie ist irgendwo hier im Haus«, fordert Gregor.

»Was ist mit der Katze?«, will Tomasz wissen.

»So wie es aussieht, ist sie die Trägerin. Wir führen die Zeremonie mit ihr durch.«

»Mit einem Tier? Das haben wir noch nie gemacht?«, mischt sich der bullige Mann ein, der hinter Tomasz im Flur erscheint.

Ich finde es ja nett, dass sie wenigstens alle deutsch sprechen, wenn ich anwesend bin.

»Wir wissen nicht, ob sie es überlebt«, ergänzt Tomasz.

»Davon habe ich auch noch nie gehört. Wie hat er es geschafft, die Magie auf die Katze zu übertragen?« Der bullige Mann kratzt sich am Kopf.

»Mein Vater war ein wahrer Meister. Er hätte es geschafft, seine Kräfte in ein Stück Holz zu transportieren.« Gregor sagt das mit unanfechtbarer Überzeugung.

Magie? Mir wird heiß und kalt. In diesem Fruchtgummistück war Edgars Zauberkraft?

Mir entfährt ein hysterisches Kichern. Gleichzeitig

erfasst mich große Sorge um Semiramis. Sie ist nicht die Trägerin der Magie, und die Truppe wird sich bei dem Versuch, sie aus ihr herauszubekommen, die Zähne ausbeißen. Ganz zu schweigen von der Gefahr, die dabei vielleicht für das Tier entsteht. Kann ich zusehen, wie sie das durchführen, obwohl ich doch ahne, dass ich den Inhalt des roten Dings in mir habe?

»Gregor …«, versuche ich, mich in das Gespräch einzuklinken.

»Wir bereiten alles vor. Sucht die Katze!« Gregor ist in seinem Element. In Gedanken plant er wohl schon die Zeremonie mit Semiramis. Ich bin plötzlich unwichtig geworden.

»Gregor!«, versuche ich es erneut.

»Am besten, wir lassen den Körper meines Vaters noch hier. Das könnte hilfreich sein.«

»Kann ich dich bitte einen Moment sprechen?«, frage ich.

Da fährt er mich an: »Carola! Siehst du denn nicht, dass ich beschäftigt bin?«

Es schmerzt. Er nimmt mich überhaupt nicht wahr, sieht in mir ein lästiges Wesen, das um seine Aufmerksamkeit bettelt. Aber ich darf ihm nicht böse sein. Schließlich kann er sich an unser leidenschaftliches Beisammensein nicht mehr erinnern. Doch deswegen braucht er mich nicht so zu behandeln, wie Bernd es immer tat. Oder erinnert Gregor sich doch an einige Details und meint, ich will ausgerechnet jetzt mit ihm darüber sprechen?

»Okay«, hauche ich traurig.

Gregor sagt etwas in der fremden Sprache, die ich nicht verstehe. Die Männer laufen die Treppe hinauf. Einen Moment später sind wir allein.

»Es tut mir leid«, haucht er.

»Schon gut. Ich bin das gewohnt.«

»Sag so etwas nicht! Du solltest dich nicht daran gewöhnen. Ich habe einen Fehler gemacht.«

Ich nicke. »Danke, dass du es gemerkt hast.«

»Normalerweise bin ich aufmerksamer. Das ist eine Ausnahmesituation. Ich habe meinen Vater verloren und kann jetzt nur noch eines für ihn tun. Ich muss seine Magie retten!«

»Genau darum geht es.«

Gregor schweigt und wartet, als ahne er bereits, dass ich nun eine bedeutsame Offenbarung zu machen habe.

»Als ich deinen Vater gefunden habe, ist etwas aus seinem Mund gefallen.«

»Und weiter?«

»Es war eines dieser Gummibärchen, die wie Taler aussehen. Es war rot und glitschig und klebrig und –«.

»Lola! Was um Himmels willen willst du mir sagen?«

»Das Ding ist mir an die Stirn gesprungen und ein Teil davon hat sich in meinem Kopf festgesetzt. So, das war's.«

»Das war's?«, fragt Gregor entgeistert.

Oh, oh.

»Hast du eine Ahnung, was du mir gerade erzählt hast? Nein, wie könntest du? Du hast es ja bis eben nicht für nötig gehalten, mich davon in Kenntnis zu setzen.« Er klingt entsetzt.

»So schlimm?« Die Frage kommt mir über die Lippen, bevor ich mir auf die Zunge beißen kann.

Es ist offensichtlich schlimm. Gregor tigert vor mir auf und ab, als wisse er nicht, wie er mit diesen neuen Informationen umgehen soll.

»Tomasz!«, brüllt er plötzlich laut.

Toll!

Schon kommt Tomasz die Treppen herunter. Der schlanke Riese bewegt seine Beine so flink, dass ich Angst habe, er könnte die Stufen herunterstürzen.

Noch bevor Tomasz ganz bei uns ist, bekommt er prompt einen Redeschwall in der fremden Sprache von Gregor zu hören. Aha! Jetzt bin ich wohl wieder ausgeschlossen.

Tomasz sieht zwischen Gregor und mir hin und her, während er den Worten seines Chefs lauscht. Ich versuche, seine Mimik zu deuten, kann aber beim besten Willen nicht ausmachen, was er gerade denkt.

»Hochverehrte Herren, meine Dame! Wäre es denn möglich, sich zu dieser Stunde etwas diskreter auszutauschen? Es gibt Menschen in diesem Hause, die sich Nachtruhe gönnen möchten.«

Irritiert unterbricht Gregor seinen Redeschwall, als der Fürst sich uns nähert.

»Oh, ich bitte um Verzeihung«, sagt Gregor spitz und deutet eine kleine Verbeugung an, »aber Eure Gastgeberin hat sich … mit Verlaub … einen Haufen Ärger eingebrockt, und da fällt es mir schwer, die Ruhe zu bewahren!« Die letzten Worte brüllt Gregor so laut, dass sicher auch Max und William aus dem Schlaf aufschrecken.

Es wäre mal wieder Zeit, mich zu entschuldigen, und dafür ist jetzt auch wirklich der Anlass gegeben, aber das werde ich nicht tun.

Ich habe mich in meinem Leben so oft umsonst entschuldigt, daher werde ich es mir dieses eine Mal verkneifen.

Ganz verstehe ich nicht, warum Gregor so aufgebracht ist. Jetzt weiß er doch, wo sich die Magie seines Vaters befindet. Er kann sie aus mir herausholen und die Sache ist erledigt.

»Wo ist das Problem?«, hake ich nach.

»Das erkläre ich dir gerne, aber in Ruhe und ohne die Anwesenheit Gestalt gewordener Klischees.«

»Ich muss doch sehr bitten!«, echauffiert sich der Fürst.

Zu Recht, finde ich. Gregor verhält sich auf einmal wie ausgewechselt. Er war immer höflich und zuvorkommend. Seit er weiß, dass ich die Magie in meinem Kopf habe, ist er völlig durch den Wind.

»Gut, lass uns in Ruhe reden! Küche?«, schlage ich vor.

»Küche«, brummt Gregor, fasst mich am Arm und führt mich in die Küche.

»Setz dich!«, sagt er und ich folge ihm.

Es ist zwar merkwürdig, da er sich in meinem Haus befindet, aber er scheint genau zu wissen, wo ich meine Gläser aufbewahre, und versorgt uns wie selbstverständlich mit Getränken.

Als er sich zu mir an den Tisch setzt, hat er sich wieder gefasst und wendet sich mir vollkommen beherrscht zu.

»Carola, mein Vater hat es irgendwie geschafft, vor seinem Tod seine Magie in ein Gummibärchen …«

»Fruchtgummitaler!«, korrigiere ich.

»In einen Fruchtgummitaler – und bevor du mich noch einmal verbesserst: in einen roten Fruchtgummitaler – zu transportieren.«

Ich nicke.

»Die Magie sucht sich automatisch einen Wirt.«

»Ich bin ein Wirt?«, frage ich.

»Du wurdest erwählt. Das ist eine Ehre.«

»Ach! Die Magie springt also nicht jedem an die Stirn?«

Gregor lächelt. »Das tut sie nie. Du bist nun eine Trägerin.«

»Ist das etwas Gutes?«

»Es ist auf jeden Fall gut, dass die Magie erhalten wird und nicht verloren gegangen oder – noch schlimmer – von jemandem vereinnahmt wurde, der sie nicht verdient hat.«

»Wie geht es jetzt weiter? Führt ihr die Zeremonie mit mir durch?«

»Das ist kompliziert. Du musst mit mir in meine Heimat kommen.«

»Warum das denn?« Ein ungutes Gefühl beschleicht mich.

»Es gibt eine Frau in meinem Dorf, die dich jetzt kennenlernen muss.«

»Ja, klar. Und dann machen wir Kaffeeklatsch, oder was? Hältst du mich für blöd?«

»Carola, mach es mir nicht so schwer! Komm mit mir mit und lass die Frau ihren Job machen. Danach kannst du – wenn alles glattgeht – wieder nach Hause.«

»Und wenn es nicht glattgeht?«

»Es wird keine Komplikationen geben.«

Also das hört sich für mich an, als bestünde durchaus die Gefahr, dass es Schwierigkeiten gibt, die er nicht wahrhaben oder ausschließen möchte.

»Wenn ich mich weigere, mitzukommen?«

»Diese Möglichkeit schließe ich aus. Du musst mitkommen. Bitte!«

»Sag mir ehrlich: Besteht die Möglichkeit, dass ich … sterbe?«

»Nein! Wo denkst du hin?«

»Aber, was ist es dann, was nicht glattgehen könnte?«

»Es ist schwer zu erklären. Wir reden darüber, wenn dieser unwahrscheinliche Fall eintreten sollte. Es ist zu früh, die Pferde scheu zu machen.«

»Ich vertraue dir, Gregor. Ich hoffe, das ist kein Fehler.«

Gregor sagt nichts dazu, ergreift aber meine Hand und zieht sie an seine Lippen. Als er mir einen kurzen Kuss auf die Handfläche drückt, bringt sein Blick mich fast zum Schmelzen.

Kapitel 17

Wir nehmen Semiramis mit, nur zur Sicherheit. Alexander wird weiter nach ihr suchen«, teilt mir Gregor mit, als wir die Küche gemeinsam verlassen.

Im Flur haben sich inzwischen Gregors Männer und meine Romanhelden versammelt. Gregor gibt seinen Leuten in der fremden Sprache Anweisungen. Einer von Gregors Männern hat Semiramis auf dem Arm. Ich bin erleichtert, dass sie gefunden wurde, auch wenn jetzt klar ist, dass sie nicht die Trägerin von Edgars Magie ist. Ich bin es, und es besteht kein Zweifel, dass Gregor das den anderen mitgeteilt hat. Jedenfalls bin ich auf einmal das Zentrum aller Aufmerksamkeit. Alle Augen sind auf mich gerichtet. Prinz Clément, Maximilian Banks und William Macbain sehen mich fragend an.

Gregor weicht nicht von meiner Seite.

»Carola wird mich für ein paar Tage in meine Heimat begleiten. Ich bitte Sie, sich in der Zwischenzeit um den Hof und die Tiere zu kümmern«, sagt Gregor.

»Wie stellt Ihr Euch das vor? Ich habe dringende Regierungsangelegenheiten, um die ich mich kümmern muss!«, schimpft der Fürst.

»Meine Mannschaft ist angepisst, wenn ich noch länger weg bin«, meint Max.

»Ich vermisse die Highlands«, sagt William düster.

Gregor schwingt seinen Stock mit einer langsamen Bewegung durch die Luft.

»Wie Ihr wünscht! Wir werden uns um das Anwesen kümmern«, höre ich Clément plötzlich sagen.

William und Max nicken geistesabwesend. Alle drei begeben sich zurück in ihre Zimmer.

»Wie hast du das gemacht?«, frage ich Gregor.

»Sie sind nicht echt. Es ist ein Leichtes, ihren Willen zu beeinflussen.«

Wow! Ich bin beeindruckt.

»Wir sollten uns jetzt auf den Weg machen, bevor Alexander wieder auftaucht. Solange er nicht weiß, dass du die Trägerin bist, wird er dich in Ruhe lassen.«

»Alles klar. Ich packe noch schnell ein paar Sachen –«.

»Du bekommst alles, was du brauchst. Wir brechen sofort auf.«

»Aber –«.

»Es geht los!«, bestimmt Gregor, ergreift meine Hand und zieht mich aus dem Haus.

»Wo sind die Autos?«, frage ich sofort, als wir den Hof erreichen. Sie sind immer noch verschwunden. »Was ist mit Edgar?«

»Wir reisen nicht in Autos. Meine Männer kümmern sich um meinen Vater. Wir nehmen ihn mit.«

»Erzählst du mir jetzt gleich, dass wir mit Besen fliegen?«

»Das ist völlig aus der Mode und heutzutage auch viel zu auffällig.«

Ich nicke und komme mir unwissend und ein bisschen veralbert vor. Ich bin in eine Welt geraten, die es wirklich gibt, obwohl das unmöglich sein kann.

»Komm!« Gregor zieht mich mit sich.

Aber ich stemme mich gegen ihn, als ich eine Bewegung am Eingang des Austragshäuschens wahrnehme. Jemand schreitet dort vorsichtig rückwärts zur Tür hinaus. Seine Hände hat er vor sich gestreckt, und ich erwarte, dass ich nun Zeuge werde, wie Edgar aus dem Haus getragen wird. Aber die Hände des Mannes sind leer. Erst in gewissem Abstand taucht zuerst Edgars weißes Haar, dann sein Kopf und schließlich der Rest von ihm im Türrahmen auf. Er schwebt in der Luft und sieht aus, als wäre er unter Wasser. Seine Haare und seine Kleidung schweben, als wäre er völlig schwerelos.

Nach Edgars Füßen taucht ein weiterer Mann auf. Er hält ebenfalls die Hände in Edgars Richtung.

»Wow!«, hauche ich.

Ich bin mir sicher, dass sie Edgar vorhin auch auf diese Weise in das Haus transportiert haben. Aber es war zu dunkel, und ich stand zu weit weg, sodass ich dachte, meine Augen spielen mir einen Streich.

»Komm, Lola!«, fordert Gregor, für den dieses Schauspiel offenbar nichts Besonderes ist.

»Ist das Magie?«

»Natürlich.«

Gregor wartet nicht länger, sondern zieht mich mit sich.

Immer wieder sehe ich mich um, ob die Männer uns mit Edgar folgen, was sie auch tun.

Tomasz trottet ein paar Schritte vor uns. Er trägt immer noch Semiramis auf dem Arm.

Es wundert mich, dass Gregor mich nicht in Richtung der Hofausfahrt und zur Straße bringt, sondern zur Hausrückseite.

»Da geht es nicht weiter«, sage ich.

Schließlich befinden sich hinter dem Haus nur Felder und der Wald. Wenn Gregor ausgerechnet dorthin will, müssen wir über den kleinen Bach springen, der dort verläuft.

»Ich weiß schon, was ich tue«, raunt Gregor.

Na toll! Dann werden uns nasse Füße wohl nicht erspart bleiben.

»Hast du bei Ernst-August auch gewusst, was du tust?«

»Wer zur Hölle ist das nun wieder?«

»Der Hirsch.«

»Ach, der. Warum? Hat der irre Schotte schon wieder einen Hirsch mitgebracht?«

»Sepp – der Jäger – war hier und hat mir erzählt, sein Ernst-August sei wieder da. Hast du ihn zum Leben erweckt?«

»Das ist selbst für mich unmöglich. Ich habe lediglich einen Junghirsch im Wachstum unterstützt.«

»Lediglich …«, murmele ich und wundere mich darüber, mit welcher Selbstverständlichkeit Gregor von seiner Magie spricht.

Ich kann bereits das Wasserrauschen des Baches in der Dunkelheit hören. Es klingt, als würde das kleine Flüsschen viel Wasser führen.

Gregor bleibt stehen, als Tomasz vor uns anhält.

»Semiramis wird es sicher nicht gefallen, wenn sie bei der Aktion nass wird«, flüstere ich.

»Keine Sorge!«, beruhigt mich Gregor. »Tomasz gibt gut auf sie acht.«

Er nickt in Richtung Tomasz, und als ich zu diesem blicken will, ist er verschwunden. Wüsste ich es nicht besser, würde ich sagen, der Wasserlauf hätte ihn verschluckt. Ich bin mir sicher, dass er ins Wasser gesprungen ist, aber ich habe weder ein Platschen gehört noch einen nassen Tomasz gesehen, der mit Sicherheit nicht ganz in dem kleinen Bach eingetaucht wäre.

»Wo ist er hin?«, frage ich entgeistert.

»Wir reisen mit dem Wasser.«

Ich brauche wohl nicht weiter zu fragen. Da ist offensichtlich wieder so ein Magie-Dings in der Mache.

Im Halbdunkel beobachte ich, wie die Männer einer nach dem anderen in Richtung des Baches springen und einfach verschwinden. Sogar die beiden Kerle, die Edgars Körper mit sich führen, lösen sich mit ihm in Luft auf.

Zuletzt stehen nur noch Gregor und ich am Ufer.

»Wir werden jetzt gleich in der Nähe von Żabice sein. Das ist in Polen, nahe der deutschen Grenze.«

Dazu sage ich nichts, weil ich das Gefühl habe, das alles übersteigt meine Vorstellungskraft. Doch ich fürchte, jede der Fragen, die mir gerade durch den Kopf wirbeln, würde in Gregors Ohren nur unsagbar dumm klingen. Also sehe ich ihn nur stumm an.

»Gibst du mir bitte deine Hand?«, fragt er.

Ich reiche ihm meine Hand und er umschließt sie mit seinen warmen Fingern.

»Es könnte nass werden«, ruft er und schon zerrt er mich mit sich.

Ich schreie auf, als wir in den Bach springen. Sofort umhüllt mich kaltes Nass, und ich fühle, wie mein Körper mit rasender Geschwindigkeit bewegt wird. Es ist, als säße ich in einer Wasserrutsche und würde wild hin und her geschleudert werden.

Ich bekomme keine Luft. Einzig Gregors Anwesenheit, die ich in Form seines Griffs deutlich spüre, beruhigt mich.

Es ist so plötzlich vorbei, wie es begonnen hat.

Tropfnass stehe ich neben Gregor. Sofort lasse ich seine Hand los, weil ich mir die durchnässten Haare aus dem Gesicht wischen muss.

Schon höre ich lautes Gelächter, und als ich all die Personen um mich herum wahrnehme, stutze ich.

Die Männer sind – wie ich – durch den Bach hergekommen und trotzdem trocken. Gregor ist auch trocken, nur ich bin die Einzige, die durchnässt ist.

Gregor lacht herzlich mit den anderen und klopft mir auf die Schulter, was ein schmatzendes Geräusch erzeugt.

»Gut gemacht, Lola! Das war deine Taufe.«

»Taufe?«

»Wir werden alle nass bei unserer ersten Reise. Das gehört dazu«, erklärt Tomasz, der die staubtrockene Semiramis immer noch in den Armen hält. Ich würde sie jetzt gerne an mich drücken, befürchte aber, dass sie wenig begeistert davon wäre.

Erst jetzt sehe ich den Brunnen, neben dem wir stehen. Er sieht mittelalterlich aus mit seinen schweren Steinen und dem kleinen hölzernen Dach.

»Sind wir da rausgekommen?«, frage ich und ernte noch mehr Gelächter.

Die Ersten wenden sich schon ab, wahrscheinlich um nach Hause zu marschieren. Der Brunnen befindet sich in der Mitte eines Platzes. Rundherum stehen kleine hölzerne Hütten. Es sieht wirklich aus, als wäre ich im Mittelalter gelandet.

»Was ist das hier?«

»Das ist mein Heimatdorf, zumindest im magischen Sinne. Wir haben alle noch ein Leben außerhalb des Zirkels.«

»Aber Strom und fließend Wasser gibt es hier schon?«

Es sieht wirklich arg einfach aus.

»Vom fließenden Wasser hast du eben schon eine Kostprobe erhalten«, erklärt Gregor mit einem Grinsen.

»Komm, du kannst bei Tomasz und seiner Freundin wohnen.«

»Warum nicht bei dir?« Ich ärgere mich über diese Frage, über die ich nicht nachgedacht habe.

Hätte er es nicht von sich aus angeboten, wenn er mich gerne bei sich haben würde? Vielleicht hat er eine Familie, eine Frau und Kinder. Darüber haben wir nie gesprochen.

»Das wäre unpassend … im Moment.«

Ich verstehe zwar nicht, was genau er mir damit sagen möchte, aber ich nicke, und da mir mittlerweile ziemlich kalt ist, freue ich mich, dass Tomasz mich mitnimmt. Hoffentlich hat er ein Handtuch und trockene Kleidung für mich.

»Wir sehen uns morgen. Jetzt sollten wir uns alle Schlaf gönnen. Morgen schicke ich dir unsere Seherin, damit wir klären können, ob die Magie in deinem Kopf für jemand anderen bestimmt ist«, sagt Gregor zum Abschied.

Das sind alles immer Andeutungen, auf die ich sofort jede Menge neue Fragen hätte. Warum ist die Magie für jemanden anderen bestimmt? Was ist, wenn sie nicht für einen anderen ist? Bedeutet das, dass sie dann für mich ist?

Fragen über Fragen!

Aber ich bin nass, mir ist kalt, und außerdem plagt mich eine Müdigkeit, die mir die Augenlider schwer werden lässt. In diesem Zustand bin ich zu keinem klaren Gedanken mehr fähig. Gregor hat recht – ein bisschen Schlaf wird uns allen guttun. Deshalb trotte ich hinter Tomasz her.

Eines muss ich sagen: Ich fühle mich hier in diesem magischen Dorf absolut sicher.

Kapitel 18

Hallo!«, ruft Tomasz, als er das kleine Blockhaus vor mir betritt.

»Tomasz!« Die Frauenstimme klingt erfreut.

Einen Moment später schmiegt sich eine kleine Person an den hageren Tomasz. Die Frau sagt etwas in der fremden Sprache, aber dem Klang ihrer Stimme nach vermute ich, dass sie von Semiramis begeistert ist.

»Zuzanna, wir haben einen Gast«, erklärt Tomasz und dreht sich zu mir um.

Ich nehme die letzte Stufe zur Haustür und sehe nun in das mondförmige Gesicht einer jungen Frau, die mich sofort anlächelt.

»Das ist Carola. Sie übernachtet heute bei uns«, sagt Tomasz.

»Willkommen«, sagt Zuzanna auf Deutsch, »sieht so aus, als hättest du deine Taufe gehabt.«

»Ja«, antworte ich.

Zuzanna winkt mich ins Haus und schließt die Tür hinter mir.

Das Haus erinnert mich an mein Austragshäuschen. Es ist klein, aber heimelig. Im offenen Kamin brennt ein Feuer.

Tomasz sinkt in die Hocke, um Semiramis sanft abzusetzen. Diese spaziert sofort in die Nähe der wärmenden Feuerstelle und lässt sich auf dem Teppich davor nieder.

»Hier. Der ist für dich.« Zuzanna reicht mir einen dunklen Bademantel.

Ich nehme ihn dankbar entgegen.

Tomasz drückt Zuzanna einen Kuss auf die Wange. Dafür muss er sich ordentlich bücken. Während Zuzanna breit grinst, muss ich ein Grinsen unterdrücken. Die beiden sind von der Statur her ein sehr gegensätzliches Paar.

Tomasz raunt ein paar Worte in der fremden Sprache und Zuzanna antwortet ihm schnurrend. Dann löst sich Tomasz von seiner Freundin und steigt die Treppen hinauf.

»Tomasz ist hundemüde. Er legt sich schon ins Bett«, erklärt Zuzanna.

Tomasz winkt mir kurz zu, dann ist er weg.

Zuzanna zeigt mir das Badezimmer und in wenigen Minuten habe ich meine nassen Sachen gegen den weichen Bademantel getauscht.

Als ich zurück in die Wohnstube komme, legt Zuzanna gerade mehrere Scheite Holz in den Kamin. Auf dem Tisch steht frisch aufgebrühter Tee. Zuzanna bemerkt meinen verwunderten Blick auf die Teekanne.

»Ich dachte, wir könnten uns ein bisschen kennenlernen. Oder bist du müde?«

»Ich bin sehr müde, aber vor Aufregung kann ich sowieso nicht schlafen.« Und vor lauter Neugier auch nicht.

Es ist toll, dass Zuzanna Interesse an einer Unterhaltung hat. Vielleicht kann ich etwas über die Zusammenhänge und über Gregor herausbekommen. Ich kenne ihn eigentlich gar nicht, aber irgendwie doch.

»Setz dich!«, bittet mich Zuzanna und deutet auf die Couch, die vor dem Kamin steht. Das lasse ich mir nicht zweimal sagen, vor allem, weil dort mehrere Decken liegen, die nur auf mich zu warten scheinen.

Ich kuschele mich ein und entspanne mich. Die mollige Wärme und das Knistern des Feuers beruhigen mich.

Zuzanna krault Semiramis einen Moment, dann schenkt sie uns Tee ein. Ich freue mich auf die heiße Flüssigkeit und nehme die Tasse gerne entgegen. Sofort lege ich meine Lippen an das Porzellan und koste. Lecker!

Zuzanna lässt sich neben mir auf der Couch nieder und fackelt nicht lange. »Erzähl, wie bist du an Edgars Magie gekommen?«

Die Frage löst einen Redeschwall in mir aus. Ich berichte ihr detailgetreu alles von Anfang an. Dabei lasse ich wirklich gar nichts aus.

Nach wenigen Minuten kennt mich Zuzanna besser als jeder in meinem Dorf.

Sie kichert hin und wieder, besonders, wenn ich von meinen Romanhelden berichte, aber sonst lässt sie mich reden.

Mit jedem Schluck Tee scheint sich meine Zunge nur noch mehr zu lösen. Ich berichte ihr sogar Dinge von Gregor, die ich gar nicht erzählen wollte. Zuzanna muss sich anhören, dass ich Gregor von Anfang an anziehend fand, obwohl er um seinen Vater getrauert hat, und dass ich ihn mit einem Zaubertrank dazu gezwungen habe, mich auf die Hochzeit meines Exmannes zu begleiten.

»Moment!«, hakt Zuzanna ein.

Ich halte inne und warte, was nun kommt.

»Du sagst, du hast ihm ›Verliebt bis über beide Ohren‹ gegeben?«

»Ja?«

Zuzanna kichert. Das glockenhelle Geräusch wird bald von haltlosem Gelächter abgelöst. Sie muss sich vor lauter Lachen sogar den Bauch halten.

»Was ist daran so komisch?«, frage ich.

»Liebe Carola, Gregor ist ein Meister, verstehst du?«

»Ach, ich wünschte, ich könnte ›Ja‹ sagen, aber eigentlich verstehe ich nicht mehr besonders viel, seit Gregor in mein Leben getreten ist.«

Zuzanna versucht, ihr Lachen in den Griff zu bekommen. Dazu muss sie sich ein paar Tränen aus den Augenwinkeln wischen. Nachdem sie für einen Moment in die Flammen des Feuers gestarrt hat, scheint sie zu der Erkenntnis gelangt zu sein, mich nicht unwissend sterben zu lassen.

»Mit ›Meister‹ meine ich, dass Gregor ein Hexenmeister ist, der Anführer unseres Zirkels.«

»Was hat das mit dem Zaubertrank zu tun?«

»Was ich dir versuche zu sagen, ist, dass ein so läppischer Trank wie dieser bei einem Meister seiner Klasse keine Wirkung zeigt.«

Wie bitte?

»Du meinst, ich habe ihn gar nicht verzaubert?« Also das ist doch – ich weiß gar nicht, was ich dazu sagen soll.

»Ganz bestimmt nicht«, bestätigt Zuzanna.

»Dann war er gar nicht in mich verliebt?«

Meine Gedanken kreisen um den Tag der Hochzeit. Gregor hat herausgefunden, dass ich ihm den Trank gegeben habe. Hat er also nur so getan, als ob der Trank eine Wirkung auf ihn hätte? Aber warum? All seine Komplimente, seine Zuneigung, der Sex – das war also nicht aufgrund eines Zaubers!

Das muss ich erst einmal verdauen. Soll ich mich nun darüber freuen, dass er alles freiwillig getan hat?

Da fällt mir noch ein entscheidendes Detail ein.

»Wenn so ein Trank seine Wirkung nicht zeigt, dann kann man also auch nichts vergessen?«

»Wie meinst du das?«

»Ich dachte, dass alles, was man unter der Wirkung von ›Verliebt bis über beide Ohren‹ tut, vergessen wird, sobald der Trank seine Wirkung verliert.«

»Wer hat dir denn diesen Schwachsinn erzählt?«, fragt Zuzanna. »Nicht Gregor, oder?«

»O doch!«

So eine Unverschämtheit! Gregor hat mir nicht nur die Wirkung des Tranks erklärt, er hat sogar noch gesagt, dass dieser in Kombination mit dem Saft besonders stark wirken würde und dass er sich später an nichts erinnern wird. Wenn Gregor jetzt hier wäre, würde ich ihn zur Rede stellen, und zwar ohne Erbarmen.

Zuzanna runzelt die Stirn und sieht auf einmal beunruhigt aus. Ihre Aufmerksamkeit scheint nach innen gekehrt zu sein. »Sag ihm bloß nicht, dass ich dir das alles gesagt habe!« Sie schüttelt verwirrt den Kopf, so als wisse sie selbst nicht, was in Gregor vorgeht. Dann steht sie auf. »Ich lege mich jetzt ins Bett.«

Ich habe gar keine Möglichkeit mehr, sie in ein weiteres Gespräch zu verwickeln, so rasch ist sie auf dem Zimmer verschwunden.

»Soll ich hier auf der Couch schlafen?«, flüstere ich in die Stille und nehme keine Antwort als ein »Ja«.

Ich strecke mich auf dem Sofa aus. Semiramis springt zu mir hoch und lässt sich von mir kraulen. Ich starre noch eine Weile in die Glut und versuche, mir über Gregor klar zu werden.

Na warte!

Kapitel 19

»Deine Sachen«, sagt Zuzanna.

Ich bin soeben wach geworden, und wie es aussieht, hat sie nur darauf gewartet. Nach ihrem freundlichen Lächeln fällt mein Blick auf die Kleidung in ihren Händen. Es sind meine und sie sind trocken und ordentlich gefaltet.

Ich bedanke mich und setze mich auf.

»Hör zu! Bevor es hier losgeht und wir keine Zeit mehr haben, miteinander zu reden, wirf noch einen Blick ins Bücherregal. Hier sind alle Geschichten über unseren Zirkel und über die Wirkung von Zaubertränken zu finden.«

»Soll ich das etwa alles lesen?« Ich bin noch gar nicht richtig wach. Mit so vielen Informationen kurz nach dem Aufwachen kann ich nicht gut umgehen.

»Ich habe nachgedacht. Da ich davon ausgehe, dass du Gregor mit den gewonnenen Informationen konfrontieren willst, wäre es mir recht, wenn du sagst, du hättest das alles zufällig hier in einem der Bücher gelesen.«

»Wenn es dir hilft, dann mach ich das.«

»Danke«, haucht sie und schon legt sie einen Finger vor die Lippen.

In diesem Moment kommt Tomasz die Stufen in den Wohnraum herunter.

Er brummt etwas von »Guten Morgen« und verschwindet in einem Raum, in dem ich die Küche vermute. Durch den Türspalt kann ich Semiramis sehen, die ihren Kopf über einen Napf gebeugt hat und vermutlich leckere Milch schlabbert.

»Marta wird bald eintreffen. Sie wurde informiert, dass du hier bist.«

»Wer ist das?«

»Das ist unsere Älteste. Sie hat die Funktion der Seherin, was heißt, dass sie dich untersuchen wird und dann beurteilen kann, ob du die Magie von Edgar nur leihweise oder beständig in dir trägst.«

»Kann ich das beeinflussen?«

»Ich fürchte nicht. Entweder die Magie bleibt bei dir oder nicht.«

Dann ist es ohnehin egal. Wenn die Zauberkraft selbst darüber entscheidet, ob sie bei mir bleibt oder lieber weiterzieht, kann ich nichts tun, außer abwarten. Natürlich mache ich mir Gedanken über diese beiden Optionen und ihre möglichen Folgen, aber es bringt nichts. So richtig durchdenken kann ich alles erst, wenn ich Bescheid weiß.

»Wie wird diese Untersuchung vonstattengehen?«

»Sie legt dir ihre Hände an den Kopf und murmelt ein paar Worte, die du nicht verstehen wirst.«

»Das ist alles?«

»Ich glaube schon. Ich war bei so etwas noch nie dabei.«

»Wird Gregor auch hier sein?«

»Nein! Du wirst mit ihr völlig alleine sein. Tomasz und ich werden verschwinden, sobald sie hier ist, damit ihr Ruhe habt.«

Es wäre mir lieber, wenn Zuzanna hierbliebe. Meine Vorstellung von der alten Hexe Marta ist nicht gerade ansprechend.

Es klopft an der Tür. »Das wird sie sein.«

Mein Herzschlag beschleunigt sich. »Ich bin noch nicht einmal angezogen.«

Zuzannas Aufmerksamkeit huscht zu dem Bademantel an meinem Körper. »Du kannst nach oben gehen und dich umziehen. Ich warte so lange mit Marta.«

Das lasse ich mir nicht zweimal sagen. Hastig stehe ich auf, greife das Bündel mit meiner Kleidung und eile die Stufen hinauf.

Als ich ein paar Minuten später angezogen wieder nach unten komme, kann ich von Marta nichts sehen. Dafür sitzt Gregor auf dem Sofa, auf dem ich geschlafen habe, und unterhält sich mit Zuzanna und Tomasz. Semiramis – die Verräterin – hat es sich auf seinem Schoß bequem gemacht. Gregors Hände kraulen durch ihr dunkles Fell, und ich wünsche mir, ich könnte diese Katze sein. Die Erinnerung an Gregors Händen auf mir ist immer noch sehr präsent. Für so etwas habe ich jetzt aber gar keine Zeit.

Gregor bemerkt mein Erscheinen und springt sofort auf. Semiramis fällt auf den Boden, aber sie wäre keine Katze, wenn sie nicht auf ihren Füßen landen würde. Beleidigt wendet sie sich Tomasz zu, der sie sofort hochhebt. Zuzanna und Tomasz haben es auf einmal ziemlich eilig, zu verschwinden. Aber das ist mir nur recht – schließlich habe ich mit dem Kerl hier einiges zu besprechen.

Ungeduldig warte ich, bis Zuzanna und Tomasz gegangen sind. Sie haben sogar Semiramis mitgenommen, als ob sie unser Gespräch stören könnte.

Ich marschiere zu Gregor, der noch immer vor der Couch steht.

»Wie hast du geschlafen?«, fragt er.

»Wie man eben so schläft, wenn einem die Augen geöffnet wurden.«

»Was weißt du?« Er fragt, als hätte er bereits damit gerechnet, dass ich seinen Lügen früher oder später auf die Schliche komme, und deutet auf die Couch.

Wir setzen uns. Es kann losgehen.

»Du hast nicht nur nichts vergessen, du warst nicht einmal richtig verzaubert«, fange ich an.

»Woher willst du das wissen?«

»Das hab ich … in einem Buch gelesen.« Wahllos deute ich auf das Bücherregal und hoffe, dass er mich nicht bittet, ihm das Buch und die entsprechende Stelle zu zeigen.

»Ich meine, woher willst du wissen, dass du mich nicht verzaubert hast. Vielleicht auf eine andere Art, ganz ohne Magie.«

Ich habe mit Ausflüchten gerechnet, doch nicht damit. Das macht mich einen Moment sprachlos, aber besänftigt mich deswegen noch lange nicht.

»Du hast mir etwas vorgespielt«, schimpfe ich, klinge dabei nur mehr beleidigt.

»Ach, wirklich?«

»Du hast so getan, als wärst du unsterblich in mich verliebt.«

»Und wenn ich das nicht gespielt habe?«

»Du …« Ich habe keine Ahnung, wie ich darauf reagieren soll. »Du hast dich an alles erinnert und nichts zu mir gesagt.«

»Lola! Du hast dich doch auch erinnert.«

»Ich habe auf ein Signal gewartet, ein Zeichen … Ach, was weiß ich.«

»Was hättest du denn erwartet? Hätte ich dich an mich reißen und dich vor den Augen meiner Leute vernaschen sollen? Denn das hätte ich gerne getan.«

»Hör auf!«

»Warum? Weil ich unsere Nacht unvergesslich und fantastisch fand. Ich würde es nur zu gerne wiederholen.«

Ich lasse es zu, dass er mir mit den Fingern durch das Haar fährt und anschließend sanft meine Wange streichelt. Es ist schon fast bedenklich, wie sehr ich mich zu Gregor hingezogen fühle. Diese Anziehungskraft gab es schon bei unserer ersten Begegnung, aber seit der Nacht in dem Hotel kann ich mich kaum noch kontrollieren.

»Aber?« Ich fühle ganz genau, dass es da etwas gibt, was uns daran hindert, dort weiterzumachen, wo wir aufgehört haben.

»Marta wird sich nun mit der Magie in deinem Kopf befassen und dann müssen wir uns ohnehin unterhalten.«

»Du tust so, als hinge unsere Zukunft von Martas Entscheidung ab.«

»Das tut sie auch.«

»Du machst mir Angst.«

»Warten wir ab!« Gregor steht auf.

Das geht nicht! Er kann jetzt nicht einfach abhauen und mich alleinlassen. Ich springe auf. »Halt!«, rufe ich, obwohl ich gar nicht weiß, was ich ihm noch Wichtiges mitteilen könnte, damit er jetzt nicht geht.

Ich stelle mich auf die Zehenspitzen und schmiege mich an ihn. Erleichtert fühle ich, dass seine Arme mich willkommen heißen und mich an ihn ziehen. Er neigt mir sein Gesicht entgegen und schon verschmelzen wir in einem innigen Kuss. Ich strecke mich noch mehr und presse meinen Körper an ihn, um Gregor so intensiv wie möglich zu spüren. Wie ein Suchtkranker sauge ich seinen Geruch auf. Meine Hände gleiten durch Gregors Haar und bringen es ordentlich durcheinander.

Als es an der Tür klopft, schiebt mich Gregor sofort von sich weg. Meine Fersen berühren den Boden wieder. Ich fühle mich nicht nur klein, sondern bin es auch. Mein Körper ist so auf Gregor eingestellt, dass ich diese Unterbrechung gerne ignorieren würde. Gregor scheint es ähnlich zu gehen. Er schließt für einen Atemzug die Augen.

Meine Fingerspitzen berühren gerade meine Lippen, die von dem Kuss kribbeln, als Gregor die Augen öffnet und mich ansieht.

»Lola!«, raunt er und schüttelt den Kopf.

Es gefällt mir, dass auch er um Selbstbeherrschung ringen muss.

Während ich ihn noch frech angrinse, wendet er sich ab. Mit entschlossenen Schritten begibt er sich zur Tür und öffnet sie.

Eine große Frau in hellgrauer Kleidung kommt zur Tür herein. Ich bin erstaunt, weil ich mit einer kleinen, buckeligen, bis zur Unkenntlichkeit gealterten Frau gerechnet habe, aber nicht mit dieser dynamischen Person, die zwar bereits ergraut ist, aber zum wallenden Leinenanzug eine modische Kurzhaarfrisur trägt. Sie umarmt Gregor kurz und wendet sich dann mir zu.

»Carola«, sagt sie mit weicher Stimme und nähert sich mir mit lebhaften Bewegungen.

Ihre weite Kleidung wallt bei jedem ihrer Schritte. Als sie mir gegenübersteht, muss ich feststellen, dass Marta sogar noch ein Stück größer ist als ich. Ihr herzliches Lächeln wird durch die vielen Lachfältchen an ihren Augen bestärkt. Der knallrote Lippenstift passt perfekt zu dem edlen roten Schal, der ihren Hals schmückt. Sie sieht überhaupt nicht wie eine Hexe aus. Natürlich habe ich davon keine Ahnung. Aber wer kann schon von sich behaupten, er habe jemals eine echte Hexe gesehen?

»Ich wüsste zu gerne, was in deinem Kopf vorgeht«, sagt Marta fröhlich und beugt sich zu mir. Sie sieht mir so intensiv in die Augen, dass ich schon befürchte, sie könne dahinter die Wahrheit erkennen.

»Vieles«, antworte ich, damit ich wenigstens ein Wort sage.

»Gregor, du darfst uns jetzt verlassen«, erklärt Marta, ohne mich dabei aus den Augen zu lassen. Sie winkt lediglich mit einer Hand, als handele es sich bei Gregor um ein lästiges Insekt. Das wäre wohl eine Unverschämtheit, würde Martas überaus fröhliche Art nicht diese Geste unterstreichen.

Ich traue mich, meinen Blick von Martas magischen Augen zu lösen und mich kurz Gregor zuzuwenden. Er lächelt mich an, bevor er den Raum verlässt und die Tür hinter sich zuzieht.

»So, Carola Appelbaum, dann lass mich mal sehen!«

Das geht ja wirklich schnell. Kein Small Talk, kein überflüssiges Kennenlernen?

Ich lasse es zu, dass Marta meinen Kopf in ihre Hände nimmt. Sie atmet tief ein und schließt die Augen.

Ich warte gespannt ab, was nun geschieht, suche in Martas Mimik nach den ersten Erkenntnissen. Marta bewegt die Lippen und raunt kaum hörbar eine Reihe von Worten.

Über ihre Fingerspitzen strahlt sie enorme Wärme aus. Oder ist es mein Kopf, der so heiß wird? Verkrampft versuche ich in meinem Inneren die Kraft von Edgar zu erspüren. Da ist ein Fremdkörper in mir – den muss ich doch wahrnehmen können.

Aber da ist nichts. Ich fühle mich wie immer, von dem Glühen in meinem Kopf einmal abgesehen.

Marta hört mit dem Gemurmel auf und nimmt ihre Hände von meinem Kopf.

»Danke, Carola«, sagt sie, als sie ihre Augen wieder geöffnet hat.

Erwartungsvoll starre ich sie an und hoffe, noch mehr zu hören. Es kommt mir vor, als husche ein kritischer Ausdruck über ihr Gesicht. Sie malt mit den Kieferknochen, und ich sehe, wie sich die Muskeln ihrer Wangen anspannen. Aber der Anflug – oder was auch immer das war – ist schnell vorüber.

»Ich muss los«, sagt sie auf ihre freundliche Art mit einem Lächeln und dreht sich weg.

»Aber ...«, versuche ich einzuwenden, doch die große Frau eilt davon.

»Gib mir fünfzehn Minuten! Dann wird Gregor dich erwarten«, bestimmt sie und schon ist sie weg.

Die Tür der Hütte fällt hinter ihr mit so lautem Krachen zu, dass ich zusammenzucke.

Kapitel 20

Es dauert keine Minute, da kehrt Zuzanna in ihr Haus zurück. Ich stehe noch genauso ratlos da wie in dem Moment, als Marta so plötzlich aufbrach.

»Und?«, fragt Zuzanna sofort.

Semiramis huscht an mir vorbei, um es sich auf dem Sofa gemütlich zu machen.

Ich kann nicht antworten. Noch immer versuche ich, Martas Reaktion zu deuten. Ob das Lächeln ein gutes Zeichen für mich war? Es hilft nichts. Ich kann mich noch so sehr anstrengen, ich werde es nicht aus meinen Erinnerungen herausholen können, ob ich nun Edgars Magie innehabe oder lediglich leihweise besitze.

»Na, sag schon!«, bohrt Zuzanna weiter.

»Ich weiß es nicht.«

»Wie? Du weißt es nicht?«

»Sie ist sofort wieder verschwunden, hat gesagt, ich soll mich an Gregor wenden.«

Zuzanna runzelt die Stirn.

»Was bedeutet das?«, frage ich sofort, weil sie bestimmt mehr Ahnung von der Materie hat als ich.

»Du sollst dich an Gregor wenden?«

»Toll! Danke für die Hilfe«, erwidere ich enttäuscht.

»Worauf wartest du denn noch? Gregor erwartet dich bestimmt schon.«

»Ich weiß doch nicht einmal, wo er wohnt.«

»Stimmt!« Zuzanna schlägt sich eine Hand vor die

Stirn. »Ich zeig es dir.«

Eigentlich bin ich noch nicht bereit dafür, aber die kleine Zuzanna zieht mich einfach mit sich aus dem Haus.

Es ist das erste Mal, dass ich die Umgebung bei Tageslicht sehe.

Meinte ich in der Nacht noch, wir wären in einem mittelalterlichen Dorf gelandet, erinnert es mich nun eher an eine Stadt, wie man sie aus den Westernfilmen kennt. Es gibt eigentlich nur eine lange Straße mit einer Art Dorfplatz und dem Brunnen in der Mitte. An dem Weg liegen die Häuser.

»Wohnt ihr immer hier?«, frage ich, während wir die Straße entlanggehen.

Gregor hat zwar bereits eine Andeutung gemacht, aber nachdem er mir so viele Geschichten aufgetischt hat, brauche ich die Bestätigung von jemand anderem.

»Nein, natürlich nicht«, antwortet Zuzanna mit einem vergnügten Lachen. »Das ist unser Treffpunkt für die magischen Dinge. Wir haben alle ein Leben außerhalb des Zirkels.«

»Habt ihr keine Angst, dass ihr hier entdeckt werdet?«

»Machst du Witze? Wir sind ein magisches Dorf. Gargamel kann die Schlümpfe nicht sehen, weißt du das nicht?«

»Du vergleichst also die normale Menschheit mit Gargamel?«

»So ungefähr.«

Zuzanna bleibt stehen und deutet auf ein Haus. »Da wohnt Gregor.«

Ich folge ihrem Fingerzeig. Gregor bewohnt eine

beliebige Hütte mitten in der Reihe. Sie zeichnet sich weder durch ihre Größe noch durch ihre Aufmachung aus. Irgendwie habe ich das wohl erwartet, sonst würde mir das nicht bewusst auffallen. Aber der Anführer dieses Zirkels hat wohl keine besonderen Ansprüche.

»Gehst du nicht mit?«

Zuzanna setzt sich einfach nicht in Bewegung. »Macht das mal unter euch aus! Wir sehen uns bei der Verabschiedung von Edgar.«

»Da weißt du mehr als ich.« Zögerlich gehe ich auf Gregors Hütte zu, als dort die Eingangstür aufgerissen wird und eine Frau aus dem Haus rennt. Automatisch halte ich inne und verharre regungslos.

Den Geräuschen nach zu urteilen, weint die Frau, was ich aber nicht sehen kann, da sie die Hände vor ihr Gesicht geschlagen hat. Hastig nimmt sie die Stufen der Veranda und läuft in eine andere Richtung davon. Ihr langes, dunkles Haar weht im Wind. Ich sehe ihr nach, bis sie am Ende der Straße in ein Haus verschwindet.

Mich beschleicht ein mulmiges Gefühl.

Hat er diese Frau zum Weinen gebracht? Hat das vielleicht etwas mit mir zu tun?

Als ich mich noch einmal zu Zuzanna umdrehe, muss ich feststellen, dass sie verschwunden ist. Ob sie den Auftritt der Frau überhaupt noch mitbekommen hat?

Ich bemerke, dass ich nervös meine Finger knete, und wappne mich innerlich.

Schritt für Schritt gehe ich auf Gregors Veranda zu. Ich möchte mich nicht anschleichen, weshalb ich die hölzernen Stufen nicht gerade leichtfüßig nehme. Trotzdem lege ich eine Hand auf den Balken, der als Geländer dient. Das Holz ist rau, was mir zeigt, dass er selten genutzt wird.

Ich nähere mich der Haustür, die immer noch sperrangelweit offen steht. Mein Blick fällt in die Wohnstube.

Gregor sitzt genau gegenüber der Eingangstür auf einer Couch. Tief in die Sitzfläche eingesunken macht er einen völlig abwesenden Eindruck. Sein Blick geht ins Leere, während er seinen Stock umklammert hält, der vor ihm auf dem Boden steht. Er wirkt auf mich wie ein König, der Portrait sitzt und dabei seinen Gedanken nachhängt. Lediglich die verkrampfte Haltung seiner Hände lässt seine Anspannung vermuten. Gregor hat seine Finger so fest um den runden Stab gelegt, dass seine Knöchel weiß hervortreten.

Behutsam nähere ich mich der Tür und möchte sachte daran anklopfen, damit er meine Anwesenheit bemerkt.

Aber Gregor hört meine Schritte oder sieht meine Gestalt aus den Augenwinkeln. Langsam hebt er den Kopf, und als sein Augenmerk auf mich gerichtet ist, scheint er aus einem Traum zu erwachen. Ich höre, wie er tief Atem holt. Dann erhebt er sich.

»Lola …« Gregor muss sich räuspern. »Komm rein!«

Er deutet auf den freien Platz neben sich. »Störe ich?«, frage ich.

»Nein.« Gregor räuspert sich erneut und rutscht ein Stück zur Seite, damit ich mehr Platz habe. »Bitte!«, sagt er.

Ich gehe zu ihm und lasse mich an seiner Seite nieder. »Hattest du Besuch?«, frage ich, ohne ihn anzusehen.

Ich muss einfach wissen, was es mit der Frau auf sich hat. Das interessiert mich momentan brennender als die Frage nach Edgars Zauberkraft.

»Ja, das war Natalia … eine Freundin.«

Ich muss schlucken, weil diese Erklärung meine schlimmsten Befürchtungen nährt. »Sie hat geweint.«

»Das hab ich gemerkt«, brummt Gregor.

»Wegen dir?«

»Unter anderem.«

»Du willst mir nicht mehr sagen, oder?«

»Momentan ginge das zu weit. Ich muss mir erst einmal über einige Dinge klar werden.«

»Hat das etwas mit mir zu tun?«

»Was soll ich darauf sagen? Du ahnst es doch im Grunde schon, oder?«

»Ich will es von dir hören: Hat das alles etwas mit mir zu tun?«

»Ich wünschte, ich könnte es verneinen.«

Mein Gesicht glüht und fühlt sich taub an. Es ist, als ob es mich frieren würde, obwohl mir unendlich heiß ist. Ein nur zu bekanntes Gefühl breitet sich in mir aus. Es ist ein Schmerz, als ob es mich zerreißen müsste.

»Liebst du sie?«, frage ich.

Gregor antwortet nicht. Stattdessen atmet er hörbar aus und scheint zu überlegen. Allein schon die Tatsache, dass er nicht sofort verneint, lässt meine Emotionen überkochen. Ich kann spüren, wie mir Tränen in meine

Augen schießen, und muss mich beherrschen, meinem Schmerz nicht Tür und Tor zu öffnen.

»Hör zu, Lola!«

»Carola«, blaffe ich ihn an, weil ich diesen Kosenamen im Moment nicht hören will, schon gar nicht von ihm.

Das hat gesessen. Er bleibt kurz still, scheint sich erst einmal sammeln zu müssen, bevor er wieder spricht. »Also gut, Carola! Bist du nicht eigentlich zu mir gekommen, um mit mir über Martas Ergebnis zu sprechen?«

»Was spielt das noch für eine Rolle?« Im Moment habe ich das Gefühl, als wäre das meine kleinste Sorge, dabei war das doch der Grund, warum ich hier bin. Es geht nicht um Gregor und mich, und doch fühlt es sich so an, als stünde eine Beziehung auf dem Spiel, die es doch gar nicht richtig gibt. Wir haben miteinander geschlafen, aber deswegen kann ich mich hier nicht wie die betrogene Ehefrau aufführen.

Ich möchte mich gern zusammenreißen und den Schmerz in mir unterdrücken können. Ich weiß, dass ich das schaffe, da ich es schon oft in meinem Leben bewältigen musste. So denke ich einfach an Bernd und versuche die Wut, die dadurch in mir aufwallt, zu nutzen. Aus ihr kann ich die Stärke ziehen, meine Emotionen in den Griff zu bekommen. Ich erinnere mich daran, wie Bernd mich zur Schnecke machte, mich ein »Weichei« nannte und mich auslachte, wenn ich weinte. Das hilft mir. Ich bekomme meine Tränen in den Griff und merke, wie der Schmerz sich in mir verkapselt. Wie es wirklich in mir aussieht, geht nur mich etwas an und sonst niemanden.

»In Ordnung. Was hat Marta gesagt?«, erkundige ich mich so ruhig wie möglich.

Bei der Frage rücke ich noch ein Stück von Gregor weg und achte darauf, dass ich ihn nicht berühre. Außerdem weigere ich mich, ihm ins Gesicht zu sehen, was ihn wohl nachdenklich stimmt. Ich erkenne aus den Augenwinkeln genau, wie er mich unter die Lupe nimmt.

»Es muss momentan so sein. Lass uns später über Natalia reden.«

»Was hat Marta gesagt?«, frage ich erneut. Er wollte den Themenwechsel, also soll er dabei bleiben.

»Die Magie meines Vaters hat dich erwählt.«

Das höre ich wohl, doch es dauert, bis ich es wirklich erfasse. Das liegt auch daran, dass ich eigentlich die Fragen um Natalia klären möchte, bevor ich mich den essenziellen Dingen wie meinem Magier-Leben zuwenden kann.

»Also ich bin nicht nur die vorübergehende Trägerin der Magie, sondern sie gehört nun mir?«, frage ich, damit es zu keinen Missverständnissen kommt.

»Genau so ist es.« Gregor sagt das, als wäre das ein Problem, als hätte ihn diese Neuigkeit enttäuscht. Vorsichtig wende ich mich ihm zu und riskiere einen Blick in sein Gesicht.

»Ist das also … kein Grund zur Freude?« Ich muss das fragen, weil Gregor mich angestrengt ansieht.

»Wie man es nimmt.«

Ich schlucke und warte ab, ob nun die versprochene Erklärung folgt.

»Du bist jetzt eine von uns«, sagt er.

»Und das freut dich nicht?«

»Für mich lautet die Frage vielmehr, ob es dich freut«, antwortet Gregor und stößt dabei ein verzweifelt klingendes Lachen aus.

»Das kann ich nicht sagen. Ich weiß es einfach nicht.«

Gregor klopft mir auf die Schulter. »Lass die Neuigkeit erst einmal sacken! Heute Abend verabschieden wir meinen Vater, und du kannst in Ruhe darüber nachdenken, ob du in Zukunft ein heimliches Leben als Hexe führen willst oder ob du in dein altes Leben zurückkehren willst.«

»Habe ich denn eine Wahl?«

»Nein, eigentlich nicht, weil –«. Gregor bricht seine Erklärung ab.

»Was verschweigst du mir?«

»Gregor?«, unterbricht uns Tomasz, der wie aus dem Nichts plötzlich in der Eingangstür erschienen ist.

Gregor steht sofort auf, wahrscheinlich, weil Tomasz alarmiert aussieht. Das folgende Gespräch verstehe ich mal wieder nicht, da sie ins Polnische gewechselt sind.

»Ich bin gleich zurück«, sagt Gregor zu mir.

Ich zucke nur hilflos mit den Schultern, während er sich schon auf den Weg macht. Ich kann ihn nicht halten – ich weiß ja nicht einmal, warum er weg muss. Ich fühle mich machtlos und überfordert. Jetzt weiß ich also, dass die Magie bei mir bleiben wird. Aber was zur Hölle soll ich denn damit anfangen? Und was verschweigt Gregor mir?

»Ich bin eine Hexe.«

Flüsternd spreche ich diese Worte aus und starre dabei auf den Holzboden.

»Ich bin eine Hexe!«

Jetzt klinge ich schon überzeugender.

Dennoch muss ich laut prusten und anschließend lächelnd den Kopf schütteln.

Wenn das jemals Bernd oder einem der Dorfbewohner zu Ohren kommen sollte …

In Gedanken sehe ich einen großen, weißen Wagen mit zwei Männern, die ganz in Weiß gekleidet sind, im Hof vorfahren. Die Zwangsjacke im Gepäck nehmen sie mich in Gewahrsam. Bernd beantragt die Vormundschaft für mich und veräußert mein Hab und Gut, während er sich die Hände reibt, weil ich ihm auch wegen Finn nie wieder Ärger machen kann.

Ich werde diesen Satz niemals wieder laut aussprechen! Vor allem nicht vor Bernd.

Kapitel 21

Nachdem ich eine Weile vor mich hingestarrt habe, beschließe ich, nicht länger auf Gregors Rückkehr zu warten.

Natürlich könnte ich mich sensationssüchtig auf sein Haus stürzen, um es genau zu inspizieren, aber bereits ein Blick auf die schlichte Einrichtung zeigt mir, dass es hier wenig Persönliches zu entdecken gibt. Das wundert mich auch nicht. Da Zuzanna mich darüber informiert hat, dass sich hier nur ein Teil von Gregors Leben abspielt, erklärt sich der Ferienhauscharakter von Gregors Bleibe, der Zuzannas Haus sehr ähnlich ist.

Vielleicht hat Gregor im oberen Stockwerk der Hütte einen Raum, der privater eingerichtet ist, aber es wäre nicht richtig, einfach dorthin zu marschieren und mich umzusehen.

Also werde ich ein wenig durch die Dorfstraße spazieren. Besonders viel habe ich von der kleinen Stadt und deren Bewohnern ja noch nicht zu Gesicht bekommen.

Instinktiv schlage ich die Richtung der Straße ein, die mich von Zuzannas und Tomasz' Haus wegführt, denn diesen Teil habe ich zumindest schon im Vorbeigehen gesehen.

Es hat überhaupt nichts damit zu tun, dass in meiner Richtung nun auch das Haus liegt, in dem die weinende Natalia verschwunden ist. Oder doch?

Ich habe ein paar wenige Schritte getan, als ich auf ein wiederkehrendes Klopfen aufmerksam werde. Das laute Geräusch macht immer wieder eine Pause, nur um dann erneut loszulegen.

Neugierig nähere ich mich dem Ort, von dem die metallenen Klänge kommen. Dazu muss ich ein Wohnhaus umrunden. Im ersten Moment denke ich schon, der Highlander habe sich hierher verirrt, aber der Mann mit den wilden Haaren ist deutlich kleiner als mein Schotte. Außerdem schmückt ein enormer Vollbart sein Gesicht.

Fasziniert beobachte ich, wie der Mann einen überdimensionalen Blasebalg betätigt. Die Luft wird hörbar in die Glut eines Kohlehaufens geblasen, der in einem Gestell direkt an dem Balg aufgetürmt ist. Mit jedem Hub leuchten die Kohlebrocken deutlich heller.

Der Mann schenkt mir kurz seine Aufmerksamkeit und nickt mir zu, hält aber nicht inne.

Gespannt sehe ich zu, wie er eine metallene Stange aus der Glut des Kohlehaufens zieht und auf einem Amboss platziert. Die Spitze glüht und der Mann kann das Stück nur mithilfe einer langen Zange fixieren. Sofort greift er nach einem Hammer und schlägt auf die glühende Spitze ein.

Das Metall verformt sich unter den Hammerschlägen. Immer wieder dreht und wendet der Mann das Werkstück, und ich kann nur fasziniert beobachten, wie die Spitze ihre Form verändert. Was auch immer hier geschmiedet wird, der Mann versteht sein Handwerk.

Mit jedem Hieb erlischt der orangefarbene Anteil

des Materials ein wenig mehr und schließlich wird der Stab zurück in die Glut befördert.

Der Mann wischt sich seine Hände an der rußbeschmutzten Lederschürze ab und kommt auf mich zu, um mir die Hand zu reichen.

»Ich bin Piotr und der Schmied hier, wie du sicher schon erkannt hast. Du musst Carola sein.«

»Die bin ich«, antworte ich. »Was machst du gerade?«

»Das wird ein Speer für Edgars Abschied.« Piotrs Augenmerk fällt auf das Amulett an meinem Hals.

»Hast das auch du geschmiedet?«, will ich deshalb wissen.

Er lacht. »Nein. Ich bin hier für die groben Arbeiten zuständig. Die filigranen Dinge liebt meine Frau.«

»Das da sieht so aus«, er deutet auf mein Amulett, »als hätte es meine Frau gemacht.«

Instinktiv fasse ich mir an die Triskele, die ich von Edgar geerbt habe.

»Was bedeutet es?«

»Es schützt dich. Wer auch immer dir das geschenkt hat, ist um deine Sicherheit besorgt.«

»Edgar hat es mir vererbt.«

»Dann wird er sich dabei etwas gedacht haben.«

Ob Edgar bestimmt hat, dass ich seine Magie erhalten soll? Aber sollte er tatsächlich von Alexander Novak getötet worden sein, müsste er die Vorbereitungen dafür bereits vor langer Zeit getroffen haben. Er konnte schließlich nicht wissen, dass er einen Fruchtgummitaler im Mund haben würde, wenn Alexander Novak auftaucht, um seine Magie zu stehlen.

»Darf ich noch zuschauen oder störe ich dich?«

»Schau ruhig zu!« Mit diesen Worten widmet sich Piotr erneut dem Werkstück, das in der Zwischenzeit wieder ordentlich Hitze aufgenommen hat.

Ich merke kaum, wie die Zeit verfliegt, es ist so interessant, dabei zuzusehen, wie solch ein besonderes Stück entsteht.

»Piotr!«, ruft jemand, der hastig um die Hausecke angerannt kommt. Es ist Tomasz, und als er mich so seelenruhig bei dem Schmied stehen sieht, verpufft seine Aufregung. »Hier bist du! Wir suchen dich überall.«

»Wir?«

»Gregor sucht dich. Er hat dich bei sich zu Hause vermutet, aber da warst du nicht mehr.«

»Was will er?«, frage ich, obwohl ich mir schon denken kann, dass Tomasz mir keine Auskunft geben wird.

»Er wollte noch mit dir über das Ritual sprechen. Wir sind mit den Vorbereitungen fertig. Du auch, Piotr?«

Der Schmied hält sein geschmiedetes Kunstwerk vor sich in die Luft und begutachtet es. Dann versenkt er es in einem Eimer, der mit Wasser gefüllt ist. Es zischt laut.

Als Piotr das Werkstück wieder aus dem Wasser nimmt, mustert er es kurz und sagt dann an Tomasz gewandt: »Fertig!«

»Geht es um Edgars Verabschiedung?«, frage ich.

»Unter anderem. Gehst du zu Gregor?«

Etwas widerwillig nicke ich. Mich beschleicht das Gefühl, dass mich hier noch einiges erwartet, was ich lieber nicht erfahren will. Stattdessen möchte ich wissen, was Gregors plötzlichen Aufbruch verursachte und was es mit Natalia auf sich hat. Wo bin ich nur hineingeraten? Das alles nur, weil mein Untermieter ein Magier war. Hätte ich das nur früher gewusst!

»Begleitest du mich?«, hake ich bei Tomasz nach. Ich würde ihn gerne auf dem Weg noch aushorchen.

Ich verabschiede mich von Piotr, den ich sicher bald wiedersehen werde. Ich bin auch schon gespannt auf seine Frau, die mein Amulett gefertigt hat.

Gemächlich schreitet der riesige Tomasz neben mir her und ich fackele nicht lange.

»Wer ist Natalia?«

»Eine Hexe.«

»Ist sie Gregors Freundin?«

»Das fragst du ihn lieber selbst.«

»Bitte, Tomasz, ich muss das einfach wissen!«

»Ich glaube, sie wäre gerne seine Gefährtin geworden.«

»Aber?«

»Soweit ich weiß, gab es nie etwas zwischen den beiden. Doch da halte ich mich raus.«

»Hatte Gregor denn nie eine Gefährtin?«

Ich kann mir das kaum vorstellen. Schließlich sieht er nicht nur sehr gut aus, er hat auf jeden Fall etwas, was Frauen anziehend finden. Noch dazu kann er sich benehmen, was ich von Bernd und vielen anderen Männern nicht behaupten kann.

Ich bemerke, wie Tomasz sich windet. Er bewegt sich immer flinker. Wahrscheinlich will er mich so rasch wie möglich an Gregors Haus absetzen und sich dem Gespräch entziehen.

»Herrje, Carola! Du bist wirklich schlimm. Möchtest du das unbedingt mit mir besprechen? Ich wünschte, du würdest das mit Gregor klären.«

»Hatte er?«

»Er hat nie eine Gefährtin im Zirkel gewählt.«

»Also gab es Frauengeschichten mit Frauen außerhalb des Zirkels?«

»Wir sind da!«, stellt Tomasz erleichtert fest. Sofort bleibt er stehen und verabschiedet sich von mir.

Gregor erscheint schon auf der Veranda vor seiner Hütte. Er hat seinen Stock nicht dabei, sondern stützt sich auf dem Geländer ab. Er sieht mich neugierig an. »Wo hast du dich denn herumgetrieben?«

»Ich habe Piotr zugesehen. Das war sehr interessant!«

Gregors Augenbrauen heben sich und er lächelt. »Das verstehe ich. Ich könnte ihm auch ewig bei der Arbeit zusehen. Kommst du rein?«

Er wartet nicht ab, was ich sage, sondern geht voran ins Haus. Ich schleiche hinter ihm her. Wird nun endlich Licht in die Angelegenheit gebracht, die wir vorhin besprechen wollten?

Als ich Gregor wieder auf seiner Couch sitzen sehe, wirkt er erschöpft. Ich sollte ihn nicht bedrängen, in seiner Vergangenheit wühlen und Eifersüchteleien heraufbeschwören. Heute wird sein Vater verabschiedet. Ich will jetzt einfach für Gregor da sein und meine Bedürfnisse hintanstellen.

Vorsichtig setze ich mich neben ihn. Gregor kauert nach vorn gebeugt auf dem Sofa und fährt sich mit den Fingern durch das Haar. Sachte lege ich meine Hand auf seinen Rücken und streichele ihn sanft. Es gibt viele Dinge, die ich ihm sagen möchte, aber mir erscheint alles unpassend. Daher schweige ich und genieße die Vertrautheit zwischen uns. Gregor greift nach meiner anderen Hand und drückt sie.

Plötzlich richtet er sich auf und wendet sich mir zu. »Es gibt so vieles, was wir besprechen müssen. Ich –«.

»Das hat doch Zeit«, unterbreche ich ihn.

Sein gequälter Gesichtsausdruck bestätigt mich nur darin, ihn nicht zu drängen. »Lass uns erst einmal diesen Tag überstehen! Ich denke, damit haben du und ich genug zu tun.«

»Darf ich dir dann wenigstens sagen, dass Natalia und ich nie ein Paar waren?«

»Ich weiß. Das habe ich schon aus Tomasz herausgequetscht.«

»So, so. Was hast du sonst noch über mich in Erfahrung gebracht?«

»Vieles«, beginne ich. »Ich weiß jetzt, dass du niemals eine Gefährtin aus dem Zirkel hattest, wohl aber einige Liebschaften mit Gargamels.«

»Gargamels?«

Ich lache. »Zuzanna hat mir erklärt, dass ihr die Schlümpfe seid und damit das Dorf für Gargamel unsichtbar ist.«

»Jetzt sind alle Menschen für dich Gargamels.«

»Richtig. Aber lenke nicht vom Thema ab! Warst du nie richtig verliebt?«

»Liebe. Ich hatte nie die Zeit dafür.«

»Du bist ein ganz trauriger Geselle, Gregor Kowalski.«

»Du brauchst kein Mitleid mit mir zu haben.«

Der Ton zwischen uns gefällt mir. Ich weiß nicht, wie er zustande kam, aber zwischen uns ist eine wunderbare Einigkeit entstanden.

»Hab ich auch nicht.«

»Ach, ehrlich?«

»Warum sollte ich? Du bist der Meister eines magischen Zirkels. Ihr habt ein eigenes Dorf für eure heimlichen Freizeitaktivitäten.«

»Ich habe auch kein Mitleid mit dir.«

Gespannt warte ich seine Begründung ab.

»Du hast einen renovierungsbedürftigen Hof mit ein paar verkorksten Tieren, bist die bekannteste Frau im Dorf, warst mit der Sahneschnitte Bernd verheiratet, der Jäger stellt dir nach ebenso wie die drei heißen Typen, die neuerdings bei dir wohnen.«

»Mein Leben ist so perfekt. Ich weiß gar nicht, warum ich daran etwas ändern sollte«, sage ich amüsiert und freue mich über Gregors gelungene Zusammenfassung meines Daseins. Ich hätte nicht gedacht, dass ich mit so viel Humor darauf reagieren kann.

Meine letzten Worte haben dazu geführt, dass Gregors Stimmung kippt. Er sieht mich auf einmal todernst an. Ich möchte nicht, dass der Spaß schon wieder vorbei ist.

»Ich finde es bemerkenswert, dass du erkannt hast, dass Bernd eine echte Sahneschnitte ist«, sage ich deshalb rasch.

Glücklicherweise lacht Gregor und schüttelt den Kopf. Aber sein Gelächter verstummt schnell.

»Bevor es gleich losgeht und wir geholt werden, muss ich dich noch darauf vorbereiten, was bei der Verabschiedung meines Vaters passieren wird. Die Magie in deinem Kopf muss erst noch aktiviert werden. Wir werden das Ritual bei der Verabschiedung durchführen.«

»Was bedeutet das?«

»Keine Sorge! Dir wird nichts geschehen. Aber es kann sein, dass du die Magie sehr plötzlich intensiv wahrnehmen wirst.«

Dazu kann ich nichts sagen. Es ist schließlich das erste Mal, dass eine magische Kraft in mir zum Leben erweckt werden soll.

»Muss ich etwas tun?«

»Du musst nur anwesend sein. Den Rest erledigt der Zirkel. Piotr führt die Erweckung durch. Du warst dabei, als er den Speer dafür geschmiedet hat.«

Hätte Gregor nicht bereits erwähnt, dass mir nichts zustoßen wird, könnte ich nun nicht anders, als mir Sorgen zu machen. Aber ich vertraue ihm. Er wird mir keine Unwahrheiten auftischen – über das Stadium sind wir hinaus.

»Was ist, wenn ich die Magie nicht erwecken möchte?«

»Warum habe ich mir nur gedacht, dass du diese Frage stellen wirst? Ich habe mit dir bisher noch nicht darüber gesprochen, weil es nicht infrage kommt. Du bist die Trägerin der Magie, und sie muss erweckt werden, sonst wird sie dich zerstören.«

»Ich glaube, das ist der Moment, an dem ich mir vor Angst in die Hose mache. Ich hoffe, du weißt, dass ich dir blind vertraue.«

Vielleicht sollte ich ihn das wissen lassen. Schließlich haben wir, was den Umgang mit der Wahrheit angeht, eine nicht zu verachtende Geschichte hinter uns.

»Ich würde dich niemals wieder anlügen, Lola«, bestätigt er.

»Also gut. Wie würde die Magie mich zerstören?«

»Das möchtest du nicht wissen.«

»Doch, das möchte ich.«

»Ich habe es nur ein Mal erlebt. Derjenige wurde geradezu innerlich aufgefressen. Es fängt im Gehirn an und breitet sich schnell aus. Zuerst hatte er nur Wortfindungsstörungen. Wir dachten an einen Schlaganfall, aber dann kamen Erinnerungslücken und Muskelzuckungen hinzu.«

»Warum habt ihr nicht gemerkt, dass die Magie nicht erweckt wurde?«

»Es war so ähnlich wie bei dir. Die Magie ging ohne unser Wissen auf denjenigen über.«

»Das heißt …« Ich will gar nicht daran denken! Hätte ich Gregor nicht gesagt, dass die Zauberkraft bei mir gelandet ist, wäre ich jetzt dem Tod geweiht.

»Mach dir nicht so viele Gedanken! Wir erwecken die Magie heute und damit hat sich die Sache.«

Das klingt sehr einfach. Etwas zu einfach, wenn ich genau darüber nachdenke. Hoffentlich gibt es keine weiteren Nebenwirkungen, auf die ich mich vorbereiten sollte.

Kapitel 22

»Wir müssen jetzt los«, sagt Gregor mit einem Blick auf seine Uhr.

Er steht auf und streckt mir seine freie Hand hin. In der anderen hält er seinen Stock.

Ohne darüber nachzudenken, lege ich meine Hand in seine und lasse mich von ihm auf die Beine ziehen.

»Bereit?«, fragt er.

»Na ja«, gestehe ich mit einem Lächeln.

Gregor hebt meine Hand an seine Lippen und küsst sie. »Das wird schon.«

Wir verlassen das Haus und gehen auf das angrenzende Waldstück zu.

Wir sind nicht die einzigen Dorfbewohner, die in diese Richtung unterwegs sind. Mehr und mehr Leute schließen sich uns an.

Wir passieren die letzten Häuser der Straße. Ich schiele möglichst unauffällig zu dem Haus hinüber, in dem Natalia vorhin verschwunden ist.

»Wird Natalia auch kommen?«, frage ich.

»Sie fühlt sich nicht gut. Sie hatte einen kleinen Zusammenbruch und schläft jetzt«, raunt Gregor.

Unsicher suche ich in seinem Gesicht nach einem Zeichen des Bedauerns, finde aber nichts. Ganz im Gegenteil, er lächelt mich mit einer Warmherzigkeit an, die mir verspricht, dass er für Natalia nie mehr als Freundschaft empfand.

Trotzdem bin ich mir nicht sicher, warum sie so aufgelöst ist. Hat sie ihm ihre Liebe gestanden, die er nicht erwidern kann? Hat er ihr gesagt, dass er mich liebt? Vielleicht finde ich das alles ja irgendwann heraus. Bestimmt hat Tomasz ihn gerufen, als sie diesen Zusammenbruch hatte.

Meine Gedanken werden unterbrochen, als ich auf einer Wiese vor dem Wald den aufgetürmten Holzhaufen sehe. Dort ist Edgars Körper aufgebahrt. Automatisch verlangsame ich meinen Gang, da ich Bilder im Kopf habe, die ich lieber nicht zulassen möchte.

Gregors Griff um meine Hand wird fester, als er mich weiterzieht.

»Er wird doch nicht verbrannt?«

»Nein.«

Das beruhigt mich.

Um den Holzberg haben sich schon viele Menschen versammelt. Der Zirkel ist nicht gerade klein. Dort stehen bestimmt fünfzig Personen.

Eine Frau legt ein Tuch über Edgars Körper, das ihn vollständig bedeckt.

Als sie mich sieht, kommt sie mir sofort entgegen. »Hallo, ich bin Blanka, Piotrs Frau.«

Ich begrüße sie freundlich. Sie greift nach meinem Amulett und wendet es in der Hand hin und her. »Ja, das habe ich gemacht«, sagt sie und zeigt mir eine kleine Kerbe auf der Rückseite der Triskele. »Meine Signatur.«

»Lasst uns nun beginnen!«, höre ich eine mir wohlbekannte Stimme.

Marta tritt neben den Holzhaufen mit Edgars Körper. Die Unterhaltungen verstummen und Ruhe kehrt ein. Blanka lässt das Amulett los und stellt sich neben mich.

»Heute verabschieden wir Edgar, den ehemaligen Meister dieses Zirkels. Danke, Gregor, dass du mich gebeten hast, die Abschiedszeremonie zu leiten.«

Ich sehe kurz zu Gregor auf, der immer noch meine Hand hält und Marta zunickt.

»Bevor wir beginnen, möchte ich ein paar Worte über Edgar sagen. Obwohl er sein Amt schon vor Jahren an seinen Sohn übergeben hat, war sein Interesse, was die Aktivitäten unseres Zirkels angeht, ungebrochen. Er suchte uns regelmäßig auf, um auf dem Laufenden zu bleiben.«

»Er war hier?«, frage ich Gregor leise. Dieser lässt sich aber nicht von mir ablenken und sieht Marta an.

Ich habe nie mitbekommen, dass Edgar längere Zeit nicht auf dem Hof war. Allerdings musste er ja nur in den Bach hinter meinem Haus springen, um hierherzukommen. Er hätte jederzeit – vor allem nachts – eine kleine Reise unternehmen können, ohne dass jemand etwas davon mitbekommen hätte.

»Edgar hat seinen Ruhestand genossen und er hat in dieser Zeit auch eine würdige Erbin für seine Zauberkraft bestimmt.«

Martas Blick trifft mich, ebenso wie der vieler Anwesender.

»Was könnte passender sein, als diese Magie heute gleichzeitig mit Edgars Verabschiedung zu erwecken?«

Ich gebe zu, dass ich aufgeregt bin.

Gregors warmer Händedruck beruhigt mich. Ich bin froh, ihn an meiner Seite zu wissen.

»Lasst uns beginnen!«, ruft Marta, indem sie ihre Hände in den Himmel streckt.

Gregor setzt sich in Bewegung und ich folge ihm. Er bringt mich zu Marta. Ich merke, dass er sich von mir lösen will, aber ich klammere mich an seine Hand. Dennoch befreit er sich von mir. Würde Marta mich nicht freundlich anlächeln, hätte ich es ihm schwerer gemacht. Gregor kehrt auf seinen Platz zurück. Ich sehe ihm nach. Um den Holzhaufen, neben dem Marta und ich nun stehen, haben alle Anwesenden einen Kreis gebildet. Sie reichen sich die Hände und für Gregor wird eine Lücke geöffnet.

Marta murmelt Worte, die ich nicht verstehe. Aber sie erreicht, dass ich mich ihr wieder zuwende. Sie streckt mir beide Hände entgegen und ich gebe ihr meine.

Die Gruppe schließt sich dem Gemurmel an. Marta schließt die Augen.

Plötzlich betritt Piotr den Kreis. Er hat den Speer dabei, den er geschmiedet hat. Mit langsamen Bewegungen schwingt er ihn mal mit beiden Händen, mal einhändig. Es ist wohl ein magisches Ritual, das er hier vollführt. Marta und die Gruppe murmeln ununterbrochen weiter, während Piotrs Bewegungen schneller und schneller werden. Ich bewundere die Präzision, mit der er dicht an den Menschen vorbeischreitet und den Speer schwingt. Ein paarmal saust die Waffe knapp an mir vorbei.

Das Gemurmel der Menschen wird ebenfalls schneller und lauter. Piotr bewegt sich jetzt wie in Ekstase. Ich spüre, wie das Ritual auf den Höhepunkt zusteuert. Martas Stimme, die ich aufgrund ihrer Nähe am deutlichsten höre, wird höher. Auf einmal hält Piotr den Speer zum Wurf bereit, und ich schreie auf, weil ich ahne, was er vorhat. Instinktiv sinke ich in die Knie, da fliegt der Speer schon durch die Luft und trifft genau das Tuch, unter dem Edgars Körper verborgen ist.

Ich erwarte, ein Geräusch von Metall, das sich in einen Körper bohrt, zu hören, doch es bleibt aus. Das Tuch fällt in sich zusammen und bedeckt nur noch Holz. Da ist kein Körper mehr. Edgar ist weg!

Irritiert sehe ich mich um, aber die Gruppe um mich murmelt nur weiter ihre Formeln. Sie werden nun leiser und langsamer. Alle wirken völlig in sich gekehrt. Piotr läuft auf den Holzhaufen zu, reißt den Speer an sich und springt auf mich zu.

Martas Griff um meine Hände wird fester, als Piotr um mich herumspringt und den Speer schneller als jemals zuvor durch die Luft schneiden lässt. Er erhebt ihn, holt aus, als wolle er mir den Schädel einschlagen.

Meine Augenlider fallen in Erwartung des Schlages zu, ich beiße die Zähne zusammen, aber mehr als einen kleinen Lufthauch fühle ich nicht.

Als ich die Augen wieder öffne, lässt Marta mich plötzlich los, und ich sehe, dass die Spitze des Speers direkt über meinem Kopf innegehalten hat.

Piotr steht wie versteinert da, atmet schwer, bemüht sich aber, den Speer reglos über mich zu halten.

Da plötzlich fühle ich es! In meinem Kopf macht sich ein Kribbeln breit.

Es füllt mich aus, erkundet meinen Körper und dringt in jede Zelle vor.

Ich habe das Gefühl, mit jeder Sekunde zu wachsen, fühle mich von einer Stärke durchdrungen, die ich noch nie zuvor gespürt habe.

Die Magie ist erwacht! Ganz sicher.

Piotr stößt einen Schrei aus, dreht sich einmal um sich selbst und rammt die Spitze des Speers in den Holzstapel. Sofort fängt das Material Feuer, das sich rasch ausbreitet.

Während ich die züngelnden Flammen beobachte, tritt jemand hinter mich. Gregor legt mir seine Hände auf die Schultern.

Ich fühle mich so zu ihm hingezogen, dass ich mich an ihm anlehne.

»Wo ist dein Vater hin?«, will ich wissen.

»Er ist eins geworden mit der anderen Welt.«

»So nennt ihr den Himmel?«

»Das magische Jenseits.«

»Freunde! Wir haben Edgar auf seinem letzten Weg begleitet und den Weg einer neuen Hexe unter uns begonnen«, ruft Martha. »Noch dazu feiern wir die Vereinigung zweier Magier.«

Gregors Finger bohren sich einen Augenblick in meine Schultern. Dann lässt er mich los, um sich an Marta zu wenden.

»Kann das nicht warten?«, fragt er.

»Gregor, du als Meister dieses Zirkels müsstest doch

wissen, dass es sein muss, wie es die Tradition verlangt.«

»Manchmal frage ich mich, wer diesen Zirkel leitet«, brummt Gregor, sodass nur ich es hören kann. Dann holt er tief Luft. »Sie wusste es nicht und ich auch nicht.« Bei seinen Worten deutet Gregor auf mich.

Seine Worte entfachen neue Aufregung in mir. Ich spüre, es ist noch nicht alles geklärt.

»Das ist gleichgültig. Unwissenheit schützt vor der Bindung nicht. Sie müsste sie längst spüren. Und du auch«, stellt Marta fest.

Was geschieht hier? Wenn ich tief in mich hineinspüre, fühle ich wirklich eine Verbindung zu Gregor, so innig und unzerstörbar, dass sie mir fast Angst macht.

»Sie hat das Recht auf eine Wahl«, fordert Gregor.

»Diesen Anspruch hat sie verwirkt, als du mit ihr geschlafen hast. Außerdem …« Martha grinst uns an. »Sei ehrlich: Könntest du es aushalten, wenn sie dich verlassen würde?«

Ich verstehe nicht, aus welchem Grund der Sex, den Gregor und ich miteinander hatten, hier plötzlich breitgetreten wird. Muss denn das gesamte magische Dorf wissen, dass ich mit Gregor geschlafen habe?

»Was ist los?«, frage ich, schmiege mich an Gregor und klammere mich mit beiden Händen an seine.

»Gregor und Carola feiern ihre Verbindung«, brüllt Marta, reckt ihre Arme in die Höhe.

Tosender Applaus brandet auf.

Gregor sieht mich an. »Das erkläre ich dir später.« Er klingt nicht glücklich, und ich meine, auch einen Hauch Mitleid in seinem Blick zu lesen.

Kapitel 23

Die Feier am brennenden Holzhaufen dauert bis in die Nacht. Es wird gegessen, getrunken, getanzt und viel gelacht.

Ich habe mich von allen Fragen losgelöst und mich völlig der Feierlaune hingegeben. Vielleicht ist es die Zauberkraft in mir, die mir diese ungewohnte Fähigkeit verleiht.

Während ich fröhlich mit Zuzanna im Kreis tanze, fällt mein Augenmerk auf Gregor.

Er sitzt schon eine Weile ein Stück abseits des Feuers, aber im Schein der tänzelnden Flammen bleibt mir der Glanz seines feuchten Gesichtes nicht verborgen.

Auch ohne die Tränen, die ich gerne vertreiben möchte, fühle ich mich stark zu Gregor hingezogen. Es ist, als ob ein unsichtbares Band zwischen uns bestehen würde. Ich kann mich nur schwer von Gregor entfernen und erwarte jeden Moment, dass ich zu ihm gezogen werde.

Nur zu gerne gebe ich dem Drang nach. »Ich seh mal nach Gregor«, hauche ich Zuzanna zu, die sich von mir nicht unterbrechen lässt und weiter um das Feuer tanzt.

»Hey«, sage ich und lasse mich neben Gregor ins Gras fallen.

Natürlich bemerke ich, wie er sich hastig mit dem Handrücken über das Gesicht fährt. Ich lege meinen Arm um ihn.

»Ist alles gut bei dir?«, frage ich.

Natürlich ahne ich, dass er um Edgar trauert. Ich verstehe es: Es fühlt sich auch für mich an, als ob erst jetzt der geeignete Zeitpunkt dafür wäre.

»Wir hatten uns in letzter Zeit entfremdet. Ich hätte viel mehr Zeit mit ihm verbringen müssen«, flüstert Gregor.

»Was soll ich da sagen? Er hat bei mir gewohnt, und trotzdem habe ich den Eindruck, als hätte ich ihn gar nicht gekannt.«

»Er hat große Stücke auf dich gehalten. Wenn ich es mir recht überlege, hätte ich ahnen können, dass er sich wünscht, seine Zauberkraft an dich zu übergeben.«

»Wie kommst du darauf?«

»Er hat immer gesagt, du seist eine außergewöhnlich starke Frau.«

»Da hat er mehr in mir gesehen als ich.«

»Ich glaube, ich weiß jetzt, was er gemeint hat. Als ich dich damals gesehen habe …«

»Du hast mich gesehen?«

»Einmal, als ich meinen Vater besucht hatte und gerade zum Bach gehen wollte, bist du aus dem Haus gekommen. Du bist zu den Hühnern gegangen und plötzlich stehen geblieben. Ich dachte schon, du hättest mich gesehen.«

Ich versuche, mich an diesen Augenblick zu erinnern, finde aber keinen Anhaltspunkt dafür in meinem Gedächtnis.

»Ich hielt den Atem an und versuchte, nicht entdeckt zu werden, bis ich sah, dass du mit geschlossenen Augen mitten auf deinem Hof standest. Du hattest die Arme verschränkt und dein Gesicht in den Himmel gestreckt.«

Jetzt fällt es mir wieder ein. Das geschah an einem Morgen im Sommer. Etwas lag damals in der Luft. Ich kann nicht sagen, der lauwarme Wind, der in diesem Moment über den Hof wehte, hinterließ bei mir eine Gänsehaut und das Gefühl, dass etwas Entscheidendes geschehen wird. Der Augenblick hatte durchaus etwas Magisches.

»Dann bist du plötzlich in dich zusammengesackt. Ich war kurz davor, zu dir zu eilen.«

Mir war bis eben nicht bewusst, wie sehr ich meine Gefühle mit Körpersprache ausdrücke.

»Das war dann wohl der Moment, in dem ich in der Realität angekommen bin.«

»Als du dann zum Hühnerstall gegangen bist, hast du auf mich so zerbrechlich und deprimiert gewirkt. Ich dachte, ich hätte mich in dir getäuscht. Aber den Anblick habe ich nie vergessen.«

»Ich bin nicht stark, Gregor. Ich muss zugeben, dass ich mich momentan unbesiegbar fühle, aber ich weiß nicht, wie lange das anhalten wird.«

»Die Magie, die erwacht ist, ist mächtig. Sie ist viele hundert Jahre alt und zuletzt wurde sie von einem Meister beherrscht. Es kann sein, dass du dich so fühlst, als könntest du Bäume ausreißen. Aber sei vorsichtig: Wenn du eine Blume pflücken willst, könntest du einen Graben in die Erde reißen.«

»Ich fühle mich auf jeden Fall fantastisch. So voller Kraft, Energie und Lebenswillen.«

»Sei bitte vorsichtig!«

»Ich verspreche dir, in der nächsten Zeit keine Blumen zu pflücken.«

Nach einem Moment des Schweigens holt Gregor erneut tief Luft. »Du irrst dich. Du hast eine ganz eigene Stärke in dir, die schon vor der Magie da war. Ich wünschte, du könntest das sehen.«

Vielleicht schaffe ich das eines Tages. Gedankenverloren beobachte ich eine Weile das Treiben am Feuer.

»Willst du zurückgehen?«

»Nach Hause? Gerne, aber diesmal werde ich nicht nass, hoffe ich.«

»Du wohnst ab sofort bei mir.«

Ich höre wohl nicht richtig!

»Aber warum? Gestern noch wolltest du unbedingt, dass ich nicht bei dir bin. Und jetzt darf ich nicht nach Hause?«

»Verstehst du nicht, dass sich seit gestern alles geändert hat?«

»Nein.«

»Wir sind miteinander verbunden.«

So langsam reißt mir der Geduldsfaden. Wütend stehe ich auf. »Das höre ich jetzt die ganze Zeit, aber niemand hält es für nötig, mir das genauer zu erklären. Mal ganz abgesehen davon braucht man es nicht ständig zu erwähnen, da ich diese Verbindung durchaus spüre.«

»Wenn zwei Magier miteinander schlafen, dann verbindet sie das auf ewig.«

Ich verstehe nicht, was er meint.

Gregor erhebt sich mühsam, indem er sich auf seinen Stock stützt.

»Wärst du nur die Trägerin der Magie gewesen, hätte unser Kontakt keine weiteren Folgen gehabt. Da du nun eine Hexe bist, sind wir nach den Regeln unserer Gemeinschaft verbunden.«

»Was heißt ›verbunden‹?«

»Wir sind so etwas wie verheiratet.«

Im ersten Moment muss ich lachen. Doch das Lachen bleibt mir im Halse stecken, sobald ich Gregors grimmige Miene sehe. »Das geht nicht!«, protestiere ich. »Ich wollte nie wieder heiraten. Und wenn, dann hätte ich es vorher gerne gewusst.«

Ich setze mich in Bewegung, will nur noch weg von dieser Feier, bei der es sich wohl auch um eine Hochzeitsfeier handelt. Hätte man die Braut nicht vorher darüber informieren können?

»Es ist keine Ehe im gesetzlichen Sinne«, höre ich Gregor, der mir hastig folgt.

»Und das soll mich jetzt beruhigen? Es ist mir so was von egal, ob ich standesamtlich, kirchlich oder magisch mit dir verheiratet bin. Ich will das nicht!«, blaffe ich ihn wütend an, ohne mich zu ihm umzudrehen.

»Ist die Vorstellung so schlimm?«

Diese kaum hörbare Frage lässt mich innehalten. Langsam drehe ich mich zu Gregor um. »So hab ich mir das nicht vorgestellt. Ich weiß ja nicht einmal, was das bedeutet. Die magische Ehe ist mir leider nicht geläufig, musst du wissen.«

»Ich verstehe dich ja, Lola …« Gregor versucht, mir näher zu kommen, aber ich gehe sofort auf Abstand.

»Das glaube ich kaum. Hat jemand einen Fruchtgummitaler für mich, damit ich mich meiner Magie entledigen kann?«

»Du solltest mit solchen Äußerungen vorsichtig sein.«

»Lässt du dich sonst magisch von mir scheiden? Das wäre doch eine Option.«

»Lass uns morgen darüber reden! Du bist ja völlig durch den Wind.«

»Ach! Ist dir das auch schon aufgefallen?«

Ich muss zugeben, dass ich mich nicht wiedererkenne. Hätte ich mich jemals gegen Bernd so zur Wehr gesetzt, wäre unsere Ehe vermutlich anders verlaufen. Vielleicht wäre ich dann nicht als Verliererin daraus hervorgegangen.

»Weißt du was? Geh zu Zuzanna und Tomasz ins Haus und schlaf dich aus. Wenn du wieder bei Sinnen bist, komm vorbei!« Gregor geht davon und lässt mich stehen.

Spinnt der? Er war es doch, der davon anfing, dass wir zusammenwohnen.

Eigentlich will ich ihm auf keinen Fall nachlaufen, aber je weiter er sich von mir entfernt, umso mehr packt mich eine unstillbare Sehnsucht nach ihm.

Soll ich ihm hinterherrennen? Ich habe das bei Bernd versucht, als er mich verlassen wollte, obwohl er so ein Ekelpaket war. Es hat mir nichts gebracht. Ich habe mich dadurch nur noch erbärmlicher gefühlt.

»Gregor!«, rufe ich aus einer Eingebung heraus.

Er bleibt sofort stehen.

Er sieht erleichtert aus, als er sich zu mir umdreht und mich anlächelt.

Sofort renne ich zu ihm, werfe mich in seine Arme und küsse ihn.

Kapitel 24

Nach Stunden der leidenschaftlichen Vereinigung liege ich hellwach neben Gregor in dessen Bett. Seine regelmäßigen Atemzüge wirken sich außerordentlich beruhigend auf mich aus, aber dennoch lässt es mir keine Ruhe, dass ich nicht zu Hause bin.

Für den Moment habe ich alles erledigt. Edgar ist gegangen, meine Magie wurde aktiviert und zu Hause kümmern sich drei Romanhelden um den Hof. Ich habe keinen Zweifel, dass sie ihre Arbeit vorbildlich erledigen. Dennoch war ich seit Jahren nie länger vom Hof weg. Strolchi fehlt mir, mein edles Ross fehlt mir und natürlich auch meine Hühner.

Wie kann ich hier seelenruhig in Gregors Bett liegen, wenn auf meinem Hof so viele Tiere auf mich warten? Um Semiramis mache ich mir keine Sorgen. Sie ist bei Tomasz und Zuzanna in den besten Händen. Solange Alexander Novak davon ausgeht, sie trüge Edgars Magie in sich, wird er auf der Suche nach ihr sein. Wo könnte sie sicherer vor einem Magier sein als in einem Dorf voller Hexen und Zauberer? Offensichtlich ist das Verhältnis von Alexander und Gregor nicht das Beste. Er wird weiterhin nach Semiramis suchen und keine Ruhe geben, solange er nichts von den neuesten Entwicklungen erfährt.

Ich fasse einen Entschluss. Doch diesen kann ich erst umsetzen, wenn Ruhe im Dorf eingekehrt ist und alle schlafen.

Wenn man daliegt und wartet, vergehen die Minuten wirklich langsamer als sonst. Das ist natürlich nicht wissenschaftlich belegt, aber ich behaupte, dass es so ist. Bis die letzten Geräusche der Feier endlich verebbt sind, scheint eine gefühlte Ewigkeit vergangen zu sein, dabei war es in der Realität nicht einmal eine Stunde. Das sagt mir die bronzefarbene Uhr auf Gregors Nachttisch. Aber wer weiß schon, ob das stimmt. Ich wurde in letzter Zeit so oft von magischen Dingen überrascht, dass es mich nicht wundern würde, wenn die Zeit hier anders verginge.

Jetzt heißt es abwarten, bis auch auf der Straße Ruhe eingekehrt ist. Ich höre eine Frau noch einige Male kichern, dann ist es endlich still.

Ich erhebe mich aus dem Bett, um mich anzukleiden. Dabei bin ich darauf bedacht, möglichst kein Geräusch zu machen. Angefüllt mit schlechtem Gewissen betrachte ich den schlafenden Gregor.

Ich muss zu Hause nach dem Rechten sehen. Dank der Wasserreiseroute ist Gregor nicht aus der Welt. Zwischen uns ist alles in Ordnung. Er wird es verstehen, dass ich mal kurz weg bin.

Unbemerkt verlasse ich das Haus.

Mein Weg führt mich zu dem steinernen Brunnen am Dorfplatz. Wie ich nach Hause komme, kann ich zwar noch nicht sagen, aber es muss mit dem Wasser funktionieren. Da wir an dem Brunnen angekommen sind, wird er mich auch wieder zurückbringen. Ich bin nun eine Hexe und beschließe einfach mal, dass es klappen muss.

Meine Hände legen sich auf die kühle Mauer. Verkrampft kralle ich mich an dem rauen Stein fest und beuge mich nach vorn. Es ist stockdunkel da unten, und obwohl es bestimmt bald dämmert und die Nacht nicht mehr komplett schwarz ist, kann ich den Grund des Brunnens nicht sehen. Ein kurzes Aufblitzen lässt mich erahnen, dass Wasser darin ist, aber in welcher Tiefe es steht, kann ich nicht abschätzen.

So wahnsinnig weit unten wird es schon nicht sein.

Ich überlege, wie ich dort herausgekommen bin bei meiner Ankunft, aber die Magie hat mich wohl direkt aus dem Brunnen geschleudert.

Ich werde darauf vertrauen, dass das alles automatisch abläuft. Meine Magie ist aktiv, ich bin eine Hexe und es wird irgendwie funktionieren. Wenn nicht, dann … dann werden wir schon sehen.

Langsam schiebe ich ein Bein über die Brunnenmauer und stemme mich hinauf, bis ich rittlings auf der Mauer sitze wie auf einem Pferd.

Aus dem finsteren Schacht dringt kalte Luft an mein Bein. Besonders einladend ist das nicht, zumal die Luftfeuchtigkeit ebenso spürbar ist.

Trotzdem verlagere ich mein Gewicht in Richtung der Brunnenöffnung und schiebe meinen Körper weiter. Meine Hände geben mir Halt, während ich mein zweites Bein über die Mauer gleiten lasse. Jetzt geht es abwärts!

Als hätte ich es mir im letzten Moment anders überlegt, kralle ich mich krampfhaft an der Mauerkante fest, aber es ist zu spät. Mein Gewicht zieht mich in die Tiefe. Ich habe leider nicht genug Kraft, um mich langsam hinabsinken zu lassen. Ich mache einen Satz und hänge verzweifelt an der Brunnenmauer.

Irgendetwas hält mich davon ab, mich fallen zu lassen, aber die scharfkantigen Steine drücken mir unnachgiebig in die Handflächen.

Ich lasse los, falle einen Moment und lande mit einem lauten Platschen in ungemütlicher Nässe. Zu allem Überfluss kann ich nicht verhindern, komplett unterzutauchen.

Geschockt tauche ich auf, als ich nach Luft schnappe und versuche, die klirrende Kälte auszublenden.

Das klappt ja prima mit der Magie! Ich dachte, ich hätte meine Taufe hinter mich gebracht und würde nun nicht mehr nass werden? Na ja, im Grunde habe ich nicht wirklich daran geglaubt, trocken zu bleiben, aber ein kleiner Funken Hoffnung war doch berechtigt, oder?

Das Wasser ist tief. Ich muss schwimmen, um nicht unterzugehen. Meine vollgesogene Kleidung zieht mich unerbittlich in die Tiefe.

Ich bewege mich zum Rand des Schachtes und teste, ob ich mich an dem unebenen Gestein festhalten kann.

»Was machst du denn hier?«

Erschrocken starre ich zur Brunnenöffnung hinauf. Den Umrissen und der Stimme nach zu urteilen, ist es Marta, die mich ertappt hat.

»Ich nehme ein Bad. Nein, natürlich nicht! Ich will nach Hause.«

Puh! Ich weiß nicht, was mich reitet, dass ich neuerdings so frech bin. Eine neue Art von Aufmüpfigkeit, die ich an mir bisher nicht kannte.

»Lass mich raten! Du weißt nicht, wie es funktioniert.« Marta klingt überhaupt nicht verärgert, was ich in Anbetracht der Situation vermutet hätte. Schließlich war sie es, die mir zu verstehen gegeben hat, dass Gregor und ich keine Ausnahme bilden können.

»Sieht ganz danach aus«, gebe ich zu.

»Pass auf!«, erklärt Marta, und ich sehe, wie sie ihre Unterarme gemütlich auf die Kante des Brunnens legt und sich zu mir herunterbeugt. »Du musst in dich hineinfühlen, deine Magie bewusst erspüren.«

»Aha.«

Ich muss mich wirklich zusammennehmen, um nicht vor Kälte zu schlottern, während ich in die Tiefe gezogen werde. Und jetzt soll ich in mich hineinfühlen? Mehr als gähnende Leere wird mich vermutlich nicht empfangen. Dennoch mache ich tapfer Schwimmbewegungen und schließe die Augen.

Da ist überhaupt nichts, nur das Klappern meiner Zähne.

»Beim Erwachen der Magie hast du etwas gespürt. Suche nach diesem Gefühl!«

Richtig. Es begann in meinem Kopf, dieses eigentümliche Kitzeln.

Da! Ich fühle etwas. Da ist etwas! Ist das die Magie?

»Wenn du etwas spürst, versuche, das Gefühl zu halten und gleichzeitig auf deinen Körper auszubreiten.«

Das sagt sich so einfach! Aber ich gebe mir größte Mühe.

»Denk an deinen Abreisepunkt! Das muss ein Gewässer oder Ähnliches gewesen sein.«

Meine Gedanken streben zu dem kleinen Bachlauf, von dem aus ich vor nicht allzu langer Zeit hierhergereist bin. Ich merke, dass sich in mir ein Brodeln aufbaut, fast so, als würde mich jemand unglaublich auf die Palme bringen, und ich bin kurz davor, zu explodieren.

»Gut so!«, höre ich Marta flüstern.

Ob sie merkt, dass es funktioniert?

Um mich herum bewegt sich plötzlich das Wasser. Erschrocken reiße ich die Augen auf. Als hätte jemand im Wellenbad die Maschine angeworfen, schlägt das Wasser an der Brunnenwand hoch.

»Keine Sorge! Das ist richtig so«, beruhigt mich Marta. »Gewöhnlich aktivieren wir die Magie, bevor wir ins Wasser springen, da du aber nun im Wasser bist, zeigt sich darin die Kraft, die von dir ausgeht.«

Unsicher beobachte ich, wie sich ein Strudel bildet, in dessen Mitte ich mit den Armen rudere.

»Denk an dein Zuhause!«, ermahnt mich Marta.

Das trübe Brunnenwasser flitzt um mich herum. Es gibt eine Lücke in der Mitte frei. Bevor ich reagieren kann, falle ich, und doch schlage ich nicht auf dem Grund des Brunnens auf. Im freien Fall stürze ich ins Bodenlose.

Eigentlich möchte ich jetzt gern schreien und meiner Angst freien Lauf lassen, aber ich zwinge mich zur Ruhe, um mich auf meinen Hof, meine Tiere, meine Helden konzentrieren zu können.

Plötzlich stehe ich im Gras. Ich stürze beinahe vornüber, weil jede Bewegung um mich herum so abrupt aufgehört hat. Wie bei einer Vollbremsung kann mein Körper nicht so schnell reagieren, wie sich die Situation um mich verändert hat.

Instinktiv schlinge ich meine Arme um mich und versuche, die Kälte abzuwehren. Ich bin patschnass.

Ich stehe neben dem kleinen Bach hinter meinem Hof.

Es hat geklappt! Ich bin zu Hause.

Die ersten Lichtstrahlen des Tages versuchen, hinter den kahlen Bäumen durch den Nebel zu brechen.

Geduckt mache ich mich in Richtung meines Hauses auf. Die Kleidung klebt unangenehm an mir, was aber mein geringstes Problem ist. Es ist einfach zu kalt, was mir auch das mit Raureif bedeckte Gras zu verstehen gibt, das unter meinen Schritten knirscht. Mein Atem malt Wolken in die Luft.

Als ich endlich den Kiesboden meines Innenhofes betrete, streckt Strolchi seinen Kopf aus der Hütte. Es wird Zeit, den armen Kerl ins Haus zu holen. Bestimmt friert auch er erbärmlich.

»Hey, Strolchi!«, begrüße ich ihn. »Magst du mit reinkommen?«

Als würde er jedes meiner Worte verstehen, rappelt er sich auf und verlässt gemächlich seine Behausung.

Die Kette klimpert auf dem Kiesboden, während er sich schüttelt. Sofort löse ich den Karabiner an seinem Halsband und kraule den monströsen Hund.

»Jetzt aber rein mit uns! Mir ist saukalt.«

Strolchi grummelt zustimmend und gähnt. Wir trotten auf die Haustür zu, als Strolchi einen gewaltigen Furz in die lautlose Umgebung entlässt.

»Du kleine Sau! Na, wenigstens bist du so anständig und lässt das Ding draußen stehen.«

Die Haustür ist nicht abgesperrt, was mich nicht verwundert. Weder Fürsten noch Highlander müssen sich um die Sicherheit ihrer Behausung Sorgen machen. Von Max hätte ich aber schon etwas mehr erwartet. Doch soweit ich mich erinnere, bewohnt er in New York ein schickes Nobelappartement mit Pförtner.

Ob er sein Boxspringbett vermisst?

Sachte schließe ich meine Tür hinter Strolchi und mir. Ich möchte keinen der Herrschaften wecken.

Strolchi legt sich sofort auf seinen Platz neben der Haustür, wo ich ihm ein gemütliches Eck eingerichtet habe.

Langsam mache ich mich auf den Weg durch den Flur.

Da springt eine Person in den Gang und schwingt ein enormes Schwert. Ich kann nicht einmal schreien, so geschockt bin ich.

Der Schotte stößt einen Kampfschrei aus und fixiert mich angriffsbereit.

Als er mich erkennt, löst sich seine Körperspannung augenblicklich. »Weib!«

»Mann!«, fahre ich ihn an.

Trotzdem freue ich mich, William zu sehen. Habe ich ihn etwa tatsächlich vermisst?

»Du bist zurück«, stellt er fest, richtet sich auf und stützt sich auf sein Schwert.

»So sieht es aus.«

»Du bist nass.«

»Ich gehe duschen und mich umziehen.«

»Ich folge dir.«

»Vergiss es! Du geh mal schön dein Schwert woanders schleifen«, brumme ich frech und ernte einen verständnislosen Blick des wilden Schotten.

Ob er meine Anspielung nicht versteht oder meine Absage, werde ich wohl nie erfahren.

Während ich ein paar Minuten später unter der Dusche stehe und die kalte Nässe gegen heiße Wassergüsse tausche, vermisse ich nun doch meine Semiramis.

Es tut mir unendlich leid, dass ich sie nicht mitgenommen habe.

Letztendlich kann ich mir zwar nicht vorstellen, dass sie sich freiwillig mit mir in den Brunnen begeben hätte, aber einen Versuch wäre es wert gewesen. Andererseits wäre sie dann hier Alexander Novaks Nachstellungen ausgeliefert.

Bernd hat recht. Ich eigne mich überhaupt nicht für die Tierhaltung. Ich bin gar nicht in der Lage, Verantwortung für ein Lebewesen zu übernehmen. Es ist nur gut, dass er Finn bei sich hat.

Falsch, Carola! Lass dir nicht länger von diesem Irren dein Leben diktieren. Du bist in einer absoluten Ausnahmesituation und da kann so etwas schon einmal vorkommen.

Aber mein schlechtes Gewissen plagt mich trotzdem. Hätte ich mein eigenes Kind zurückgelassen, bloß weil eine in mir eingenistete Magie zum Leben erweckt wird? Nein, ganz bestimmt nicht.

Allerdings ist Semiramis nicht mehr so auf mich fixiert, seit die Magie aktiviert worden ist. Es ist, als hätte sie eine Aufgabe übertragen bekommen, die nun erfüllt ist.

Kapitel 25

Als ich aus der Dusche steige, bricht der Tag bereits an. Draußen wird es immer heller.

Ich fühle mich wie gerädert. Meine Glieder schmerzen und mein Schädel brummt. Es kribbelt in meiner Nase, und ich ahne, dass das meine Quittung für die zweifache Durchnässung ist.

Hoffentlich verhindert die heiße Dusche das Schlimmste.

In meiner Küche brühe ich mir erst einmal eine Tasse Tee auf. Als ich einen Blick aus dem Fenster werfe, bemerke ich das rege Treiben auf meinem Hof.

Die Hühner spazieren bereits frei herum und die Tür zum Pferdestall steht offen.

Es ist ein angenehmes Gefühl, nicht so verlassen und auf sich gestellt zu sein. Sollte ich jetzt wirklich krank werden, habe ich drei fleißige Männer im Haus, die mich in allen Belangen unterstützen. Ein Fürst, der sich um die Buchhaltung kümmert, ein Highlander, der die Tiere versorgt und den Hof instand hält, und ein Footballspieler, der ein ambitionierter Freizeitkoch ist. Wunderbar!

Den Gedanken, dass es an der Zeit ist, die drei Helden in ihre Romanhefte zurückzubefördern, verdränge ich noch.

Mit der heißen Tasse in beiden Händen begebe ich mich hinaus. Ich bin so warm angezogen wie schon seit

Langem nicht mehr. Der dicke Wollpullover ist so lang, dass er sogar noch meine Oberschenkel bedeckt.

Fasziniert beobachte ich den Highlander, der in diesem Moment aus dem Stall tritt. In den Händen trägt er eine Mistgabel, als wäre diese ein Schwert.

Es ist mir ein Rätsel, wie er bei den Temperaturen mit nacktem Oberkörper arbeiten kann. Wahrscheinlich hat der Mann eine Hitze in sich, dass er gar nicht anders kann.

Mein Blick bleibt an dem stattlichen Mann hängen.

»Juhu, Carola!«

Ruckartig reiße ich meinen Kopf herum. Meine ehemalige Schwiegermutter Rosi wackelt, so gebrechlich wie sie ist, mithilfe ihres Rollators aus dem Stall. Mit größter Mühe bugsiert sie die Räder über die Schwelle des Stalltors und tippelt ins Freie. Sie sieht begeistert aus und ihre rosigen Wangen sind bestimmt nicht auf die Minusgrade zurückzuführen.

Ich gehe ihr entgegen. Es kam schon hin und wieder vor, dass sich Bernds Mutter hierher verirrte. Aber sie war noch nie zu so früher Stunde auf dem Hof.

»Rosi!«, rufe ich verblüfft.

Rosi sucht sich eine Position, in der sie den Highlander beobachten kann, wie er eine Schubkarre aus dem Schuppen zerrt.

Sie setzt sich auf die kleine Sitzfläche ihres Gehwagens und starrt ihn an.

»William hat mir eine Blume geschenkt. Sieh mal!« Rosi greift in den Korb ihres Rollators und zieht vorsichtig ein verknorpeltes Gewächs hervor.

»Eine Distel?«

»Er wollte mir gerade erklären, was für eine besondere Pflanze das ist.«

»Ja, Weib! Die Distel steht für Stolz, Wagemut und Unnachgiebigkeit«, erklärt William, als er mit der Schubkarre zu uns kommt.

»Und sie sticht«, sage ich locker, was dem Highlander nicht zu gefallen scheint.

»Manchmal im Leben muss man sich auch wehren, wenn über einen hinweggetrampelt wird!«, brummt er.

»Da hat er recht, der Liebe«, pflichtet ihm Rosi bei und kichert. Sie beugt sich vor und streckt ihre Hand in Richtung des Schotten.

Ich traue meinen Augen nicht, als er sich sofort zu ihr neigt. Rosi streicht dem Highlander über die Wange.

»Rosemarie, wenn du nicht schon verblüht wärest, würde ich dich mit in die Highlands nehmen und dich zu meiner Gefährtin machen«, sagt William.

Rosi kichert erneut und errötet leicht.

»Wunderbar!«, knurre ich und will hier weg. »Wo sind die beiden anderen Kerle?«

»Maximilian hat heute seine Bauchmuskeln – er nennt das Sitzpack –«.

»Sixpack«, verbessere ich sofort.

»Er hat es Clément gezeigt und kurz darauf sind sie … *trainieren* gegangen.«

Eben war ich noch davon fasziniert, wie William die Namen seiner beiden Mitbewohner ausspricht. Er spricht die Namen so korrekt aus, dass ich mir sicher bin, Clément hat ihn darin unterwiesen. William könnte sich bestimmt auch meinen Vornamen merken. Aber ich habe keine Zeit, mich damit zu beschäftigen.

Die beiden Männer trainieren also zusammen. Der Schotte hat offensichtlich keine Ahnung, was das ist.

»Ich habe den Vergleich unserer Ruten vorgeschlagen, doch da wollten sie nicht mitmachen.«

»Kann ich mir vorstellen«, murmele ich und versuche, mein Kopfkino in den Griff zu bekommen.

In dem Moment höre ich die Stimme des Footballspielers. Sie klingt noch ein Stück entfernt, kommt aber bei jedem Wort näher. »Und weiter, weiter, weiter! Jetzt nicht aufgeben.«

Irritiert sehe ich mich um, woher die Stimme kommt, und werde mit einem Anblick belohnt, der für die Götter ist.

Clément de Marron hat sich für das Training richtig in Schale geworfen. Bei dem dunkelblauen Frotteesportanzug handelt es sich bestimmt um ein uraltes Modell meines Vaters aus seinen ersten Jahren im ortsansässigen Turn- und Sportverein. Ich wusste nicht, dass das Teil noch irgendwo im Haus zu finden ist.

Gequält joggt der Fürst die Hauptstraße entlang. Während er aussieht, als kämpfe er mit den letzten Kraftreserven, bewegt sich Max tiefenentspannt im Seitengalopp an seiner Seite und redet motivierend auf ihn ein.

Der Fürst biegt in die Hofeinfahrt ein und läuft auf uns zu.

»Noch die letzten hundert Meter. Zieh es durch! Weiter!«

»Meinst du, ich muss einen Arzt rufen?«, frage ich Rosi, die sich die Hand vor den Mund hält, damit der Fürst ihr Grinsen nicht sieht.

Kraftlos will Clément seine Schritte auslaufen lassen, aber Max ist schon vor ihm, rückwärts trippelnd. »Nicht stehen bleiben! Immer in Bewegung bleiben!«

Clément sieht aus, als wolle er Max am liebsten fristlos kündigen.

»Wir machen jetzt noch ein paar Übungen.« Wie besessen springt Max mit den Beinen abwechselnd vor und zurück, wobei er seine Arme jeweils entgegengesetzt schwingt.

Clément gibt sein Bestes, doch seine Variante der Übung sieht nicht so koordiniert und kraftvoll aus wie die von Max.

»Was ist das?«, fragt mich der Highlander.

»Das ist Sport.«

»Sport?« William spricht das aus, als wäre es eine ansteckende Krankheit, hebt die Schubkarre an und marschiert in den Stall.

»Ja, du bist ein Killer!«, feuert Max den Fürsten an, der überhaupt nicht nach Profikiller aussieht. »Tabata, Baby!«, schreit Max.

Rosi lacht auf und klatscht in die Hände. »Ach, Carola, die drei sind so herrlich. Und wie sie ihre Rollen spielen.«

Rosi hält die drei Männer immer noch für die gebuchte Hochzeitsattraktion.

»Wie lange bleiben sie noch?«

»Nicht mehr lange«, antworte ich.

Dass das so sein wird, ist mir klar. Ich habe keine Ahnung, wie ich die Kerle in ihre Romanhefte zurückbefördern soll, aber ich bin mir sicher, dass Gregor hier auftauchen wird. Er hat versprochen, mir zu helfen, und er ist bestimmt ein Mann, der sein Wort hält.

Obwohl ich froh bin, wenn wieder Normalität auf meinem Hof einkehrt, werde ich die drei Verrückten vermissen.

»Ach, Carola, bevor ich es vergesse: Ich habe eine Überraschung mitgebracht.«

Neugierig schiele ich zu Rosi. »Ich hab ihn im Stall angeleint, damit er nicht die Hühner aufmischt.«

Ich ahne, wen sie meint. Erfreut drücke ich Rosi meine halb leere Teetasse in die Hand und eile hinter dem Highlander her in den Stall.

»Willst du es jetzt, Weib?«, fragt dieser sofort, als ich aufgeregt zu ihm in die Scheune stürme.

Aber er merkt gleich, dass meine Aufmerksamkeit allein dem braunen Hund gilt, der es sich auf dem Stroh neben Hampton bequem gemacht hat.

»Finn!«, rufe ich, dränge mich an dem Schotten vorbei, um zu meinem Hund zu kommen.

Der Vizsla springt sofort auf, wedelt mit dem Schwanz und bellt.

Er hat mich lange nicht gesehen, weshalb seine Freude zaghaft ausfällt. Erst als ich mich neben ihn setze und ihn liebkose, scheint er mich zu erkennen. Er leckt mir über das Gesicht und lässt nicht mehr von mir ab.

»Jetzt bist du ja da.« Ich klopfe, tätschele und streichele ihn, bis er sich beruhigt hat. Dann schlinge ich meine Arme um ihn und presse das Tier fest an mich.

Neben allen Dingen, die mir Bernd angetan hat, war dies das Übelste. Er hat mich betrogen, mich nicht ernst genommen, mich kleingeredet und dergleichen mehr. Aber mir Finn wegzunehmen, war sein größter Triumph über mich. Warum habe ich das zugelassen? Ich hätte mich wehren müssen.

Wenn ich an mich denke, wie ich vor wenigen Tagen noch war, meine ich, diese Person kaum zu kennen, geschweige denn ihr Verhalten zu verstehen. Allerdings darf ich mit mir nicht so hart ins Gericht gehen. Ich habe immer gehandelt, wie ich es für angemessen hielt.

Nein, das stimmt nicht. Ich habe mich verhalten, wie Bernd meinte, es sei das Beste für alle Beteiligten. Aber habe ich mich je gefragt, was das Beste für mich ist? Wollte Bernd das je wissen? Ganz bestimmt nicht. Doch damit ist es jetzt vorbei. Ich werde um Finn kämpfen und einen Schluss-Strich ziehen.

Hampton stupst mich mit seinen weichen Nüstern an.

»Bist du eifersüchtig?« Ich lange mit einer Hand hinter mich und streichele das weiche Fell meines Pferdes.

Da der Highlander unruhig darauf wartet, den Pferdestall misten zu dürfen, löse ich Finns Leine und nehme ihn mit in den Hof. Rosi hat inzwischen meinen Tee getrunken.

Max und Clément sind verschwunden.

Als ich mich suchend nach ihnen umsehe, sagt Rosi: »Er hat Gnade gezeigt. Der arme Mann darf jetzt eine Pause machen.«

»Danke für den Tee, der war gut.« Sie reicht mir die Tasse. »Dann werde ich mich mal auf den Weg nach Hause machen.«

»Wo steht dein Auto?«

»Draußen an der Straße in der Parkbucht.«

Rosi holt Schwung, um aufzustehen, indem sie sich auf den Griffen des Rollators aufstützt und sich nach vorn beugt. Als sie steht, dreht sie sich sofort um und macht sich auf den Weg.

»Was ist mit Finn?« Ich bin davon ausgegangen, dass sie ihn wieder mitnehmen will, wollte jedoch mit ihr darüber sprechen, da ich ihn behalten möchte.

»Er ist jetzt da, wo er hingehört«, sagt sie nur und winkt mir über ihre Schulter zu.

»Und Bernd?«

»Wird sich sicher melden, wenn er von seiner Hochzeitsreise zurück ist. Aber du machst das schon.«

Rosi hat mehr Vertrauen in mich als ich. Doch ich fühle mich tatsächlich für eine Auseinandersetzung mit Bernd gewappnet. Ich freue mich sogar schon darauf.

Kapitel 26

Obwohl es ein trüber Tag ist, der die Nebelschwaden nicht besiegen kann, genieße ich ihn. Strolchi quittiert die Tatsache, dass ich mit Finn spiele, nur mit ein paar Furzen. Ich versuche mehrmals, ihn zum Mitspielen zu animieren, aber er wehrt jede Ansprache mit einem Knurren ab.

Dennoch beobachtet er Finn und mich mit Argusaugen. Als der Highlander mit Hampton zu einem Ausritt aufbricht, verlässt Strolchi sofort seine Hütte und schließt sich ihm an.

Dem Hund tut die Anwesenheit des Schotten wirklich gut. Während Finn ungeduldig darauf wartet, dass ich den Stock werfe, beobachte ich die beiden. Vielleicht ist es das animalische Wesen, das die beiden verbindet. Obwohl ich mich bis in alle Ewigkeiten über Finns Anwesenheit freuen könnte, muss auch die Arbeit auf dem Hof getan werden. Mit Freude mache ich mich daran, den Hühnerstall zu säubern, und bin überglücklich, dass Finn mich bei jedem Arbeitsschritt begleitet.

Zwischenzeitlich öffnet Max das Küchenfenster. Der verführerische Duft nach Kartoffeln und Petersilie weht zu mir herüber.

Es ist fantastisch hier. Mein Leben ist aufregend und schön zugleich. Auf diese Art könnte es ewig weitergehen. Aber warum sieht Gregor nicht nach mir? Er lässt sich wirklich sehr viel Zeit.

Als William zurück ist, nehme ich Hampton an seinem Halfter und warte, bis der Highlander abgesessen ist. »Ich bin wirklich froh, dass du diesmal ohne Beute zurückgekehrt bist.« Mit Schrecken muss ich an Ernst-August und seinen größten Fan Sepp denken.

»Du bist undankbar und viel zu ehrlich, Weib! Du solltest lernen, deine Zunge zu zügeln.«

»Wer weiß? Vielleicht wird eines Tages ausgerechnet eine Frau mit spitzer Zunge dein Herz zum Schmelzen bringen.« Ich denke da ganz speziell an die adelige Charlotte, mit der mein lieber Schotte es in dem Heftroman zu tun bekommt. »Und der Frau gefällt es vielleicht auch nicht, wenn du ihr einen Ernst-August zum Frühstück servierst.«

»Ernst-August?«

»Ja. So hieß der Hirsch, dem du den Garaus gemacht hast.«

»Was seid ihr für seltsame Menschen? Beutetieren gibt man keine Namen. Und dann muss ich noch klarstellen, dass ein Weib niemals das Herz eines Kriegers anrührt.«

Diese Verdrängung will ich William mal ausnahmsweise durchgehen lassen, auch wenn ich es besser weiß. Er ist in diesem Moment bestimmt wirklich der Meinung, dass er sich niemals wahrhaftig in eine Frau verlieben könnte.

Später sitzen wir alle zusammen und unterhalten uns. Es ist fast so wie in einer Familie, einer schrägen Familie zwar, aber es ist, als hätten wir alle es nie anders gekannt.

Am Nachmittag sitzt Max mit dem Highlander vor dem Fernseher und erklärt ihm die moderne Welt.

Clément nutzt den Moment:

»Madame, ich wollte schon lange mit Euch über die Dokumente sprechen, welche die Veräußerung Eurer Ländereien an Euren geschiedenen Gatten betreffen.«

Ich folge Clément in mein Büro, das ich kaum wiedererkenne. Der gesamte Papierkram ist sortiert und ordentlich aufgeräumt. Wenn mich nicht alles täuscht, hat hier sogar jemand Staub gewischt. Ob das der Fürst höchstpersönlich war? Fragen werde ich ihn nicht, das steht mal fest.

Ich setze mich auf einen Stuhl, überlasse dem Fürsten den Platz hinter dem Schreibtisch.

»Meiner Meinung nach zöge der Käufer einen ungeheuren Vorteil daraus, wenn Ihr diesen Vertrag unterschreibt und ihm das Land zu diesem Preis überlasst.«

Clément sieht kurz von den Papieren auf, als erwarte er ein paar Worte von mir. Ich bleibe still, da ich mir sicher bin, er ist noch nicht am Ende seiner Rede.

»Das Land, das Ihr für wenige Heller verschenkt, eignet sich vorzüglich als Bauland.«

»Bernd hat mir gesagt, dass das eher unwahrscheinlich ist.«

»Ließt Ihr Euch das schriftlich geben?«

»Nein.«

Clément hat recht. Wie naiv war ich eigentlich? Wie kam ich dazu, auf jemanden wie Bernd zu hören? Ich stand wirklich vollkommen unter seiner Fuchtel. Andererseits war ich damals nach dem Gespräch mit Bernd tatsächlich der Meinung, er würde mir einen

Gefallen tun, wenn er mir das Grünland abnimmt. Ich habe mich über sein großzügiges Angebot regelrecht gefreut. So kann man sich täuschen!

»Ihr meint also, ich verkaufe unter Preis und Bernd verkauft dann gewinnbringend weiter?«

»Den Handel als ›gewinnbringend‹ zu bezeichnen, ist an dieser Stelle eine maßlose Untertreibung. Ich habe mir erlaubt zu recherchieren. Bauland ist in Eurer Gemeinde ein rares Gut und der Bedarf wächst stetig. Holt Euch rechtlichen Beistand und unterschreibt diesen Vertrag auf keinen Fall!«

»Danke, Clément.«

Als könne er mit Lob nicht umgehen, ignoriert er meine Worte. Er fährt sich nervös durch sein festes Haar und weicht meinem Blick aus.

»Ihr seid mir eine große Hilfe«, füge ich hinzu, was Clément dazu bewegt, von seinem Platz aufzuspringen.

Ich ahne, dass er die Flucht nach vorn antreten will, und stehe ebenfalls auf. Als er an mir vorbeikommt, halte ich ihn am Arm zurück.

»Ich werde dafür sorgen, dass Ihr ganz bald nach Hause kommt«, sage ich.

Von draußen höre ich Finns Bellen, was ich insgeheim erwartet habe. Ich rechne fest mit einem Besuch von Gregor. Er dürfte inzwischen auch gemerkt haben, dass ich nicht mehr da bin.

Weil der Fürst immer noch unangenehm berührt meinem Blick ausweicht, falle ich ihm einfach um den Hals und schmiege mich an ihn. »Vielen Dank«, hauche ich noch einmal.

Ich finde, er hat ein bisschen Herzlichkeit und Wärme verdient. Daran sollte er sich ohnehin gewöhnen. Wenn die quirlige Fotografin sein Leben durcheinanderbringt, wird er mir für diese kleine Lehrstunde noch dankbar sein.

»Carola?«, hören wir den Ruf von Max aus dem Flur. »Kommst du?« Bei diesen Worten kommt er ins Zimmer.

Er hält sofort inne, als er uns in inniger Umarmung antrifft. Clément löst sich sofort von mir und richtet sein Jackett. »Das hier stellt sich umfänglich inkorrekt dar.«

»Wenn du mir damit vor den Latz knallen willst, dass ihr hier nicht am Rummachen seid, will ich euch mal glauben. Es geht auch um etwas ganz anderes. Carola, da schleicht eine Frau auf dem Hof herum.«

»Eine Frau?«

»Der Highlander hat ein ihm unbekanntes Weib gesehen und seine Rute … na ja, du willst es nicht genauer wissen.«

»Ich komme sofort.«

Es ist merkwürdig, dass sich jemand zu mir verirrt. Manchmal helfe ich Wanderern oder Radfahrern mit meiner Toilette oder einem Glas Wasser aus, wenn sie es bis ins nahe Dorf nicht mehr aushalten.

Jetzt höre ich erneut Finn auf dem Hof bellen! Ich eile dem Footballspieler nach und treffe vor der Haustür auf William.

»Da ist ein Weib unterwegs. Sie schleicht um den Schuppen herum und versteckt sich«, teilt er mir mit düsterem Gesichtsausdruck mit.

»Ich sehe mal nach.«

»Soll ich nicht lieber gehen?«

»Nein, behalte mal deine … Rute bei dir.«

Mit raschen Schritten marschiere ich auf den Hof. Finn bellt immer noch. Er steht aufrecht da, kläfft in eine bestimmte Richtung und wartet auf mich. So ein braver Hund!

»Gut gemacht, Finn!«, lobe ich ihn und tätschle seinen Kopf. »Ich seh mal nach, wer sich da versteckt.«

»Hallo!«, rufe ich laut und mache mich auf den Weg zum Schuppen.

Ich ahne, dass sich dahinter jemand verbirgt, und sollte es sich dabei, wie ich vermute, um Marta handeln, wird sie sich mir zeigen. Sie ist jedenfalls die erste Frau, die mir einfällt. Wer sollte sich sonst zu mir verirren?

Während ich langsam um den Schuppen schleiche und mich somit aus dem Sichtfeld der Herren im Haus begebe, kommt mir der Gedanke, ob ein Schotte wie William wirklich von Marta so angetan wäre, dass er sich nicht mehr im Griff hätte. Aber er ist ja auch von Rosi begeistert gewesen.

Plötzlich steht die Person vor mir, um die es geht. Es ist nicht Marta.

»Natalia?«, frage ich, da ich sie noch nie aus der Nähe gesehen habe. Aber ihr langes Haar und ihre geröteten Augen legen die Vermutung nahe.

»Kann ich dich sprechen?«, fragt sie.

O nein! Muss ich mich jetzt wirklich um ihr gebrochenes Herz kümmern? Kann sie nicht mit Gregor darüber sprechen? Andererseits ist es mir lieber, sie kommt zu mir als zu ihm.

»Natürlich. Warum versteckst du dich hier?«

»Es ist …« Weiter sagt sie nichts. Ihr Blick wird glasig, und es ist, als sähe sie in der Ferne etwas, von dem ich überhaupt nichts mitbekomme.

»Ich muss gehen«, sagt sie plötzlich. In ihrer Stimme schwingt Angst. Ohne ein weiteres Wort rennt sie davon.

»Natalia!«

Aber sie ist weg. Irritiert zucke ich mit den Schultern, drehe mich um und will ins Haus zurückkehren. Finn bellt plötzlich wieder.

»Hallo, Carola.«

Erschrocken starre ich Alexander Novak an, der wie aus dem Nichts vor mir steht. Natalia hat mich also an ihn verraten und mich in eine Falle gelockt.

»Ich gehe jetzt ins Haus«, behaupte ich so bestimmt, dass ich es mir beinahe selbst glaube.

»Ich fürchte, du gehst nirgends hin. Ich schlage vor, du bleibst noch ein Weilchen und wir unterhalten uns.«

»Es gibt nichts, was ich mit Ihnen zu besprechen hätte.«

»Das ist nicht ganz richtig. Du hast mich angelogen.«

Die Art, wie er das sagt, versetzt mich in höchste Alarmbereitschaft. Auch, weil er jetzt einen Schritt auf mich zukommt, läuft mir ein Schauer über meinen Rücken.

»Du hast mich in dem Glauben gelassen, die Katze wäre die Trägerin der Magie.«

Ich schlucke und versuche, mehr Distanz zwischen uns herzustellen.

»Dabei hattest du sie von Anfang an. Du hättest es dir leicht machen können, aber nein, du musstest zulassen, dass die Kraft aktiviert wird. Jetzt kann ich nichts mehr für dich tun.«

»Ich geb sie dir. Nimm sie!« Im Grunde würden sich dafür viele Dinge für mich klären. Alles wäre wieder, wie es war. Bis auf ein paar Kleinigkeiten eben.

»So einfach ist das jetzt nicht mehr. Einmal aktivierte Magie kann nur mit dem Tod des Eigentümers in den Besitz eines anderen übergehen.«

Diese Erkenntnis trifft mich wie ein Schlag. Alexander Novak hat also wirklich Edgar ermordet und nun wird er mich töten!

Ich bin noch nicht so weit. Ich habe mein Leben nicht gelebt. Soll ich als Bernds Schatten in die Geschichte eingehen? Auf gar keinen Fall wird auf meinem Grabstein stehen, was Bernd über mich sagen würde. Ich habe mein Leben noch nicht geschrieben. Ich muss Zeit schinden und hoffen, dass mir das in die Hände spielt.

»Sie haben Edgar getötet.« Mit Absicht verwende ich das Wort Mord nicht. Ich möchte Alexander nicht noch mehr gegen mich aufbringen.

»Unglücklicherweise. Dabei wollte ich das gar nicht. Der alte Mann lag im Sterben. Er hat es geahnt und ich habe es schon lange gespürt. Ich habe nur darauf gewartet, dass die Magie seinen alten Körper verlässt.«

Er lag also auf der Lauer und hat ausgeharrt, bis Edgar das Zeitliche segnet. Ich habe schon von solchen Menschen gehört, die wegen einer zu erwartenden Erbschaft den Tod eines Mitmenschen kaum erwarten können.

Ich überlege, wie ich das Gespräch in Gang halten kann, aber dieser Mann hat ohnehin ein gesteigertes Geltungsbedürfnis. Woher kenne ich das bloß?

»Tag um Tag habe ich hier herumgelungert, bis ich den Tod um den Alten deutlich spüren konnte. Als ich in jener Nacht in sein Haus kam, war ich leider zu früh dran. Der Knacker hat mich bemerkt und versuchte, mit ein paar faden Zaubersprüchen seine Magie vor mir zu schützen. Ich musste ihm Einhalt gebieten, ich hatte gar keine Wahl.«

»Das tut mir leid«, sage ich, weil Entschuldigungen auch bei Bernd immer gut funktioniert haben.

Tatsächlich lösen sich Alexanders geballte Fäuste. »Dann war er tot. Ich war bereit, seine Magie aufzunehmen, doch sie tauchte nicht auf.«

Wenn er wüsste, dass Edgar seine Zauberkraft in das Fruchtgummiteilchen in seinem Mund transferiert hat, würde er wahrscheinlich explodieren.

»Ich merkte, dass es nicht der richtige Zeitpunkt war. Doch ich wusste, sie würde irgendwann zum Vorschein kommen.«

»Deshalb sind Sie als Immobilienmakler wieder vorbeigekommen?«

»Ich wollte offiziell in das Haus gelassen werden.«

»Warum?«

»Sollte der Zauber mit mir als unerwünschtem Eindringling verbunden gewesen sein, hätte ich das mit einem offiziellen Besuch ausgehebelt.«

Raffiniert! Das erinnert mich daran, dass ein Vampir angeblich auch kein Haus betreten kann, wenn er nicht hereingebeten wird. Ob es da einen Zusammenhang gibt? Nicht, dass ich an Vampire glaube, aber an Hexen habe ich bisher auch nicht geglaubt.

Alexander wusste nicht, dass Edgars Kraft bereits in meinem Kopf war, als er herkam. Er vermutete, sie sei immer noch irgendwo im Haus.

»So, jetzt weißt du, warum du sterben musst.«

»Da komme ich ja gerade noch rechtzeitig.« Marta steht so plötzlich hinter Alexander, dass ich vor Schreck zusammenfahre.

Als ich sie sehe, schließe ich erleichtert die Augen und atme tief durch. Sie ist da und wird dieser Sache Einhalt gebieten.

»Marta. Gut, dass du da bist«, flüstere ich, während ich mich wieder der Situation stelle.

»Ich habe mir gewünscht, dass du dabei bist«, sagt Alexander und lächelt.

Marta tritt an seine Seite.

Als Marta seine Hand ergreift, will ich einfach nicht glauben, was ich da sehe. Wie ist das möglich?

»Tja, Carola, ich wollte dir das alles ersparen, aber du musstest ja unbedingt mit Gregor ins Dorf kommen. Natürlich musste ich deine Magie aktivieren, sonst hätte ich meine Absichten verraten.«

»Du willst Gregor vom Thron stoßen?«

»Nicht nur das. Alexander wird mit Edgars Magie zum mächtigsten Magier weit und breit. Wir werden Gregor vernichten.« Sie lächelt, als verkünde sie eine erfreuliche Nachricht, und streichelt Alexander dabei verliebt über sein Blutmal.

»Jetzt mach mich stolz und hol dir Edgars Kraft, mein Liebster!«

Es wird Zeit, dass ich Land gewinne. Ich muss sehen, dass ich es zurück ins Haus schaffe, damit ich Alarm schlagen kann. Meine drei Romanhelden müssen den Kampf gegen diese beiden Magier aufnehmen.

Aber Alexander breitet seine Arme aus, schließt die Augen und murmelt Worte, die ich nicht verstehe. Das muss ich aber auch nicht, denn mir wird sofort klar, was er da tut. Ich kann meine Beine nicht mehr bewegen. Wie angewurzelt stehe ich da. Ich versuche es ein paarmal, mich von der Stelle zu bewegen, aber es funktioniert nicht. Nicht einen Millimeter komme ich vom Boden weg. Es sieht also so aus, dass ich hinter diesem Schuppen, vermutlich genau an der Stelle, an der einst Ernst-August gehäutet wurde, mein Leben lassen werde. Vielleicht ist das die Strafe dafür, dass ich Sepp getäuscht habe, was seinen Lieblings-Hirsch angeht.

Ein Windstoß fegt von Alexander aus auf mich zu. Ich merke, wie der Luftzug in meine Lunge dringen will. Es fühlt sich ungut an, als wolle er jeden Sauerstoff aus mir herauspressen. Ich wehre mich dagegen, spüre aber, wie der Wind kräftiger wird und an mir zerrt.

»Ma'am, ich stör nur ungern, aber das ist unsere Freundin, mit der Sie hier ihre Spielchen treiben.«

Endlich! Max und die beiden anderen Helden tauchen auf, um sich um mich zu kümmern. Sie haben Strolchi und Finn dabei, den Max gewaltsam am Halsband zurückhalten muss, damit er Marta oder Alexander nicht anspringt. Strolchi sieht in aller Seelenruhe den Highlander an. Ein Windstoß trifft mich wie ein Hieb. Ich kann nicht länger die Luft anhalten und muss einatmen. Sofort scheint etwas in mich zu dringen und die Atemluft zu blockieren, die ich dringend brauche. Ich schnappe hilflos nach Luft.

»Los, Männer!«, brüllt Max.

Alexander wirkt unruhig. Für einen Moment sieht er zur Seite und ich kann endlich Atem holen. Erleichtert füllen sich meine Lungenflügel unter lautem Röcheln mit Sauerstoff.

»Mach weiter! Ich kümmere mich darum«, sagt Marta. Sofort wendet Alexander sich mir erneut zu. Ich verschließe meine Atemwege. Eine gewisse Zeit kann ich die Luft nun wieder anhalten.

Warum kommt Alexander nicht einfach zu mir, um mich zu töten? Muss er es auf magische Weise zu Ende bringen, um an die Magie zu kommen?

Edgar fällt mir ein. Ob er auch diesen Kampf geführt hat, bevor er starb? Es kommt mir vor, als sähe ich Edgar vor mir, wie er mich mit seinen blauen Augen mustert. Warum blickt er mich kritisch an?

Mit einem Kopfschütteln versuche ich, in der Gegenwart zu bleiben. Marta hat keine Hemmungen, ihre magischen Kräfte gegen meine Helden einzusetzen. Nach und nach sehe ich die Herren im hohen Bogen durch die Luft segeln. Ich kann nicht mehr lange die Luft anhalten.

Erschrocken bemerke ich, dass sich keiner der Romanhelden wieder vom Boden erhebt. Finn bellt wie verrückt und setzt zum Sprung auf Marta an. Sie lässt ihre Arme nach vorn schnellen, als Finn auf sie zuspringt. Mit einem Jaulen sackt Finn in sich zusammen.

Jetzt reicht es!

Was sie kann, müsste ich auch können. Ich habe die Kraft Edgars in mir, die so mächtig ist, dass jeder sie gerne haben will. Die Zauberkraft ist aktiv, also muss ich sie anwenden können.

Wie aus dem Nichts kommen mir Martas Worte in den Sinn, die sie zu mir sagte, als ich in dem Brunnen schwamm und nicht wusste, wie ich nach Hause kommen soll.

»Du musst in dich hineinfühlen, deine Magie bewusst erspüren«, hat sie mir geraten. »Beim Erwachen der Magie hast du bestimmt etwas gespürt. Suche nach diesem Gefühl.«

Obwohl ich dringend atmen müsste, blende ich den Wunsch danach aus und erinnere mich an das Gefühl, meine Magie zu spüren.

Sie ist sofort da, als hätte sie nur darauf gewartet, dass ich mich auf sie besinne.

»Wenn du etwas spürst, versuche, das Gefühl zu halten und gleichzeitig auf deinen Körper auszubreiten«, tönt Martas Anweisung wie ein Echo in meinen Gedanken.

Ich bestärke das magische Kribbeln in mir und halte es gleichzeitig fest. Das schaffe ich, indem ich meine Hände zu Fäusten balle. Dann konzentriere ich mich auf Alexander, der jetzt extrem verbissen seine Zauberworte murmelt. Ich habe leider keine magischen Sprüche zur Verfügung, die ich ihm vor den Latz knallen kann, aber dafür jede Menge Wut. Ich möchte ihn wegschleudern, wie Marta es mit meinen Romanhelden getan hat. Genauso hoch soll er durch die Luft segeln und weit entfernt auf dem Feld aufschlagen.

Ich halte es nicht mehr aus. Ich kann die Luft nicht länger anhalten. Sie muss raus. Ich riskiere viel, indem ich mit einem lauten Schrei allen Sauerstoff aus den Lungen entweichen lasse. Gleichzeitig reiße ich meine Arme hoch, weise auf Alexander und öffne meine Fäuste.

Es schmerzt, als geballte Energie mit einer gewaltigen Ladung meinen Körper verlässt. Ich kann sie nicht sehen, aber es ist, als flimmere die Luft. Wie ein gigantischer unsichtbarer Tsunami rollt meine Kraft auf Alexander zu, ergreift ihn und schleudert ihn hoch durch die Luft. Sofort fühle ich mich befreit. Ich kann mich wieder bewegen und frei atmen.

Hastig wende ich mich Marta zu, die bereits beschwichtigend die Hände in meine Richtung hält. Aus den Augenwinkeln sehe ich, wie Alexander weit draußen auf dem Feld aufschlägt. Leider rappelt er sich sofort wieder auf. Es wird nicht lange dauern, bis er wieder hier ist.

»Carola, überleg dir, was du tust!«, fordert Marta.

Hinter ihrem Rücken steht immer noch Strolchi, der alles bisher unbeteiligt beobachtet hat.

Ich überlege, was ich jetzt tun soll. Marta hat aber wohl genau darauf nur gewartet, denn im nächsten

Moment werde ich von einem Vogel angegriffen. Ein schwarzer Rabe versucht, sich in meinen Haaren festzukrallen, und pickt auf mich ein.

Marta erhebt ihre Hände und beginnt zu murmeln, während ich brüllend nach dem Tier schlage.

Da höre ich Marta überrascht aufschreien und ein Geräusch, als hätte jemand einen Sack Mehl auf den Boden geworfen. Der Vogel lässt von mir ab.

Marta liegt auf dem Boden und über ihr steht knurrend Strolchi.

Der Rabe will sich auf ihn stürzen, aber das werde ich nicht zulassen. Ich renne hinter dem Vogel her, bereit, alles zu geben, um ihn zu erwischen. Er fliegt nicht hoch, da er Strolchi direkt anvisiert.

Als ich zum Sprung auf den Vogel ansetze, verwandelt er sich zu Alexander und marschiert auf Strolchi und Marta zu.

»Blöder Köter!«, schimpft Alexander.

»Jetzt ist Schluss!«

Der Ruf kommt aus der Nähe und diesmal wird meine Erleichterung bestimmt nicht eines Besseren belehrt werden. Gregor ist da!

Und er ist nicht allein.

Natalia hat ihm wohl den Weg zu uns hinter den Schuppen gewiesen, da es so aussieht, als wäre sie vorangeeilt. Es macht den Anschein, als habe Gregor das ganze Dorf mitgebracht. Da sind Tomasz, Zuzanna, Piotr und seine Frau sowie viele Magier, die ich auf dem Fest gesehen habe.

Gregor fackelt nicht lange, da Alexander nicht

überrascht innehält oder flüchten will, sondern sich unbeirrt meinem Hund und Marta nähert.

Plötzlich kann Alexander sich nicht mehr bewegen. Er murmelt zwar unentwegt Zaubersprüche, doch er kann sich nicht befreien.

Die Gruppe um Gregor bildet einen Kreis um Alexander, Marta und Strolchi.

Jetzt kann auch Marta, die ohnehin hilflos unter Strolchi lag, sich nicht mehr rühren.

Strolchi, der zu fühlen scheint, dass er nun nicht mehr vonnöten ist, trottet gemütlich aus dem Kreis um Gregor und stellt sich neben mich.

Fasziniert beobachte ich, wie ein Zauber auf Alexander und Marta gelegt wird.

Als würde sich ein Strudel um sie bilden, beginnen sie sich rasant zu drehen, und es sieht aus, als sauge der Kreis ihre Körper in sich auf. Beide schreien laut, als hätten sie Schmerzen, aber vielleicht ist es auch nur ihre Verzweiflung.

Dann sind sie auf einmal verschwunden.

Strolchi knurrt einmal kurz und trottet dann davon. Während der Rest von uns noch wie erstarrt dasteht, krönt er seinen Abgang mit einem geräuschvollen Furz.

Kapitel 27

»Wow!«, sage ich. Damit meine ich weniger die unangenehmen Ausdünstungen meines Hundes, sondern mehr die magischen Entwicklungen in meinem Leben.

Gregor kommt zu mir, während sich seine Leute um die Romanhelden kümmern, die immer noch bewusstlos auf dem Boden liegen.

Strolchi hat sich zum Highlander gesellt. Finn, der inzwischen wieder erwacht ist, kommt zu mir gelaufen und stupst mich mit der Schnauze an.

»Ist das eine Angewohnheit von dir, nach jedem Sex abzuhauen?«, fragt mich Gregor leise.

»Eigentlich nicht«, gebe ich beschämt zu.

»Was hast du dir nur dabei gedacht?«

»Ich dachte, du kommst bald nach. Ich wollte einfach wieder nach Hause. Nach der Zeremonie und dem vielen Getue um unsere Verbindung brauchte ich ganz dringend ein bisschen Realität.«

»Das konntest du mir nicht sagen?«

»Ich wusste, du würdest widersprechen.«

»Vielleicht.«

»Warum kommst du erst so spät?«

»Marta hat mir erzählt, dass sie dich getroffen habe und du einen Spaziergang machst.«

»Ich hätte nicht gedacht, dass sie zu Alexander gehört.«

»Ich auch nicht.«

»Ehrlich gesagt war ich mir da bei Natalia nicht so sicher. Als sie hier aufgetaucht ist, hatte ich Angst vor ihr.«

»Dabei ist sie diejenige, die Marta schon länger in Verdacht hatte.«

»Wird sie über dich hinwegkommen?«

»Es wird dauern.«

»Wo ist sie?« Ich sehe mich um, kann Natalia aber nirgends sehen.

»Sie ist bestimmt schon wieder zurückgekehrt.«

»Wo sind Marta und Alexander jetzt?«

»Wir haben sie mit einem Fluch belegt. Sie sind in eine Art magisches Gefängnis befördert worden.«

»Askaban?«

»Nicht direkt«, sagt Gregor mit einem Schmunzeln.

»Gregor!«, ruft Tomasz. »Wir brauchen dich.«

Tomasz, der sich über den Fürsten beugt, macht einen besorgten Eindruck. Ich eile mit Gregor zu Clément. Dabei sehe ich, dass auch der Footballspieler und der Schotte immer noch regungslos im Gras liegen.

»Was ist mit Euch?«, will ich wissen.

Gregor geht mühsam neben dem Fürsten in die Hocke. Er drückt mir seinen Stock in die Hand. Dann fahren seine Hände über Clément. Ob er damit auf magische Weise ihren Zustand überprüft?

Eine unbeschreibliche Sorge keimt in mir auf. Es kann doch nicht sein, dass sich die drei Männer für mich ins Gefecht gestürzt haben und dabei schwer verletzt wurden.

»Was haben sie?«

»Es muss etwas damit zu tun haben, dass sie nicht echt sind«, murmelt Gregor.

»Was meinst du damit? Ich kann sie anfassen, ich kann mit ihnen sprechen. Sie denken, sehen, hören und fühlen.«

»Wir müssen sie jetzt in ihre Welt zurückschicken.«

»Aber …« So habe ich mir den Abschied von den drei Romanhelden nicht vorgestellt. Eigentlich wollte ich jedem noch ein paar liebe Worte mit auf den Weg geben und mich bei ihnen bedanken.

»Es geht nicht anders«, bestimmt Gregor.

»Wird es ihnen gut gehen, wenn du sie zurückgeschickt hast?« Das ist wirklich meine größte Sorge.

»Ganz bestimmt. Solange es die Heftromane gibt, werden sie jedes Mal agieren, wenn du sie liest. Wir müssen uns beeilen!«, sagt Gregor bestimmt, steht auf und ich reiche ihm seinen Stock.

Er bellt ein paar Wörter auf Polnisch. Alle Anwesenden scharen sich um den Fürsten.

Ich betrachte Cléments entspanntes Gesicht. Er sieht friedlich aus, wie er daliegt. Bestimmt wäre er nicht so gelöst, würde er wissen, welch Ärger ihn mit der Fotografin noch erwartet. Aber er darf sich auch auf die Entdeckung seiner großen Liebe freuen.

»Mach's gut!«, sage ich. »Vielen Dank für die großartige Unterstützung bei dem Vertrag.« Obwohl ich keine Ahnung habe, ob er noch etwas davon mitbekommt, fühle ich mich besser, dass ich es ihm sagen konnte.

Dann trete ich zurück und sehe zu, wie der Fürst

eingekreist und mit magischen Worten und geballter Zauberkraft in seine Geschichte zurückbeordert wird. Es fällt mir nicht leicht, dabei zuzusehen. So kompliziert dieser Mann auch war, er hat mein Leben bereichert.

Diesmal bildet sich kein Strudel. Es sieht aus, als flimmere die Luft wie Vorhang wellenförmig vor dem Fürsten und dann ist er einfach verschwunden. Der Abdruck seines Körpers im Gras beweist, dass er wirklich hier gelegen hat, aber sonst fehlt jede Spur von Clément.

Routiniert marschiert die Gruppe zu Max, der nun endlich zu seinem wichtigen Spiel zurückkehren kann.

»Ich werde deine Eier vermissen«, sage ich.

Prompt ernte ich einen kritischen Blick von Gregor. Mir entkommt ein Lachen. Ja, seine Eier waren wirklich spektakulär!

Es dauert nicht lange, da ist auch Max verschwunden.

Als die Gruppe sich um den Highlander schart, knurrt Strolchi. Er hat sich neben William niedergelassen und seinen Kopf auf dessen Brust gebettet.

»Es hilft nichts, Strolchi«, sage ich. An Gregor gewandt frage ich: »Muss ich ihn wegholen?«

»Wir bekommen das hin«, antwortet Gregor.

Ich betrachte den erhabenen Gesichtsausdruck des Schotten, der selbst in bewusstlosem Zustand seinen Stolz und seine Wildheit nicht verbergen kann.

Zu gerne hätte ich ihm noch beigebracht, mich beim Namen zu nennen, bevor er sich bei den Damen in seiner Welt deswegen unbeliebt macht.

Vielleicht ist er sogar derjenige der drei Helden, den ich am meisten vermissen werde. Er hatte einen guten Draht zu meinen Tieren, zu meiner Ex-Schwiegermutter und er hat mich immer wieder zum Schmunzeln gebracht. Dennoch wird es für ihn eine Erleichterung sein, jetzt wieder in seiner Zeit leben zu dürfen. Dort fühlt er sich sicher und ist Herr der Lage.

»Auf Wiedersehen, William Macbain. Wir lesen uns«, flüstere ich, als der Schotte verschwindet.

Strolchis Kopf, der plötzlich seinen Halt verloren hat, sackt zu Boden. Verwundert hebt er ihn und jault leise.

»So!«, stellt Gregor fest. »Das war's.«

Die Gruppe löst sich auf. Nur Gregor bleibt bei mir stehen. Als er sich mir zuwendet, laufe ich einfach zu ihm und falle ihm in die Arme.

Ich habe nicht bemerkt, wie emotional aufgeladen ich bin. Tränen füllen meine Augen.

Gregor umarmt mich, während er seine Nase in meinem Haar vergräbt.

Wir brauchen nichts zu sagen. Es war viel in den letzten Tagen … für uns beide.

Als bräuchten meine Hunde auch ein paar Streicheleinheiten, haben sie sich aneinandergekuschelt. Finn leckt Strolchi über die Schnauze.

Kapitel 28

Als wir uns wieder voneinander lösen, ergreift Gregor meine Hand und wir spazieren auf mein Haus zu. Mich fasziniert, wie elegant er seinen Stock beim Gehen zu Hilfe nimmt.

»Jetzt bin ich wieder alleine«, stelle ich fest, als ich mein Haus sehe.

»Meinst du das wirklich?«

»Ich weiß nicht, wie ich das alles schaffen soll. Ich hatte mich so an die drei Kerle gewöhnt.«

»Du schaffst alles. Du bist die stärkste Frau, die ich kenne.«

»Erzähl mir keinen Unsinn!«

»Das ist die Wahrheit. Du hast es geschafft, deinen Hof alleine zu bewirtschaften.«

»Hier wird schon seit Jahren nichts mehr bewirtschaftet.«

»Rede dich nicht immer klein! Du hast den Hof und ein paar Tiere. Du lebst hier alleine, kümmerst dich um die Ländereien, wirst von deinem Exmann gemobbt und für dumm verkauft. Du trägst eine Stärke in dir, auf die jeder normale Mensch stolz wäre.«

»Willst du mir damit sagen, dass ich nicht normal bin?«

»Dreh mir doch nicht jedes Wort im Mund um! Ich will dir sagen, dass ich dich schon lange vor unserer magischen Verbindung mehr gemocht habe, als ich es je zulassen wollte.«

»Gregor –«, beginne ich, als wir mein Haus betreten.

»Lass mich ausreden! Du hast mich einmal gefragt, warum ich noch nicht die passende Partnerin gefunden habe. Vielleicht, weil du mir erst zeigen solltest, warum es mit den anderen nicht geklappt hat.«

»Das sagst du jetzt nicht nur so, weil wir ohnehin schon irgendwie miteinander verheiratet sind?«

»Ich meine das so, Lola! Marta ist weg und ihre ewigen Nörgeleien sind mir ohnehin schon lange gegen den Strich gegangen. Ich bin der Chef der Gruppe, und wenn es dich glücklich macht, dann ändere ich die Bedingungen.«

»Geht das so einfach?«

»Einen Versuch wäre es wert.«

»Aber fühlst du nicht auch … die Verbindung?«

»O Lola, und wie ich sie spüre! Aber wir sollten uns zu nichts verpflichtet fühlen.«

Er will sich also aus der Affäre ziehen und mit dem Bach zurück in seine Heimat schwimmen, ohne ein schlechtes Gewissen haben zu müssen.

»Keine komplizierten Gedanken, Lola!«

»Woher weißt du …?«

»Ich kenne dich inzwischen ganz gut. Willst du hören, was mir wirklich durch den Kopf geht?«

»Ich weiß nicht.«

»Am liebsten würde ich dich bitten, mit mir zurückzukommen. Entscheide dich für ein Leben an meiner Seite!«

Das ist im Prinzip die Erfüllung meiner heimlichen Träume. Gregor ist der Mann, den ich mir immer gewünscht habe.

Aber etwas hindert mich. Vielleicht ist es mir zu einfach, mich in die Arme eines Mannes zu werfen und alles hinter mit zu lassen.

»Ich würde das gerne tun, aber im Moment fühle ich mich eher so, als wolle ich mein Leben selbstbestimmt in den Griff bekommen.« Ich hätte nicht gedacht, dass ich das einmal von mir sagen würde.

Wer würde schon den Antrag eines Mannes wie Gregor ablehnen?

»Glaubst du mir jetzt, dass du eine starke Frau bist?«, fragt Gregor und legt seine Arme um mich. Er lächelt, als hätte er mit dieser Art der Antwort bereits gerechnet.

»Gibst du mir Zeit?«

»Alle Zeit, die du brauchst.«

»Ich glaube, in dich könnte ich mich verlieben, Gregor.«

»Du glaubst? In Wirklichkeit bist du mir doch schon völlig verfallen.« Grinsend zieht mich Gregor an sich und küsst mich leidenschaftlich.

Mir wird sofort heiß und die Lust auf mehr durchflutet mich.

Ich weiß, dass er, obwohl er mich nur ärgern will, recht hat.

Da mauzt etwas. Ich löse mich von dem Mann meiner Träume.

»Semiramis!«

»Ich dachte, ich bringe sie dir wieder.« Sein Lächeln ist zum Dahinschmelzen.

Schnell verschließe ich dieses Grinsen mit einem weiteren Kuss.

In diesem Moment höre ich, wie ein Auto sehr schnell auf den Kiesweg fährt. Es knirscht laut, als jemand energisch auf das Bremspedal tritt.

Gregor löst sich von mir, um, wie ich, zu lauschen.

Eine Autotür knallt. »Finn! Hierher!«

»Bernd«, sage ich sofort und stöhne genervt auf.

Ich wusste ja, dass er keine Hochzeitsreise macht, aber dass selbst der Kurztrip so rasch vorüber ist, wundert mich. Hängt der Haussegen etwa schon schief?

Gregor will hinausgehen.

»Nein! Nicht«, entscheide ich.

Verwundert lässt sich Gregor von mir aufhalten. »Dem Herrn muss endlich Einhalt geboten werden. Was der sich herausnimmt, ist wirklich zu viel.«

»Stimmt. Aber das werde ich übernehmen.«

Sofort steht ein anerkennender Ausdruck auf Gregors Gesicht. Er gibt mir den Weg frei und deutet in Richtung Haustür. »Viel Spaß!«

»Den werd ich haben«, antworte ich, öffne die Tür und schlendere in aller Ruhe hinaus.

Bernds Wagen steht mitten im Hof, was zu ihm passt. Seine Hoppla-jetzt-komm-ich-Mentalität ist wirklich nicht mehr zu toppen.

»Wo ist der Hund!«, blafft er mich an.

»Hallo, Bernd«, sage ich sanft und freundlich.

Bernd stürmt auf mich zu und normalerweise hätte ich jetzt schon ungeheuren Respekt vor ihm.

»Wo ist er?«, keift Bernd.

»Schön, dich zu sehen. Ich habe eben einem Magier den Arsch aufgerissen. Du kommst gerade recht.« Ich weiß nicht, warum es mir gelingt, so fröhlich zu klingen, aber es ist außerordentlich befreiend.

»Du spinnst.« Bernd tippt sich an die Stirn und sieht sich um.

Glücklicherweise fehlt von Finn jede Spur. Es würde mich nicht wundern, wenn er sich vor Bernd versteckt.

Wütend deutet Bernd auf mich. »Sorge dafür, dass der Hund wieder bei mir zu Hause auftaucht.«

»Sonst?«

»Wie?«

»Sonst was?«

Bernd ist sprachlos. Hätte ich früher gewusst, wie einfach ich ihn mit ein bisschen Selbstsicherheit aus dem Konzept bringen kann, hätte ich es wohl schon viel eher getan. Vor allem, wenn ich geahnt hätte, wie viel Spaß das macht.

»Finn bleibt bei mir. Wenn du etwas dagegen hast, darfst du mich gerne verklagen.«

»Ist das wieder ein Versuch, dich in den Mittelpunkt zu stellen? Dir geht es doch gar nicht um den Hund.«

»Ich weiß nicht, ob es dir um Finn geht.«

»Was soll's. Behalt den blöden Köter! Christine hat ohnehin genug um die Ohren, wenn das Baby da ist.«

Ich kann es nicht glauben. Er gibt auf? Das sieht ihm gar nicht ähnlich.

»Danke«, antworte ich.

Bernd ist baff. Damit hat er nicht gerechnet.

»Hast du wenigstens den Vertrag wegen des Grünlands schon unterschrieben?«

»Nein.«

»Mensch, Carola! Kriegst du denn gar nichts gebacken? Du musst nur deine Unterschrift daruntersetzen.«

Wie rasch er in seine gewohnte Verhaltensweise zurückfällt. Er ist schon wieder im Anklagemodus. Früher hat mir das immer sofort ein schlechtes Gewissen gemacht. Vielleicht wäre ich ins Haus gerannt, hätte meine Unterschrift unter das Dokument gesetzt und es ihm hastig überreicht. Aber diese Zeiten sind vorbei. Selbst sein wehleidiger Blick, mit dem er mir zu verstehen geben will, dass ich ein armes Würstchen bin, wirkt nicht mehr. Es ist Bernd, der zu bemitleiden ist.

»Nach reiflicher Überlegung habe ich mich entschlossen, den Vertrag von einem Anwalt prüfen zu lassen«, teile ich ihm mit.

»Bist du jetzt verrückt geworden? Der sagt dir auch nichts Neues.«

»Vielleicht nicht. Schließlich habe ich längst erfahren, dass das Land mit sehr großer Wahrscheinlichkeit zu Bauland ausgeschrieben wird.«

Bernd klappt die Kinnlade herunter. Ach, ist das schön!

»Das sind nur Gerüchte.«

»Das mag sein, Bernd, aber trotzdem überlasse ich dir mein Grünland nicht, damit du dich später daran bereichern kannst.«

»Du hast mir eine mündliche Zusage erteilt. Ich mach dich fertig!«

»Versuch es nur!«

»Du bist doch überhaupt nicht zurechnungsfähig.«

»Wenn du wüsstest, was ich bin.«

»Das weiß ich doch. Ich kenne dich besser als sonst jemand.«

»Ach ja?«

Allmählich reicht es mir. Er merkt wirklich nicht, welche Stunde es geschlagen hat. Deshalb spüre ich nach meiner Magie. Ich möchte ihm eine kleine Kostprobe davon geben, die er nie vergessen wird.

»Was wird das jetzt?«, fragt Bernd genervt, weil ich meine Augen schließe.

Langsam hebe ich die Arme und nehme intensiv wahr, wie meine Zauberkraft mich durchströmt.

Als ich die Augen öffne, winkt Bernd wütend ab. »Ich geh jetzt. Das hat überhaupt keinen Sinn hier.«

Meine Aufmerksamkeit richtet sich auf sein schickes Auto.

Als er darauf zugeht, konzentriere ich mich auf den Wagen. Bernd hält inne, als sein Auto plötzlich ein paar Zentimeter zurücksetzt. Als habe er sich getäuscht, schüttelt er den Kopf und will weitergehen, aber ich lasse das Auto sofort wieder ein Stück zurückrutschen, sodass der Abstand zwischen Bernd und seinem Wagen immer gleich bleibt. Das Spiel zieht Bernd tatsächlich ein paarmal durch. Erst dann wendet er sich genervt zu mir um. »Was ist das für ein Trick?«

Ich antworte nicht. Stattdessen sorge ich dafür, dass sich eine kleine Windhose um Bernd bildet. Erschrocken dreht er sich zu allen Seiten und schlägt schließlich sogar nach der Luft, da der Wind an seiner Kleidung zerrt.

Ich lache. Bernd sieht mich angsterfüllt an. Einen solchen Gesichtsausdruck habe ich an ihm noch nie gesehen.

»Alles in Ordnung bei dir?«, frage ich. »Oder wirst du verrückt?«

Bernd kämpft sich durch den Sturm zu seinem Auto, hat aber keine Chance gegen mich. Mir fällt ein Detail ein, um das ich mich schon längst hätte kümmern müssen. Ich kann Bernds Körper in dem Wind so deutlich wahrnehmen, als würde ich ihn berühren. Mit unsichtbaren Fingern lasse ich die Luft seine Bekleidung durchsuchen. Ich freue mich, als ich fündig werde. Bernd reißt die Augen weit auf, als ein Schlüsselbund aus seiner Tasche schwebt. Mein Ex sieht aus, als würde er gleich in Ohnmacht fallen.

Genüsslich lasse ich meinen Hausschlüssel von dem Bund herunterdrehen. Während der übrige Bund wieder in Bernds Jackentasche verschwindet, saust mein Schlüssel auf mich zu. Ich fange ihn auf. Bernd ist blass geworden. Er setzt seine Bemühungen fort, sich zu seinem Auto vorzuarbeiten. Ich verstärke den Gegenwind, sodass er sich richtig ins Zeug legen muss, um an den Griff seiner Autotür heranzukommen.

»Lass mich in Ruhe, Bernd! Ich will nichts mehr von dir hören, sonst wirst du mich richtig kennenlernen«, rufe ich ihm zu.

Dann lasse ich die Arme sinken und ziehe meine Magie in mich zurück. Da Bernd nicht damit gerechnet hat, dass der Gegenwind, gegen den er sich gestemmt, so abrupt endet, knallt er mit Schwung gegen sein Auto. Er stöhnt schmerzerfüllt auf. Als wäre der Teufel hinter ihm her, flüchtet er blitzschnell in seinen Wagen, startet den Motor und rast davon, dass Kieselsteine durch die Gegend geschleudert werden. Die tiefen Furchen von Bernds Autoreifen haben den Erdboden freigelegt. Noch einmal schicke ich meine Magie los und stelle zufrieden fest, wie sich nach und nach die kleinen Steinchen in den Vertiefungen verteilen.

Hach! Es wird einiges leichter werden für mich. Viele Arbeiten gehen mir nun besser von der Hand.

Finn streckt seinen Kopf aus dem Stall. Der gesenkte Kopf und die großen Augen zeigen mir deutlich, dass er sich dafür schämt, sich versteckt zu haben.

»Komm her, du Racker!«, fordere ich ihn auf, was er sich nicht zweimal sagen lässt.

Erleichtert trottet er auf mich zu, aber ein Schwanzwedeln stellt sich erst ein, als ich ihm durch meine Liebkosungen zu verstehen gebe, dass ich ihm nicht böse bin. »Alles ist gut, Finn! Du bleibst jetzt bei mir.«

Strolchi lässt einen Furz, der aus seiner Hütte bis zu uns herüber stinkt.

»Darf ich mich verabschieden?«

Gregors Frage lässt mich in die Höhe schnellen. Ich habe ihn gar nicht gehört, aber er steht direkt hinter mir.

Ich drehe mich zu ihm. »Verabschieden?«

»Nur für heute. Ich würde morgen gerne vorbeikommen … und vielleicht darf ich dann auch bei dir übernachten?«

Ich schmiege mich an ihn. »Ich bestehe darauf.«

Schnell drücke ich ihm einen Kuss auf, um die

Worte zu unterstreichen. »Warum kannst du nicht gleich bei mir bleiben?«, will ich wissen.

»Nach Martas überstürzter Abreise muss ich im Dorf einiges regeln.«

»Verstehe.«

»Aber ich komme wieder. Versprochen!«

»Wenn nicht, hol ich dich.«

Gregor lächelt und löst meine Hände von sich. »Bis dann.« Er schwingt seinen Stock und deutet eine kleine Verbeugung an. »Es war mir eine Ehre, an deiner Seite Flüche ausgesprochen zu haben.«

Automatisch pruste ich los. »Ebenfalls.«

»Du kannst stolz auf dich sein, Lola.«

Gregor dreht sich um, und als ich ihn schon fast nicht mehr sehen kann, sagt er etwas. »Ich glaube, in dich könnte ich mich verlieben.«

Lachend warte ich, bis er völlig verschwunden ist, und wende mich dann Finn zu, der inzwischen Gesellschaft von Semiramis bekommen hat.

Epilog

Was darf es heute Abend sein? Treib es beim Sport? Schau dem Highlander unter den Kilt oder sei anwesend, wenn der Herrscher seinen kleinen Fürsten rauslässt?

Heute Abend ist alles anders und doch gleich. Ich liege in meinem Bett, zusammen mit Finn und Semiramis. Strolchi pennt schon unten im Gang und ist sich zu fein für uns. Ich bin ihm nicht böse, da seine Gerüche auf Dauer eine Zumutung wären.

Verträumt starre ich die drei Romanheftchen an, die ich auf der Bettdecke über meinem Schoß ausgebreitet habe.

Ich sehe einen stattlichen Fürsten, einen angriffslustigen Footballspieler und einen verwegenen Highlander. Bei dem Anblick muss ich schmunzeln. Wer hätte gedacht, dass ich einmal eine Verbindung zu den Helden meiner Lieblingsgeschichten haben werde?

Wenn ich heute schon ohne einen Mann aus Fleisch und Blut auskommen muss, dann darf einer meiner drei Freunde herhalten.

Ihr Image ist zwar ein bisschen ins Wanken geraten, aber dennoch freue ich mich auf ein Wiedersehen mit allen, sogar mit dem Highlander.

Am liebsten würde ich alle Romanheftchen gleichzeitig lesen, die Informationen aufsaugen, die Dialoge verfolgen und mich an meinem Hintergrundwissen erfreuen, aber das ist selbst mit Magie nicht möglich.

Meine Wahl fällt deshalb auf die Geschichte mit dem Highlander, dessen animalische Präsenz ich vermisse.

Ich ergötze mich jetzt schon an den Schlagabtauschen mit der zickigen Adeligen, die er in seine Fänge bekommt. Lächelnd vertiefe ich mich in die Geschichte.

Semiramis schnurrt und knetet mit ihren Pfoten auf der Bettdecke herum, während Finn sich völlig entspannt neben mir ausgestreckt hat.

Ich liebe diese Heftromane, und da ich den Schotten nun persönlich kenne, kann ich ihn mir noch besser ausmalen. Es wird das reinste Lesevergnügen!

Dann erspähe ich etwas, was mir völlig neu erscheint. Ich bin mir sicher, dass ich es nie gelesen habe, und doch kommt es mir bekannt vor.

Der stolze Highlander schwang sich vom Pferd. Sein wallendes Haar bewegte sich anmutig im Wind, und Charlotte erschauderte beim Anblick seiner stählernen Muskeln, der ihr die Schamröte ins Gesicht trieb.

»Was treibst du hier, Weib! Beinah hätte ich dich für einen Hirsch gehalten.«

»Sieht man denn nicht, dass ich kein Hirsch bin?«

»Du hörst wohl nicht auf den Namen Ernst-August?«

Oh, oh.

ENDE

Danksagung

Wieder eine Geschichte zu Papier gebracht. Da ich jemand bin, der unzählige Ideen und Buchanfänge angesammelt hat, grenzt es an ein Wunder, wenn ich ein Buch überhaupt zu Ende bringe.

Inspiriert wurde ich zu dieser Idee durch den Schauspieler Christopher Lee, den ich sehr verehre und der mein Vorbild für Edgar ist. Der Fruchtgummi schlich sich in seinen Mund, weil ich das bei meiner Oma so erlebt habe. Als Kind habe ich bei ihr übernachtet und sie hat sich vor dem Einschlafen gerne einen Fruchtgummitaler in den Mund geschoben. Einmal erzählte sie mir, dass dieser in der Früh manchmal noch da sei.

Der Anlass, dieses Erlebnis mit Edgar und Magie zu verknüpfen war durch Christopher Lees verschiedene Rollen in Filmen gegeben.

Was wäre, wenn sich ein Magier in Rente bei dir als Untermieter einnistet … so entstand alles.

Ich hoffe, ich konnte dich mit Lola und Gregor gut unterhalten. Sollte es dir gefallen haben, würde ich mich sehr über deine Bewertung in Form einer Rezension freuen.

An diesem Buch war nicht nur ich beteiligt. Viele liebe Menschen haben mir dabei geholfen, dass es so geworden ist, wie du es jetzt in den Händen hältst.

Vielen Dank an

- die Leser und Leserinnen, die dieses Buch lesen und vielleicht sogar mit einer Rezension bewerten.
- mein Blogger Team aus Peas Lounge. Ihr seid mir

in Coverfragen ehrlich zur Seite gestanden.

- meine Mädels von LoveThrillFantasy und den Bookdreamers.
- Carina fürs rasche und zuverlässige Probelesen.
- meine Lektorin Sabine für die liebevolle Sicht auf meine Protagonisten und die Rahmenbedingungen. Danke, dass du dich so für meine Geschichten ins Zeug legst.
- meine Korrektorin Sybille, die stets zuverlässig zur Stelle ist.
- meinen Bruder für die allumfassende Betreuung. Deine Buchcover sind der Hammer!
- meinen Mann und meine Kinder, die ich über alles liebe und ohne deren Unterstützung ich niemals Autorin sein könnte.
- Christopher Lee als Quelle der Inspiration.
- meine Oma Kamilla, die ihren Zähnen mit dem Fruchtgummi sicherlich geschadet hat, mich aber dazu verleitet hat, dies in einem Buch einzubauen.

Bis zum nächsten Buch.
Mit fröhlichen Grüßen
Pea Jung

Bist du bereit für mehr?
Hier findest du mich und meine Werke:
info@peajung.de | www.peajung.de
www.facebook.com/PeaJungAutor
www.youtube.com/PeaJungAutor
www.instagram.com/PeaJungAutor

Übersinnlich verliebt

Pea Jung
CLARA (Band III)
Finstere Vergangenheit
436 Seiten
Taschenbuch/eBook
ISBN: 978-3-7386-3490-7

Pea Jung
CLARA (Band IV)
Sturm auf Zeit
388 Seiten
Taschenbuch/eBook
ISBN: 978-3-7431-1299-5

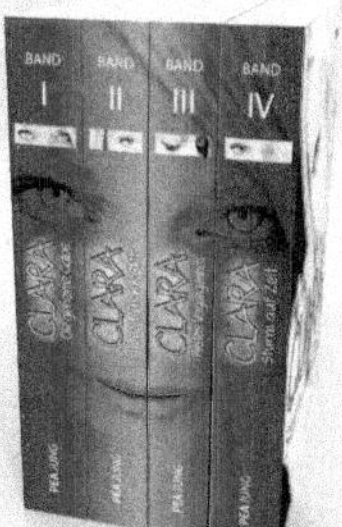

Clara ist als Taschenbuch/eBook erschienen und umfasst 4 Bände. Clara ist ein echter Hingucker – auch im heimischen Bücherregal!

into stories Daydreams

Liebe & Erotik

Pea Jung
Die Wunschblase
232 Seiten
Taschenbuch/eBook
ISBN: 978-3-7357-6115-6

Der sechsjährige Ben hat einen ganz besonderen Herzenswunsch: Er möchte seinen Papa Frank wieder glücklich sehen. Ganz klar: Der Papa braucht eine neue Frau. Und Ben eine neue Mama. Ben ahnt nicht, dass er mit seinem geheimen Wunsch außergewöhnliche Mächte in Gang setzt.

Carolyn, ein weiblicher Dschinn, bekommt einen Auftrag ...

Pea Jung
Die Putzstelle
248 Seiten
Taschenbuch/eBook/Hörbuch
ISBN: 978-3-7357-3940-7

Die Kellnerin Josefine kehrt unter einem Tisch ein paar Scherben zusammen. Eine ganz gewöhnliche Tätigkeit für eine Kellnerin? Weit gefehlt. Schließlich starrt ihr dabei spontan ein mysteriöser Unbekannter auf den Hintern und bezahlt sie auch noch dafür. Schon nach kurzer Zeit flattert ein unerwartetes Jobangebot ins Haus ...

Liebe & Erotik

Pea Jung
Hit the Boss –
The H(e)artbreaker
420 Seiten
Taschenbuch/eBook
ISBN: 978-3-7448-5567-9

Treffer versenkt!

Vor lauter Aufregung versetzt Sharon auf der Straße einem Geschäftsmann versehentlich einen Schlag. Ausgerechnet dieser Mann platzt kurze Zeit danach in ihr Vorstellungsgespräch und benimmt sich in ihren Augen völlig daneben.
Wäre nicht ihre unerfreuliche Vergangenheit mit ihrem Exfreund, hätte sie mit den eindeutigen Avancen des Kerls weniger Probleme. So aber will sie nur eines: ihn auf Abstand halten.
Leider geht das nicht so einfach. Der Typ taucht immer wieder auf und die Offenbarung seiner Identität macht alles noch viel komplizierter.
Eine romantische Liebesgeschichte mit Witz, Drama und ein bisschen Krimi!

Daydreams into stories